畫布下の樂園

楽園のカンヴァス
原田マハ

原田舞葉 ——著 劉子倩——譯

La toile du paradis

〈推薦文〉今年只挑一本日系推理，《畫布下的樂園》絕對是首選！

小葉日本台

對於日系推理迷而言，這是一本很不一樣的推理小說。沒有熟悉的地名場景，沒有刑案，沒人被謀殺，當然也沒有和兇手鬥智鬥勇的偵探（刑警），甚至讀著讀著，都會懷疑這是不是一部推理小說？

但，不用懷疑，這當然是推理小說，而且也是一本看完之後回味無窮的小說，彷彿就像在看一幅畫一樣，而畫中是「骨灰級」日推迷很少踏入的新樂園。這麼說吧，它帶有那麼一點異國情調，純粹是一種由視覺感官勾動的奇想之旅，途中沒有任何負擔，就像做了一場美夢。

《畫布下的樂園》是一本以被稱爲「樸素派始祖」亨利·盧梭爲主角的推理小說。盧梭比畢卡索年長了四十多歲，但他當了二十多年的關稅員之後，在四十幾歲才出道當畫家，六十多歲在窮苦貧病中過世。盧梭一直被評爲連遠近法都不懂，與學院無緣的業餘畫家，但若不是他，畢卡索就無法推動繪畫革命，也不會有超現實主義的誕生。盧梭的代表作〈夢〉、〈睡眠中的吉普賽女郎〉和畢卡索的〈亞維儂姑娘〉、梵谷的〈星夜〉，現在典藏於紐約現代美術館（MoMA），而且被視爲鎮館之寶。

《畫布下的樂園》故事的主要背景設定一九八〇年代，那是盧梭還沒翻身的年代。日籍年輕女學者織繪和MoMA的助理研究員提姆，在一九八三年的夏天，被神祕的收藏家邀請到瑞士。兩名男女素不相識，唯一的共通點就是他們都是超級的盧梭迷。年邁的神祕收藏家要求兩人在七天內，鑑定盧梭另一幅畫〈做夢〉的眞僞，唯一的線索是眼前和〈夢〉幾乎一模一樣的巨大油畫，還有一本來歷不明的日記，而兩人的結論將決定這幅〈做夢〉的下場。這兩位處於敵對立場的男女，就這樣被拉進了盧梭美妙又令人心酸的夢境裡……，然後一起找出畫裡頭隱藏的盧梭和畢卡索的天大祕密。

以操作世界名畫的題材創作，眞的需要一些勇氣，畢竟已有像《達文西密碼》成功的前例，而且恐怕還是許多作家很難超越的前例。但仔細了解本書作者原田舞葉大學時主修美術史，又曾在紐約現代美術館任職，再加上她四十歲才開始創作小說的資歷，就不難理解，爲何她會挑戰這樣的題材，而且在只有一次的機會裡，她會選上盧梭了。

重提一下自己對推理小說的評價：先小說後推理。好看的故事必須擺前面，令人動容的故事才是王道，機關算盡的謎團不該只是冷冰冰的詭計。只是啊，推理看多了，愈來愈覺得太多作品似曾相識，如出一轍的多，那種讓人眼睛一亮，有被閃到的少；簡言之，愈像是把各種元素丟進去攪拌後即自動產出的內容，讀者就會愈看愈覺疲軟。

原田舞葉這本《畫布下的樂園》，或許就所謂的布局而言，仍存在些許不算成熟的bug，甚或看穿視破不難，不過，單這個將亨利．盧梭與畢卡索綁在一起，用名畫說故事的企圖和發想，價值連城，連下好幾城；走藝術的氣質路線，更是讓人振奮，令人驚豔，瑕不掩瑜喔。如果說今年只挑一本日系推理小說的話，《畫布下的樂園》絕對是首選！

〈推薦文〉
一頭栽進書中的世界

推理評論人冬陽

推理小說是個以「解開謎團」爲架構的獨特文類，謎團的神祕性、解謎的合理性與揭露眞相的意外性，便是小說精采與否的重要關鍵。這三項要素並非無中生有，或根據什麼高深的寫作理論，不過是源自於你我皆有的好奇天性，進而深受吸引，願意投身參與，最終渴望獲得令人嘆服的滿足感。於是，創作者著手安排詭計，利用種種盲點騙過自詡聰明的腦袋，放出煙幕彈轉移閱讀者的注意力，在交雜的實話與謊言間埋藏線索，建立起一整個故事。

在這樣的架構底下，某些專業知識和特殊資訊會被創作者寫入，成爲布局的素材甚或是故事的主體。例如東野圭吾在湯川學系列中運用理科現象或原理、丹・布朗筆下的蘭登教授擅長處理美術與符號學、約瑟芬・鐵伊以歷史事件爲藍本替英王翻案的名著《時間的女兒》，以及安伯托・艾可那部融合多門學科的經典之作《玫瑰的名字》等等。

還有這本，原田舞葉《畫布下的樂園》。

以鑑定畫家亨利・盧梭畫作眞僞爲主線，兩位優秀研究者的交鋒、一名古怪收藏家的詭異行徑、一本神祕的故事小冊、不明勢力在幕後勾心鬥角，逐步勾勒出我原本毫不熟悉的畫家樣貌，激起我想看畫作的莫名欲望，一整個栽入書中的世界。當闔起書頁，試圖重新分析這部作品時，才驚覺作者原田舞葉對各個角色的身分設定與登場時機、「書中書」與鑑定案兩者間的敘事穿插及對照呼應，竟是如此精確巧妙、純熟細膩，實在了得。

《畫布下的樂園》是我今年到目前爲止，讀過最精采的推理小說，在此誠摯推薦。

盧梭是什麼人，我不知道。但若是有宴會且大家都去了而我們也受邀出席，那麼盧梭是誰都無所謂。

——葛楚德·史坦，《愛麗絲·B·托克勒斯的自傳》

第一章　潘朵拉的盒子

二〇〇〇年　倉敷

這裡，有一幅冷冷纏裹著蒼鬱空氣的畫。

畫面上鋪陳的，是展翅欲飛的飛馬佩格索斯、把植物藤蔓投向那脖頸的裸婦、在她腳邊摘花的裸體少年。

無論是飛馬或人物，每具身體都像撲了粉似的雪白透明。也像是細小的微粒子反射光線瀰漫整個畫面。就是那樣蒼鬱的、雪白的、耀眼的畫面。

飛馬背後可見聳立的山脈。本該洋溢生之歡愉的春日森林曝曬在寂靜中，毫無鮮活的生命跡象。如此說來，這描繪的不是現實世界，而是天上的樂園？抑或，是畫家在夢中所見的風景？

早川織繪經常在這幅畫前佇立良久。身爲監視員，並非只要守在美術館內某件作品前面就夠了。必須在一定的時間巡視館內的負責區域，四處查看。但，最近，織繪特別中意這幅畫。日復一日，百看不厭。看著看著，便會聽見。白馬的嘶鳴，拍翅的聲音。並且感受到，在那周遭掀起的微微薰風。

皮耶．夏凡納在一八六六年創作的這幅作品，是縱長超過兩公尺的大作。據說是爲了裝飾女雕刻家克洛德．維尼翁家的牆面而畫的四連作之一。織繪暗自期盼也能看看另外三幅是怎樣的作品，但她還是勉強按捺沒去查資料。一旦開始調查自己感興趣的作品會有何後果，她很清楚，那等於是打開這十幾年來牢牢封印的「潘朵拉的盒子」。

四十三年的人生中，說不定，此刻最貼近美術作品，最能夠凝視那眼睛，聆聽那聲音。她如此覺得。

喀喀喀的鞋子聲音接近。織繪原本投射在畫面的視線轉向展覽室出入口。同事向田彩香帶著微笑出現。更換負責區域的時間到了。

織繪與彩香的視線交會，不發一語。彩香在織繪站的夏凡納作品前方一帶止步。他們在員工休息室會聊得很熱鬧，但在展覽室，除了最低限度的必要事項，通常禁止對話。織繪抿著唇，默默大步橫越展覽室。越過走廊，移向下一間展覽室。

佇立在展覽室角落強忍呵欠的臉孔映入眼簾。那是桃崎優梨子。以兼職身分於兩個月前加入的她，起初很開心：「可以天天看到最喜愛的畫」，結果一星期就厭倦了。在休息室碰面時總會抱怨「一天好漫長」。對二十三、四歲的女孩子而言，這想必是很無聊的工作吧。

封閉的空間，滔滔靜流的時間。從早上十點到傍晚五點，無法逃離那裡。沒有任何刺激或變化或事件，也不該有。八名監視員，以一定的間隔默默從一個展覽室到另一個展覽室。每隔六十分鐘，依照順序，像撞球一樣，從第一展覽室逐一輪換至第十展覽室，一邊無聲攪拌著沉澱的空氣。

優梨子打呵欠的淚眼，與織繪的眼睛對上。她頓時面露尷尬，轉身背對織繪，同樣默默離去。

織繪踩著發出喀喀喀聲音的鞋子，走到優梨子原先站的地方，面對畫作在正前方駐足。好了，這次是與艾爾・葛雷柯畫的聖畫面對面的時間。

縱長的畫面洋溢莊嚴的光輝。從天而降的金髮天使，閃電般自天上刺來的耀眼光芒。幸運兒啊，天主與你同在——因天使加百列這句話而戰慄的馬利亞，美麗的臉孔爲之扭曲，卻又擺出彷彿一直在等這一瞬間的堂皇姿勢。究竟已經凝視那張臉孔幾百次了呢？究竟已與處女懷胎這個人類的夢想面對面幾百小時了呢？

要了解畫家，就要觀其作品。花上幾十、幾百個小時，與作品面對面。

就此意義而言，再沒有比收藏家更長久與畫作面對面的人了。

策展人、研究者、評論家。恐怕無人及得上收藏家。

啊啊，但是——等一下。也有人比收藏家更能夠長時間與名畫面對面喔。

妳問是誰？——當然是美術館的監視員呀。

驀然想起懷念的對話。有時候，十幾年前平凡無奇的某段對話，會如此唐突、卻又鮮明地重現腦海。尤其，在她集中心神於某件作品時，總會毫無脈絡地，驀然想起。

一名老人將雙手揹在腰後交握，仔細望著艾爾．葛雷柯。老人朝著艾爾．葛雷柯打了一個格外悠長的大呵欠後，刻意迴避與織繪對上眼，一邊步向下一間展覽室。

織繪看手錶。十點四十分。正在思忖時間差不多了，果然，第一展覽室開始鬧哄哄。

此起彼落的吃吃笑聲，忘我的說話聲。是年輕女孩的聲音。夾雜著小聲高喊「安靜！」的成年女人聲音。即便沒看到人，也猜得出來是一群女學生和帶隊老師。

學生團體最需要注意。雖然不至於有哪個孩子會在作品上面搗蛋，但很多孩子就像脫韁的野馬般吵鬧。會打擾到想要安靜鑑賞藝術品的其他來館者。監視員若疏於注意，往往也會被其他鑑賞者抱怨「請叫他們小聲點」。

事前知道會有團體來參觀的那一天，一早開會時事務課長便會通知。從幾點到幾點有多少人要來，是什麼樣的團體。然後，提高監視員的注意層級。

美術館監視員的工作，純粹是守望鑑賞者能否在安靜的環境中正確鑑賞藝術品。不須解說也不用做導覽。但是，被問到「這位畫家是誰？」「這是哪一年的作品？」這類問題時，起碼得做出最低限度的回答，因此針對展出作品好歹還是學過一點知識。除此之外，指引廁所及商店所在的位置，應付身體不適的人及哭泣的嬰幼兒、走失孩童也都是監視員的工作之一。不過，監視員絕對不能離開負責區域。如果發生必須緊急處理的事情，要用椅子旁邊的無線電通知警衛及辦公室，請求派人過來支援。監視員不是爲鑑賞者存在，純粹是爲了保護作品及展示環境而存在。哪怕只是瞬間，萬一在離開負責區域時發生作品遭到破壞那可就麻煩了。

監視員必須投注所有時間與心血不斷注視的，不是人。是作品及作品的周邊環境。唯此而已。

這麼一想，以前聽到的說法——相較於策展人、研究者、評論家，以及收藏家，美術館監視員比任何人更長久與名畫面對面的這句話的確有其道理。

那句話，平時雖然拋諸腦後，卻總在不經意的瞬間自內心深處重現，悄悄激勵著織繪。雖然她與不經意說出那句話的人，今後已永無重逢之日。

腳步聲鬧哄哄接近。吃吃的笑聲之間，可以聽見帶隊老師噓聲警告大家肅靜。織繪將意識集中在展覽室出入口。

深藍色水手服配上深綠色絲緞蝴蝶結。身穿白鷺女高制服的女孩們出現。加上兩名帶隊老師，一行共二十三人。正如絕大部分的高中生，她們對很久以前的聖畫毫無興趣。不是打呵欠，就是手挽著手竊竊私語聊自己的。看似美術教師的女老師也懶得再警告她們，低調地開始講解。

「這件作品，是艾爾．葛雷柯的〈受胎告知〉。艾爾．葛雷柯是哪裡的畫家，同學們知道嗎？不知道？他是西班牙的畫家喔。據說這幅畫是在一六〇三年完成的，所以距今已有四百年之久了。這麼久以前的畫，現在，就在大家的眼前喔。哪，你們不覺得很厲害嗎？」

或許是想挑起學生的興趣，老師以莫名親暱的口吻說話。有幾個學生還眞的因此把臉轉向艾爾．葛雷柯的作品。織繪內心對老師的說明首先湧現否定的情緒，繼而轉爲肯定。

艾爾．葛雷柯是希臘人，三十六歲時前往西班牙，在西班牙度過一生。所以如果直接斷定他是西班牙畫家會有語病。應該告訴學生正確的資訊才對。

但，四百年前的畫，此時此地，就在自己的眼前，這個事實，單純地「很厲害」。艾爾．葛雷柯的作品，在日本國內只有這間美術館有一件，國立西洋美術館有一件，加起來不過才兩件。尤其是這幅〈受胎告知〉，無論是畫名、大小、構圖、保存狀態，一切都完美得堪稱這間美術館的「鎭館之寶」。能夠在這裡親眼看到這幅畫，對日本人來說的確是奇蹟。這間美術館是如何得到這件鎭館之寶的，這則逸聞才該講給學生聽，但對於能在這裡看到這幅畫很厲害這句率真的陳述，她頗有同感。

學生的反應不一。有人愣怔瞪著畫，有人在玩指甲，也有些孩子依舊窸窸窣窣壓低音量講悄悄話……。

眼角餘光發現展覽室的出入口驀然一亮，織繪當下把臉轉向那個方向。一名穿著白鷺制服的女學生姍姍來遲。之所以感到眼前一亮，是因爲她的髮色。少女甩動著醒目的淺栗色長髮款款走了進來。織繪凝神望著那幅情景。

少女的長髮並非人工染成的栗色，而是泛著自然的柔軟與光澤。被濃密的淺色秀髮環繞的小巧臉孔，是顯然帶有西洋血統的五官。水手服與耀眼華美的頭髮非常不搭調。對她行注目禮的不只是織繪。之後走進來的幾名一般參觀者，同樣在注視艾爾．葛雷柯的作品之前先朝少女一瞥。由此可見，少女有多麼搶眼。

突然間，織繪大步朝少女走近。少女正從口袋取出粉餅盒偷偷打開。織繪往她眼前一站，平靜地開口。

「館內禁止飲食。事前，老師沒有告訴妳嗎？」

少女抬眼看織繪。淺褐色虹彩在展覽室燈光的反射下燦爛生輝。那是不見驚訝與恐懼，毫無感情的眼眸。

帶隊老師察覺兩人的動靜，從葛雷柯的作品前發話：「對不起。有什麼問題嗎？」織繪沒回答，對著少女繼續說：

「妳在吃口香糖吧？能否請妳立刻吐出來？吐在這裡。」

織繪從夾克口袋取出手帕，在手心攤開遞上。少女在一瞬間將視線垂落在手帕上。然後，咕嚕一聲，把什麼吞下肚了。

「我啥也沒吃。」

說著，少女朝織繪張開嘴。然後，桃色的小舌頭如生物般吐出兩三下。

「喂，妳在做什麼?!太沒禮貌了！」

老師慌忙跑過來。少女冷哼一聲嗤之以鼻，對艾爾．葛雷柯的作品正眼也不瞧，逕自走向下一間展覽室。

織繪任職的大原美術館，在日本的中國地區[1]本就因全國首屈一指的西洋美術收藏而知名。明治時代經營紡織公司致富，也是日本美術收藏家的大原孫三郎是該館創辦人。孫三郎早年金援友人兒島虎次郎這位畫家赴歐，虎次郎則在創作之餘，爲孫三郎收集歐洲的美術品。當時收集的作品，成爲美術館的主要館藏品。據說艾爾．葛雷柯的〈受胎告知〉是在巴黎的畫廊被虎次郎發現，虎次郎遂將這幅畫的照片寄給孫三郎請他匯款以便買畫。這是一九二二年的事。

織繪每次站在〈受胎告知〉前，總會想像七十八年前的巴黎，這幅作品當時想必就掛在某畫廊的

1 日本的本州西部。包括岡山、廣島、山口、島根、鳥取這五縣。

昏暗一室吧。然後，對於偶然走進那裡的一名東洋畫家能夠慧眼識英雄，她不禁心懷感謝。

是的。與美術品的邂逅，受到偶然與慧眼的左右。

極端稀少的優秀美術品要在市場上出現，端賴偶然。擁有者因某種理由（爲了取得現金收入或購買其他作品的資金）委託畫廊或拍賣公司也不是計畫性的。往往是心血來潮忽然覺得這件作品脫手也無妨，或者突然急需現金，總之除非偶然的時機降臨擁有者身上，否則一旦落入收藏家手裡的東西很難再出現。私人收藏通常是擁有者特別喜愛，或者只要擁有便已滿足的東西。這就是收藏家的心態。極端的收藏家，到死爲止，或者甚至死後，也不允許作品轉賣或公開。在日本的泡沫經濟期買下梵谷名作的企業家，便曾大言不慚：「等我死了希望把作品也一起燒掉。」因此招來全世界的惡評。但織繪認爲，那恐怕是收藏家的眞心話。

作品偶然在市場出現時，這時需要發現者的慧眼。也有人只憑藝術家的姓名及創作年分看作品。但再有名的藝術家也會有不完美的作品——有時甚至被稱爲劣作。執著於創作年分也是危險的。舉世知名的藝術家，顚峰期通常不久，那段時期創作的作品數量有限。因此，謳歌顚峰期作品之舉往往也伴隨著贗品出現的可能。端視此人是否有慧眼，能夠不依賴姓名與創作年分這種說穿了純屬「符號」的東西，一眼看出作品本身的力量與「永恆性」。以及，能夠有那種慧眼的人，是否保持充分的財力去取得作品。

偶然，慧眼，財力。名作的命運，取決於這三項要因。艾爾．葛雷柯的〈受胎告知〉便是完美具備這三者，成爲大原美術館的館藏品，現在，才會在這裡如此展出。

「也難怪啦。就算再有名的畫，對小高一生而言還是太高深了嘛。今天的團體參觀，根本沒什麼人在聽老師講解。」

結束當天的工作，與織繪一起走出美術館的桃崎優梨子，在走向車站的路上如是說。

「桃崎小姐，妳上高中時也是那樣嗎？」

織繪試問。幾年前這個監視員也只是個高中生。

「對呀，差不多吧。那時我也來大原美術館參觀過，但是興趣缺缺吶。因爲那時只熱衷打電動，或者迷偶像明星嘛。比起美術館，我更想去的是東京迪士尼樂園。現在當然也是。」

優梨子坦然一笑。織繪也笑了。

「早川小姐高中時，又是怎麼樣？當時住在岡山嗎？」

優梨子這麼詢問後，

「因爲早川小姐妳沒有岡山口音。向田小姐說，妳講得一口漂亮的標準語所以應該是東京人。是眞的嗎？」

優梨子如此補充。

關於自己的身世背景，她沒有詳細對同事們交代過。因爲她的身世即便簡單帶過聽起來也會很誇張，況且她也懶得詳細說明。

「我高中的時候，不在日本。」

織繪的回答，令優梨子發出意外的驚呼。

「咦，這樣啊。那麼，妳是所謂的歸國子女？」

「哎，算是吧。」

「不在日本，那是在哪裡？」

「嗯——。……在巴黎。」

當她略微支吾地回答後，優梨子再次驚呼。

「哇——好好喔。是因爲令尊的工作關係嗎？早川小姐，那妳會講法語嘍？」

織繪報以微笑沒有答覆。優梨子一再重複好好喔、好好喔，但是織繪死不肯回話，最後她也只好閉嘴。

從美術館往站前幹道元町路的美化區，有水路悠悠流經。綠色的水面，倒映著水邊林立的倉庫白牆。織繪與優梨子一邊並肩漫步，一邊各自瞥向河邊垂柳在晚風中搖曳著新綠枝條的景象。

來到水路盡頭，「說到這裡，」優梨子再次開口。

「今天，白鷺的女學生，有個水噹噹的女生……我是說有個長得很漂亮的褐髮女生啦。妳看到了嗎？」

織繪依舊緘默。優梨子無奈地再次噤口。來到元町路，優梨子含笑說：

「那我走了，明天見。失陪了。」

說完輕輕點個頭，便朝車站的反方向小跑步遠去。本來兩人總是一起走到車站，今天大概是看織繪死不開口，所以優梨子覺得有點尷尬吧。織繪微微聳肩吐出一口氣。

打從以前，自己就有這種毛病。不讓他人越過一線踏入自己私領域的毛病。以前在巴黎念高中時也是。起先一方面也是因爲法語還不流利，總之她沒有對任何同學打開心扉。唯一能讓她打開心扉的，是美術作品。只要出去隨便走幾步，街頭到處皆有美術館，有名畫。達文西、賈克·路易·大衛、莫內、畢卡索，都是只要她開口傾訴必然會回應的無可取代的友人。

他們是重要的友人。所以，想了解更多——她當時這麼想。

自倉敷車站搭乘山陽本線上行列車，在第二站的庭瀨下車。織繪的家，位於自車站徒步十分鐘的住宅區。

「我回來了。」

打開玄關門，她喊道。「妳回來啦。」廚房傳來回應。走進瀰漫味噌湯的氣味與濕氣的廚房，站在流理臺前的母親背對她問道：

「今天眞繪去妳那裡了嗎？」

嗯，織繪嘆息著回答。

「她的態度很惡劣。今早出門前明明跟她講過館內絕對禁止飲食。她居然還嚼口香糖。」

母親吃吃笑著抖動肩膀。

「哎，這個年紀的孩子就是這種調調。妳以前不也一樣？」

「我可沒在美術館嚼口香糖。我去美術館時，向來很認眞。」

「是啊。當時妳還宣稱要嫁給畢卡索呢。把妳爸爸嚇了一跳。他那驚訝的表情，我永遠忘不了。」

轉過身的母親面帶溫煦笑容。母親總是這樣一臉微笑站在廚房，打理家事，迎接上學上班歸來的自己。織繪長年來一直受到這個笑容的守護與支持。

任職大型貿易公司，擔任法國分公司社長，前途看好的父親因車禍意外去世時，母親也沒有亂了陣腳，在喪禮上面帶微笑接受眾人的弔唁。把當時就讀索邦大學的獨生女織繪留在巴黎，自行回到故鄉岡山時，母親也是面帶微笑揮手離去。之後，在織繪未婚懷孕，決定生下孩子，回到岡山時，母親仍舊什麼也沒問，只是帶著微笑，緊緊擁抱她。

這樣的母親，只掉過一次眼淚。那是在女兒眞繪出生時。先落淚的是織繪。之前壓得很緊的東西，在嬰兒誕生的那一瞬間全部釋放出來了。聽到嬰兒響亮的哭聲，宛如打死結的繩子倏然解開，織繪當下淚珠滾滾。摟著嚎啕大哭的女兒，母親說：辛苦妳了，織繪，妳做得很好。然後也哭了。那不是悲傷的淚水。母親滴滴答答落在織繪額頭的淚水，很溫暖。

之後過了十六年。

玄關砰地傳來關門的巨響。同時廚房的牆壁也一陣震動。這棟小小的老房子到處都已不夠結實。

「妳回來了。」母親朝走廊揚聲。沒回應，只聞啪啪啪一陣衝上樓梯的腳步聲。眞繪回來時總是這副德性，再加上白天發生的事，織繪氣惱地走出廚房。

來到二樓的女兒房間前，只聞震耳欲聾的日本流行音樂。織繪猛然開門，大吼一聲：「吵死了！」

淺栗色頭髮倏然一甩，雪白的小臉轉過來。毫無感情的眼睛。和之前在美術館警告她時一樣。織繪大步走進房間，關掉CD音響的電源。織繪聳肩深呼吸，然後說：

「這樣會吵到鄰居。之前，隔壁的難波太太已經來抱怨過了。」

眞繪露骨地把臉一撇，「關我屁事。」她幽幽咕噥。

「就算不關妳的事，外婆可是會被人家講得很難聽。這裡本來就是外婆的家，出了問題，鄰居只會怪到外婆頭上。妳懂嗎？」

眞繪默然。還是面無表情。女兒不笑也不怒的漠然，令織繪難以忍受。

「飯菜都準備好了。下來吃飯。」

她沒看女兒的眼睛，說完就想離開房間。這時，

「難波嬸會講外婆的壞話，都是媽害的。」

冰冷的聲音響起。

「她說：『早川家的織繪，沒結婚就敢大著肚子回來，生下一個小雜種。還眞是新潮啊。』」

織繪如遭鐵絲捆綁動彈不得，當場呆住。旋即，她醒悟，這是捏造。一定是眞繪瞎掰的。就算再尖酸刻薄的人，也不可能故意對鄰居的高一女兒講這種話。

織繪轉身，勉強按捺幾欲爆發的怒火，「妳不要太過分！」她語帶顫抖說。

「那種瞎掰的鬼話，妳敢對外婆說我可不饒妳。」

母親噴火的眼，被女兒以冷如水的雙眼回敬。然後，

「我怎麼可能會說？」

眞繪以同樣冰冷的聲音嘀咕。

「這是小六時，難波家的小悅告訴我的。她說她媽媽就是這麼講的。」

——眞繪，妳媽媽爲什麼沒結婚就大肚子了？妳爸爸在哪裡？

鄰家同年的女兒悅子，聽到家人的議論，直接問眞繪。雖然裝作天眞無邪，但悅子向來帶有少女慣有的惡意。眞繪打從出生時就沒父親，也沒聽母親提過父親。她什麼也答不出來。

在這鄉下小鎭，織繪一家人是孤立的。本來，孤立始自周遭人對織繪的母親過於得天獨厚的嫉妒。

織繪的母親是縣內首屈一指的高材生，以第一名的成績進入東京某名門女子大學。之後，進入大型貿易公司工作，與菁英社員結婚。隨著丈夫的外派定居紐約、巴黎，住的是高級公寓。在美國長大的獨生女織繪從小就喜歡鑑賞美術，英語、法語皆很流利，以首席成績自法國的高中畢業，進入索邦大學攻讀美術史。織繪的母親，丈夫是大公司的法國分社長，女兒是名門大學生。過著衣食無缺，健康幸福的生活。的確是令人稱羨的人生。

但是，織繪的父親意外身亡，母女的生活頓時一變。

失去丈夫後，織繪的母親爲了照顧在故鄉獨居的老母，回到這個家。鄰居表面上紛紛安慰：「眞是苦了妳了。」私底下卻幸災樂禍：「誰教她過去太一帆風順！」甚至嫉妒她得到丈夫的遺族年金與保險金，背地裡譏刺：「死了老公還是過得挺優雅的嘛。」過了一陣子，織繪也未婚懷孕返鄉。而且生下來的孩子是有西洋血統的混血兒。近鄰更加幸災樂禍，做出種種無聊的猜測。織繪的外婆對她態度疏遠，也不大疼愛曾孫女眞繪。眞繪五歲時，織繪的外婆過世了。死前留下一句：你們一家，或許根本不該回來……

混血的眞繪，成長爲路人回頭率百分百的美少女。但那同時也加深了她的孤立。升上小學高年級後，同學對她的霸凌變本加厲。拉扯她的頭髮說那是染的，喊她小雜種嘲笑她。小六時，被男班導異樣中意，甚至差點遭到猥褻。眞繪顫抖著向母親吐露，說她差點被老師脫掉衣服。織繪怒燄沖天地去學校算帳。但校方的反應卻冷漠如冰，始終堅稱沒那回事。而織繪，也不能再多做什麼。

從此，眞繪無論對世人或對母親，一直緊閉心門。唯一能讓她稍微敞開心扉的，只有在面對她的外婆時。

「眞繪，怎麼樣？那個可樂餅，是外婆親手做的喲。好吃嗎？」

母親與織繪與眞繪，三人圍桌共餐。眞繪勉強還肯坐下吃飯，是爲了這個慈愛的外婆。

無論再怎麼遭到孤立，被人說三道四，冷嘲熱諷，外婆總是悠然微笑。是個很有女人味，很堅強的人。眞繪雖未說出口，卻能看出她偷偷敬仰著外婆。

如果少了這個母親，我跟眞繪不知會怎樣？織繪將酥脆的可樂餅在口中咬碎，一邊這麼思忖。那是唯一能夠維繫她與眞繪之間脆弱關係的存在。如果沒有母親，自己與女兒甚至無法正常對話。少了外婆的家，眞繪恐怕再也不會回來。自己亦然。這樣的家，怎麼可能想回來？

「今天，妳去了妳媽媽的美術館吧？妳最喜歡哪件作品？」

母親輕描淡寫地問。那其實正是織繪最想問的問題。但是，如果眞繪什麼也不肯回答，只怕自己會很傷心，所以她不敢問。

眞繪什麼也沒回答。織繪雖未形之於色，其實心底很失望。

果然，這孩子就是那種會在艾爾・葛雷柯面前不當回事地咀嚼口香糖的孩子。是那種在我的重要友人面前甚至不肯笑一下的孩子。

吃完飯，眞繪沉默地上二樓去了。母親用托盤端著茶和草莓，送去眞繪的房間。已經不再有震耳欲聾的音樂傳來。

正在收拾碗盤的織繪，被母親柔軟的手輕拍肩膀。一轉過身，面帶微笑的母親說：「妳看這個。」遞來一張明信片。

「她說是送給我的紀念品。好像是她最喜歡的畫喲。」

織繪拿圍裙擦擦手，視線垂落在手心那張明信片上。

藍底綠色植物圖案的桌巾，放在上面的白色鳥籠。黃色小鳥正在拍翅。籠子彼端，窗外是無垠的淡藍色天空。

小鳥拍翅試圖追尋自由。但是，絕不可能實現。看起來也像是那樣的畫——。

一九二五年，巴布羅・畢卡索四十四歲。畢卡索活到九十一歲，所以就畫家生涯而言才剛進入中期。這年的畢卡索，織繪還挺喜歡的。超現實主義運動興起，嶄新的藝術思想及革新的表現手法，這些發現肯定令畢卡索雀躍不已。

創造新藝術，或者徹底破壞藝術。當前衛藝術的巨浪瘋狂地鋪天蓋地而來，他沒有被淹沒。因爲，他正是引起那波海嘯的人。

站在一九二五年，巴布羅．畢卡索創作的〈鳥籠〉附近，織繪一如往常地凝視作品及其周邊。眞繪就是挑選這幅畫的複製明信片送給外婆。如今看著原畫，織繪驀然萌生異於平時的念頭。

這隻鳥，也許根本不在鳥籠中？

也許是空鳥籠放在桌上，湊巧窗邊有鳥飛來停駐。所以那只是從這邊看過去的錯覺——她想。

每次佇立在這間展覽室，織繪總在想。這隻鳥看起來好痛苦。拚命在拍翅掙扎。窗外的天空是那樣蔚藍遼闊。不能展翅飛去令小鳥苦不堪言。在希特勒以獨裁者之姿抬頭，法西斯主義開始在歐洲籠罩陰影的時代，畢卡索或許是藉由描繪籠中鳥，來暗示對自由的渴望吧。就這樣，織繪以略微誇張的嚴肅態度與這幅作品對峙。有時甚至會想：好想放這隻鳥逃走。放走這隻被偉大畫家囚禁的，永遠的籠中鳥。

所以，雖說是偶然，眞繪特地選中這幅畫，還是令織繪感到心情苦澀。那孩子，也覺得自己就像無法飛上天的籠中鳥嗎？不，不是的。那孩子想必根本沒意識到自己有翅膀。過去明明有翅膀，卻感覺再也無法展翅的——或許其實是我？

再也無法飛翔了。這個事實，彷彿事到如今才被女兒逼著發現，很苦悶。

然而，驀然面臨新的「視點」——偶然間，小鳥自天空飛來窗邊，於是看似關在桌上的鳥籠中。

這個發現，令織繪偷偷興奮。

是的。只要仔細思考畫名就知道。不是「籠中鳥」，是「鳥籠」。畢卡索不是在畫「鳥」，是畫「籠子」。這麼發現後，頓時如有一陣突如其來的風吹起，自腳邊唰地竄起雞皮疙瘩。織繪無意識地用力緊握在腿上併攏的雙手。

名畫有時就是會這樣爲人生帶來意想不到的啓示。那正是名畫之所以是名畫的理由。不只是構圖、色彩、均衡感、技巧的秀逸。還有時代性、賦與對象的深厚情感、靈感、強烈吸引力、難以形容的心癢感。畫中是否有某種奪走觀者心魂的決定性要素？「眼」與「手」與「心」是否三者具備？這就是名畫之所以爲名畫的決定性要素。

早川小姐——被人小聲呼喚，她這才回神。身旁，佇立著優梨子。

「啊，對不起。那就拜託妳了。」

織繪慌忙準備換位子。不時總會這樣，凝視作品時，完全進入「那邊」的世界，失去時間感。不僅是時間，連自己正在何處做什麼，有時都會失去現實感。明知那樣對監視員而言很失職，但從小養成的毛病就是改不掉。

不料，優梨子說出令人意外的話。

「不是啦。小宮山先生說，請妳立刻去研究課一趟。剛才，我結束休息要回來時半路被喊住，叫我這麼轉告早川小姐。」

織繪側首不解。在這間美術館擔任監視員算來已有五年，撇開總務課不談，可從來沒被研究課叫去過。正在一頭霧水之際，優梨子催她快點，她只好走出展覽室。

她敲敲研究課的門，道聲「打擾了」戰戰兢兢開門。呈島型排列的桌子最後方坐著研究課課長小宮山晉吾。看清織繪自門外出現後，「啊啊，請妳在那邊等著。」他起身說。

小宮山走出研究課，對著站在走廊上的織繪，

「不好意思，突然把妳找來。請跟我一起來一下好嗎，不會耽誤妳的時間。」

說著擠出明顯的陪笑。織繪聽了，稍微低頭行個禮。

比織繪年長四歲的小宮山，本來在東京世田谷的美術館擔任研究課課長，今年春天，才剛跳槽到大原美術館。他是去年就任館長、國內首屈一指的西洋美術史家寶尾義英，在東都大學任教時的得意門生，經手過許多近代與現代美術[1]的重要展覽，是相當幹練的策展人。寶尾從小宮山學生時代就對他青睞有加，自己就任館長時開出的條件之一，便是把小宮山從世田谷挖角過來。寶尾與小宮山這樣的近代．現代美術權威的到任，令大原美術館名實兼具地成爲日本最高峰的美術館之一。

對著小宮山毫無說明便想走向隔壁館長室的背影，請問——織繪終於鼓起勇氣喊了一聲。

「我是不是做了什麼逾矩的事？……比方說昨天的團體參觀，白鷺女高來投訴之類的？」

小宮山轉過身。

「妳自己心裡有數？」

---

1 日本對於「近代美術」（modern art）與「現代美術」（contemporary art）的定義有時曖昧不清，但基本上「近代」是指十九世紀至二次世界大戰爲止，「現代」則是指戰後。另外，本書中也提到「Modern Art」，那不僅是近代的，更是特指破壞傳統的前衛藝術。

「不是，那個……當時有學生嚼口香糖。」

她當然沒提那是自己的女兒。小宮山興趣缺缺地問：

「妳勸告了嗎？對那個學生？」

「對，當然。」

「那麼，妳只不過是做了監視員該做的事吧？」

「可是，那個學生把口香糖吞下肚了。她說『沒嚼口香糖』。」

霎時之間，小宮山眼睛周圍的皮膚倏然抖動，旋即哈哈大笑。

「那麼，事情不就已經解決了嗎？學校有何必要投訴妳？」

織繪以低不可聞的聲音說：

「比方說怪我『給該校學生扣上莫須有罪名』之類的……」

彷彿很希望是這樣，織繪說出勉強想到的投訴理由。小宮山似乎一直在觀察織繪的表情變化，

「總之，不是那回事。」

他斬釘截鐵地說完後，短促地敲了館長室的房門兩下。

「請進。」裡面傳來聲音。織繪的緊張略微提高。

門內，有一張長條木桌，桌前放著成排椅子。後方有一張厚重的長方形辦公桌橫向坐鎮。桌上的書籍及文件以絕妙的平衡堆成蟻塚般的小山，也像是當代美術的裝置藝術。背對那堆文件坐在長桌前的男人抬起頭。長長的白眉毛，與之對照修剪得很漂亮的雪白鬍子儼然頗有研究者風範。是館長寶尾

義英。

「我把早川小姐帶來了。」

小宮山說。他的聲音蘊含帶來重要人物的驕傲。寶尾點點頭，以眼神朝坐在自己面前的另一個人示意：人已經來了。

那個背對的人物，扭轉西裝筆挺的身體站起來，轉向門口。織繪呆站在門口動彈不得。那是個從未見過的中年男人。男人滿口說著您好您好，眞是不好意思，還讓您特地跑一趟。戴著銀框眼鏡的臉上堆滿殷勤笑容。面對渾身僵硬的織繪，小宮山催促：「請進。不用客氣。」織繪在對方的邀請下，在館長旁邊的椅子淺淺挨著邊坐下。

「早川小姐是吧。工作辛苦了。」

寶尾在桌上探出魁梧的上半身，朝坐在旁邊的織繪說。也許是想緩和氣氛，可以看出他的態度很隨和。織繪當然認識寶尾，但至今家住東京的寶尾平時一個月頂多來館裡兩三次，就算來了也難得現身展覽室。應該不可能熟知每一個監視員。在織繪看來遙不可及的館長大人突然對她這麼親切發話，令她更加困惑。寶尾彷彿完全看不見織繪的臉色僵硬，話聲之間似乎頗爲愉快，

「哎，在妳工作時特地把妳找來，是因爲這位先生說，很想見妳一面。」

寶尾說。織繪抬起頭，看著坐在左斜前方的男人。男人依舊面帶奇妙的殷勤笑容，翻著西裝外套的暗袋，找出名片夾，取出一張名片。

「還沒來得及自我介紹。敝姓高野。」

名片在木頭桌面上咻地滑過來，停在織繪視線垂落之處。

曉星新聞社　東京總社　文化事業部　部長　高野智之

織繪抬頭看著高野。高野再次堆出滿臉陪笑。高野身旁的小宮山，露出有點困窘的笑容，「我看，還是由我來說明吧。」他認命似地說。

「高野先生統領曉星新聞的文化事業部，負責策畫種種文化活動。尤其是大規模的美術展覽……」

「別看我這樣，我好歹也是稻門大學美術史科畢業的。」高野插嘴說。他用指尖抬起眼鏡的眉心處，接著說道。

「我本來想念東都大，結果沒考上。至今寶尾老師在我心目中仍是高不可攀的大人物……」

「好了好了，快別這麼說了。現在你的薪水已經比小宮山更高不就夠了嗎？」

寶尾插科打諢，於是高野與小宮山都一團和氣地笑了。織繪完全搞不清楚狀況，只能繼續僵著臉。小宮山敏感讀取到織繪的表情，立刻收起笑容又說：

「不只是曉星，舉凡報社及電視臺的文化事業部，都會與日本全國的主要美術館合作，以『共同舉辦』的形式，企畫、組織、實施巡迴展及特別展。妳知道嗎？」

織繪無力地點頭。關於這套運作系統她當然熟知。

美術館與媒體聯手辦展覽，這是日本特有的系統。過去國內還沒有那麼多美術館時，起初好像是利用百貨公司的活動會場，由報社主辦展覽。百貨公司爲了招攬客人想展出名畫，報社則是爲了宣傳、促銷自家報紙而需要借助名畫之力。戰後，報社找來共同主辦的展覽會場不再只限於百貨公司，已移向全國各地新成立的美術館。

「我這或許是班門弄斧，但關於我們的業務，還是容我稍做說明。」

高野先這麼聲明後，才開始敘述。

籌辦大型海外展時的流程是這樣的。

比方說，現在有個雷諾瓦展覽的企畫案。雷諾瓦在日本的人氣很高，如果辦展覽可以預期會吸引許多觀眾。但是從海外借來作品光是運費和保險費估計就要數億圓，因此需要巨額資金。但，日本的美術館，尤其是國公立美術館，幾乎都是在微薄的預算下勉強維持營運，絕不可能爲了一次展覽耗費數億圓。這時，就需要媒體的文化事業部登場了。媒體的文化事業部，幾乎承擔了展覽所需的所有經費。

假設曉星新聞社文化事業部決定在A這家公立美術館舉辦雷諾瓦展。曉星從擬定企畫、與國外美術館洽商借出作品、作品的輸出輸入、展覽專刊及明信片乃至錄影帶的製作，幾乎一手包辦。另一方面，也致力向企業募款尋求贊助。至於贊助的企業，透過曉星新聞的參與，自然也期待自家企業在傳播媒體上的曝光。實際上，多數企業都把贊助金列爲廣告宣傳費。這下子，曉星可以拉到大規模的贊助金。而門票當中，一半甚至一半以上都會進曉星的口袋。展覽專刊及周邊商品的收益幾乎全歸報社所有。因此，像雷諾瓦展這種雖然耗資龐大但也可預見大量來客人數及高額門票收入的展覽，若能與美術館共同舉辦，對曉星而言可以預期有不少的利益。而美術館這邊，也樂得有人代爲負擔高額經費，帶自家的策展人與國外美術館交涉，因此美術館與傳媒文化事業部的關係，恐怕永遠都無法切斷。

說穿了，等於是雙贏的關係。

關於日本獨特的展覽會模式，不，不僅如此，對於日本美術館的歷史與現在，乃至組織與機能，織繪在進入這家美術館工作之前都已做過研究。雖然不是擔任策展人或經紀人，但這畢竟是她第一次在美術館這種地方上班，無論如何都很想調查一下。不過，一方面也是因爲她本就對美術擁有無可救藥的探究心，所以也仔細研究了館藏主要作品。

織繪對於日本的美術館私底下研究得有多深入，在場三位專家當然無從得知。高野大概是早已習慣四處談論自己的工作，幾乎是自動針對「報社與美術館的關係」侃侃而談。期間，小宮山神經質地頻頻附和，寶尾當胸交抱雙臂文風不動。

「談到這裡，」高野的說明終於可以告一段落後，小宮山迫不及待地開口：

「早川小姐，妳認識提姆．布朗這個人嗎？」

織繪抿緊雙唇凝視小宮山的臉。織繪霎時充滿驚愕的神色並未逃過小宮山的眼睛。他的眼裡，也掀起驚訝的微漣。

「果然。妳認識他吧。」

「啊。不，……不認識。」織繪擠出尖細的聲音搖頭。

「不，我不認識。」

「怎麼可能不認識？」這次輪到高野難掩興奮地說。

「畢竟，人家可認識妳喔。他說如果由妳負責出面交涉，把他們美術館的鎮館之寶借給我們也不是不可以。」

高野的話語，化爲冰涼的手冷冷探進織繪的內心。彷彿心臟被一把揪住，織繪霎時凍結。

「好了好了，高野先生。你這麼性急的說法。人家怎麼聽得懂？畢竟她直到剛才爲止，只不過是區區一介監視員。」

寶尾插嘴，但立刻又補上一句：「監視員——我們館裡的。」然後，對著似乎已忘記呼吸動也不動的織繪側臉問道：

「我重新問妳一次，早川小姐。提姆・W・布朗。妳認識吧？那個紐約現代美術館的研究部部長。」

在膝上緊握的手倏然一動，織繪勉強擠出聲音。

「只聽過名字……因爲那是有名的，呃，策展人……」

「沒錯。但是，日本鄉下美術館的『一介監視員』認識他恐怕就不尋常了。他既非歌手亦非演員。是策展人。說他有名當然很有名，但那應該僅限於精通我們這一行的專家之間吧。他是相當有侷限性的名人。」

「早川織繪小姐。妳，並非『區區一介監視員』吧。」

小宮山轉爲逼問嫌犯的刑警口吻，繼續說道。

「妳，該不會——是那個Orie Hayakawa（早川織繪）？妳的名字，我記得。我念研究所時，有位日本研究者以優美的法文不斷發表論文，在學會蔚爲話題。那已是將近二十年前的事了，所以我本來早已忘記。」

織繪低頭，依舊緊抿著唇。她的唇，彷彿因爲被人指責出失誤，微微扭曲。

「我也是聽小宮山一說才想起來。被他這麼一說，的確有過這號人物。」

館長頓了一口氣，才用慢條斯理的口吻說。

「不好意思，我破例向人事課調出妳的履歷看過了。我對監視員沒有直接管轄的人事權，也沒興趣和時間去看研究員以外的館員履歷，所以本來不打算做那種事。……不管怎樣，沒有知會妳就調閱履歷之舉涉及隱私權的問題。這點我要老實向妳致歉。」

客氣地辯解後，旋即，「不過，妳的經歷眞不可思議。」他看著織繪的眼睛繼續說。

「根據妳的履歷所寫，妳生於一九五七年，一九七九年自巴黎第四大學畢業，一九九〇年至九五年在倉敷市內的書店擔任兼職人員——好像有點省略得太過分了吧。」

「雖然履歷沒寫妳攻讀的是美術史，但說到巴黎第四大學也就是索邦大學，那我們可是當下就懂了。畢竟那是在法國學習最高水準美術史的場所。」

小宮山正面直視織繪說。

「妳的履歷上雖然沒寫，但妳其實擁有博士學位吧？如果，妳就是那位曾經在美術史論壇驚才絕豔的早川織繪——我記得她好像是在課程最短期限的二十六歲便取得博士學位了。」

「很抱歉，爲了查出妳的下落，我請敝社巴黎分社的人查過索邦大學七九年的畢業生名冊。」

高野插嘴說。

「妳若是這兩位記憶中的那個早川織繪，那就如他們所言，在二十六歲已取得博士學位。這樣就說得通了。那也就難怪MoMA研究部門的最高負責人提姆．布朗——會對妳深感興趣了。」

「請等一下。」

織繪忍無可忍，打斷高野的話。這些人究竟在說什麼。

「關於履歷我無話可說。的確省略得太過分了。但是，要從事監視員這個工作，與有無博士學位並不相干。」

織繪抬起原本低垂沉思的頭，斷然表明：

「研究美術史已是過去的事。現在，我……和學術界沒有任何關係。」

三個男人面面相覷。室內原本炒熱的氣氛，瞬間萎縮。

「的確，突然聽到這種事難免會困惑。」

曉星新聞社的高野恢復鎮定說道。

「誠如您所言，早川小姐是與學術界沒有任何關係的一介監視員……到剛才爲止。」

他猛然抬起鏡框，挑釁地看著織繪。

「老實說。我們曉星新聞社文化事業部，正與東京國立近代美術館合作，企畫一場大規模的展覽。……亨利．盧梭的。」

織繪的肩頭倏然一抖。寶尾與小宮山彷彿正在進行動物實驗的研究者，以審愼的目光凝視織繪。

「國內美術館及個人收藏的盧梭作品自然不用說，也得到國外美術館的協助，計畫舉辦一場盛大的回顧展。策展人是東京國立近代美術館的研究課課長川上尚三老師、京都國立近代美術館的研究課課長隅谷順哉老師以及……」

「我也有幸參與策畫。」小宮山語帶興奮。

「在盧梭研究方面我可不輸國立美術館的人。妳或許不記得了，當時我也在學會發表過論文討論樸素派與超現實主義的關聯性。是用法文喔。當然，恐怕沒有妳那麼高明。」

見小宮山似乎又想重炒舊話題，「那個就別提了吧。看來你眞的很不甘心。」寶尾笑著安撫他。

「那麼，本館也，呃……也在盧梭展的巡迴展出名單中嗎？」

總算轉爲發問方的織繪，聲音略帶顫抖。企畫展覽室並不大的大原美術館，從未接受過大規模的巡迴展。雖覺不可能，她還是試探著問道。

「我們當然是殷切期盼……」寶尾交抱雙臂回答。

「但妳也知道的，企畫展覽室的規模不合適。因此我們將出借館藏的盧梭作品〈巴黎郊外・巴紐村〉，並由小宮山負責監修及撰寫圖錄解說。」

織繪無力地應了一聲噢。高野看著她轉眼萎靡不振，「果然。」他嘀咕。

「妳很感興趣吧。雖說是過去的事，但在盧梭研究方面似乎沒有其他研究者能夠締造像妳那般輝煌的成績。難道妳不想知道名單上還有哪些作品嗎？」

空氣在瞬間緊繃。織繪不知不覺在膝上將雙臂撐得筆直。高野彷彿想確認織繪的心情，慢吞吞地一一舉出作品名稱。

「奥塞美術館的〈戰爭〉、畢卡索美術館的〈做爲和平象徵來共和國致意的諸大國代表們〉、巴塞爾市立美術館的〈詩人和他的繆斯〉、布拉格國立美術館的〈我自己・肖像風景〉，還有紐約現代美術館的……」

「……〈夢〉。」

織繪的嘴無意識地蠕動。冒出的作品名稱，宛如微風，掠過屏氣凝神的諸人耳畔。高野將上半身探出桌面，跟著複述一遍：「沒錯。就是〈夢〉。」

〈夢〉——一九一〇年，亨利・盧梭晚年的代表作。

畫出這幅大作時，畫家六十六歲。盧梭長年擔任巴黎稅關的入市稅徵收員，直到四十歲之後才開始正式拿起畫筆。在世期間並未受到什麼好評，作品被揶揄爲兒童畫，是一直遭受嘲笑的落魄畫家。這個後來被稱爲「樸素派始祖」、廣受舉世喜愛的畫家，據說直到死前都還在畫這幅作品。

夢，光是說出這個畫名，那幻想式的畫面便巨細靡遺地在織繪的腦海鮮明重現。同時，畫家自己爲這幅畫所寫的詩，也一字不改地浮現。

Yadwigha dans un beau rêve
S'étant endormie doucement,
Entendait les sons d'une musette
Dont jouait un charmeur bien pensant.
Pendant que la lune reflète

Sur les fleurs, les arbres verdoyants,
Les fauves serpents prêtent l'oreille
Aux airs gais de l'instrument.

甜美夢中的　雅德薇佳
陷入安詳的沉睡
笛音入耳　來自深沉的弄蛇人
繁花綠葉之間　處處有月光燦爛
紅蛇們也在出神聆聽綺麗的音樂

「〈夢〉與同樣出自盧梭筆下的〈睡眠中的吉普賽女郎〉，都是MoMA館藏中人氣最高的作品。從世界各地造訪紐約的觀光客，都是爲了畢卡索的〈亞維儂姑娘〉、梵谷的〈星夜〉，以及這幅〈夢〉來到MoMA。因爲不能辜負每年近兩百萬來館者的期待，因此幾乎從不外借。算是所謂『門外不出』的祕寶。」

高野訴說著舉世最具知名度，以極高吸客人數自豪的MoMA鎭館之寶有多麼難以借出。

在任何國家都極受歡迎的印象派以後的法國繪畫展覽時，奧塞美術館、波士頓美術館、泰特美術館這些世界聞名的美術館，會互相出借館藏，理事會及館長、策展人之間也會頻繁交流，策劃大型的國際巡迴展。當然，在西洋美術方面，日本的美術館怎樣也不可能與他們站在平等的立場。想借的作品雖然多如牛毛，卻沒有足以交換借給對方的作品。若想借名畫，只能靠傳播媒體的文化事業部人員提出高額租借費。

進而，縱使付出天價的租借費，還是很難借到號稱門外不出的作品。顧及運送途中的風險，一般美術館都會爲之卻步。他們最怕的就是這世間獨一無二的作品不幸破損或遺失的風險。對他們來說，日本依舊是「極東之地」，壓根不願冒著風險特地把鎮館之寶借到那種地方去。

毋需聽高野說明，織繪也知道，歐美美術館與日本美術館的勢力高下，即便歷經戰後五十年也幾乎絲毫未變。

要讓態度高傲的西方美術館點頭出借門外不出的作品，除了經濟力更需要高度的談判力。這個報社人有那種實力嗎？

「沒想到，意外的機會降臨。不曉得妳知不知道，其實，MoMA從二〇〇二年春天起要暫時閉館——直到二〇〇四年秋天。」

織繪赫然想起。曾在美術雜誌之類的看過這條新聞。位於紐約曼哈頓五十三街的美術館大樓要進行改建。已選定日本的建築家負責設計。美術館在那段期間要暫時搬遷至皇后地區的臨時美術館——。

「這是國外美術館常有之舉，MoMA好像也打算趁著改建期間把館藏整批借出。這是〈夢〉出現的好機會。」

小宮山忍不住插嘴。研究員的業績端視能借到什麼樣的作品展覽。因為越是重要作品，越能顯示出自己有談判能力與政治力。對於專攻樸素派的小宮山而言正是千載難遇的機會。

「不過，打算商借MoMA鎮館之寶的不只有我們。不僅是盧梭，這也是借到畢卡索及梵谷作品的好機會，所以好像也有人提出要連同盧梭的作品在內一起借來辦個『MoMA館藏展』。」

寶尾依舊交抱雙臂，一臉凝重地補充。織繪就像在看電視報導遙遠國家發生的事，再次呆呆地噢了一聲。

「我不便透露對方的身分……是東京都內某私立美術館，由某大報社掌舵。」

高野憤憤不平地抬高鏡框。看樣子是對頭報社的文化事業部積極爭取一舉獲得至寶。

「我們不要求全部。只要那一幅〈夢〉就好。剩下的全都給他們也行。眞是的，那家報社也很難纏。聽說向MoMA要求連同盧梭在內要把全部館藏打包展出。」

仗著匪夷所思的巨款想把東西搶光，要燒錢也該有個分寸，高野毒舌地說。

「巴黎和巴塞爾還有布拉格都已私下談好了。現在只剩紐約……」

高野喃喃自語後，緩緩抬頭看著織繪。然後說道：

「早川小姐。我們的最後王牌，就是妳。」

織繪凝視銀框眼鏡後方發亮的雙眼。聽到現在，她還是完全不懂這些男人究竟指望自己做什麼。

「一開始就已稍微提過了——妳應該很熟悉的研究部部長，提姆．布朗。他指名要妳。要求妳擔任這項企畫案的交涉窗口。」

一瞬間，織繪在喉頭深處停止呼吸。就這樣，像要確認什麼似的，屏息瞪視高野的眼睛。

看吧上勾了吧，妳到現在還是熱愛盧梭勝過一切的研究者喔。眼鏡後面的眼睛，愉快地閃閃發亮。

——雖不知她現在何處做什麼，但應該還在研究盧梭。而且，唯有她，是我在日本人當中唯一可以信賴的亨利．盧梭專家。

若由早川織繪擔任這項企畫的交涉人——那MoMA保證會認眞考慮出借〈夢〉。

說這句話的，是紐約現代美術館的研究部部長提姆．布朗。他是近代美術，尤其是亨利．盧梭研究的第一人，MoMA的理事長和館長據說都得聽他的意見。他不斷策畫出歷史性的重要展覽，替「Modern Art是什麼?」這個古老又新穎的主題重新定義。他正是堅持保護盧梭作品，不惜一切努力將之流傳後世的人物……。

「……早川小姐。妳在聽嗎?」

耳邊，響起寶尾的聲音。織繪霍然回神，正面面對他。但是，她就是無法聚焦。甚至連自己身在何處，都已不再明白。

難以置信。提姆他……那個提姆．布朗，跨越十七年的時間，在如今身爲一介監視員的自己眼前，就這麼閃亮亮地出現了。

「妳能否去紐約?早川小姐。越快越好。敵人已開始行動了。我們希望借助妳的力量，一定要設法搶過來。——搶〈夢〉。」

某人熱切訴說。但是，那是誰說的，織繪已無法判斷。

喀答一聲鈍響，在耳朵深處響起。這是什麼聲音？啊啊，對了，是開蓋子的聲音。回到日本，生下真繪，算算已有十六年之久，那重重緊閉的「潘朵拉的盒子」。那個蓋子，現在，被打開了。

第二章　夢

一九八三年　紐約

那封信，在提姆．布朗桌上堆積如山的廣告信函中，散發出不尋常的氣息。

紐約現代美術館，繪畫．雕刻部門，每日都會收到大量的廣告信。絕大部分，來自美國本土各地的畫廊。展覽的告知、力捧的藝術家新作情報、藝術節、海報清倉大拍賣等等，如果逐一過目只怕一轉眼天都要黑了。若是有來往的美術館舉辦展覽的開幕儀式邀請卡，一眼就看得出。會以印有該館標誌的信封寄來，因此不會混在直接送進垃圾桶的廣告信中慘遭扔棄。

也有來自MoMA贊助者及收藏家的謝卡。這多半都不是寄給提姆，那是針對美術館主辦的午餐會及晚餐會，各研究部門的研究員就館藏及現代藝術發表演講的謝卡。通常是剛古公司生產的白色或米色信封，這類信函會與堆積如山的郵件分開處理，仔細放在桌上。當然，絕大多數，都是寄給美術館的明星部門——繪畫．雕刻部門的研究部部長湯姆．布朗。

提姆．布朗在哈佛大學研究所攻讀美術史，期間也在巴黎的大學就讀一年，擁有碩士學位，現年三十歲擔任助理研究員已是第五年。他與直屬上司湯姆．布朗的名字雖只有一字之差，但無論是立場或待遇乃至外表，都有天壤之別。

湯姆現年四十四歲，不斷策畫引起話題的展覽，已是引領美術館的當家策展人。為了爭取理事及收藏家夫人的關心，即便在盛夏也西裝筆挺，利用天生的娃娃臉努力裝年輕。相較之下，提姆只要有湯姆在頭上壓著，就很難脫離助理的位置，只要還是助理就永遠不可能包攬展覽的企畫。再加上，他與湯姆正好相反，二十歲就已過度成熟看似已婚男人。有時在畫廊與湯姆一起出現，初次見面的人還會把提姆當成當家策展人，把湯姆誤認爲助理。「正好相反喲。我才是研究部部長，他是我的助理。」每當湯姆打趣地這麼一說，「眞不敢相信。你到底是幾歲當上研究部長的？」人們誇張地面露驚訝。像這種時候，提姆也會嘗到近似敗北感的難言滋味。

把寄給上司的廣告信全部檢閱完，挑出値得一看的展覽通知明信片，在上司來上班前先放到他的桌上。這也是提姆的工作之一。廣告信也會寄給自己。加上寄給上司的，一天收到的廣告信多達百封，要從中挑出看似有趣的展覽通知明信片，是相當費事的工作。

八月八日，本地電視臺「ＮＹ１」的氣象預報說整日晴朗，中央公園的氣溫是華氏九十五度。難怪早上八點左右賣冰淇淋的移動攤車「Mister Softy」和平牧歌式的音樂已從大馬路悠揚傳來。的確，一大早就這麼熱，冰淇淋的銷路肯定會比咖啡好很多吧。

提姆．布朗這四天來，加上假日加班，天天都比規定時間提早一小時上班。上司湯姆自八月四日開始爲期兩週的暑假，自己也已預定自八月十日起回故鄉西雅圖一週。上司交代下來的工作不是普通的多。他必須把那些統統解決才能安心休假。提早上班和加班、假日上班是無能的人才做的事——這是在曼哈頓工作的菁英必備常識，但距離假期只剩兩天，他已顧不了那麼多了。

提姆獨居的公寓位於西村。搭乘地下鐵二十分鐘的通勤時間，相較於自紐澤西一帶通勤的工作人員已算是很幸運了。身爲超名門大學哈佛的碩士，又隸屬於超名門美術館MoMA的研究部門；自己長年研究的畫家亨利・盧梭的代表作〈夢〉是美術館的館藏品；還有後年預定舉辦的盧梭展，雖說是因爲身爲湯姆的助理，但自己的確有資格參與籌備工作。這一切的一切，和一般美國人平凡無奇的人生比起來，的確已是得天獨厚。

他在E線的五十三街這一站下車，自宛如蒸氣浴的站內搭乘長長的電扶梯上來，走到夏日豔陽高照的五十三街馬路上。他在地下鐵出口前的甜甜圈攤車，買了肉桂甜甜圈和紙杯裝咖啡。在抵達美術館的工作人員入口前解決掉甜甜圈，走進地上最慢的交通工具——直通辦公室的電梯，抵達自己的辦公桌。一邊啜飲還剩一半的咖啡，一邊開始篩選廣告信。

刻意在設計上選用鮮豔印刷及大字以便於瞬間吸引注意的明信片中，夾有一封淡奶油色的信。美術館理事及贊助者寄給上司的私信，有時會不慎送到提姆的桌上。畢竟兩人的名字只差一字，信差就算看錯名字也不足爲奇。他只瞄到一眼信封角，便知道這是寄給上司的。提姆毫不遲疑地拿起那封信。上等紙張及高雅設計，正如美術館的許多贊助者所爲，表明這封信的寄件者是個特別人物。提姆迅速確認收信人姓名。

紐約現代美術館　繪畫・雕刻部門　提姆・布朗先生收

印刷清楚的黑墨字體。提姆瞪著那行姓名，幾乎瞪出一個洞。不是湯姆・布朗，是提姆・布朗。

千眞萬確，是寄給自己的。

通常，西式信封的左上角應該有住址和姓名，或者美術館的標誌，總之不管怎樣，都會印有表明寄信人身分的東西。但這封信的寄信人之處卻是空白的。

他翻到信封背面。同樣沒有寄信人姓名，也沒有美術館名或團體名稱。封印之處，有金色的封蠟。清晰可見一個「B」字。他沒看過這個刻印。

——是誰？

是古怪的藝術家？可疑的藝術掮客？總不可能是來找他這個沒沒無名的助理研究員捐款吧？他一邊胡思亂想，一邊拿拆信刀拆信。整齊折疊的奶油色信箋出現。啜了一口咖啡後，提姆打開信紙。

冒昧寫信給您。我是瑞士巴塞爾的康拉特・拜勒財團理事長康拉特・拜勒的法定代理人艾力克・康茲。

這次，基於拜勒氏的希望，敝財團謹向您這位世界代表性的策展人，明年/後年預定於巴黎/紐約舉辦的「亨利・盧梭展」企畫者致上誠摯的邀請。

看到這裡，提姆不禁自信件撇開眼。他像浮上水面的瀕死之魚，仰望天花板，放聲大喊：「這是騙人的吧？」

——眞的嗎？不會吧，這種事，怎麼可能？

朝自己發問的聲音在腦中回響。心臟的幫浦一口氣馬力全開，血液汩汩盤旋。提姆在無意識中用左手緊按自己的胸口。他覺得，心臟該不會衝破胸口掉出來吧。

康拉特・拜勒。

那是名字雖廣為人知，卻誰也沒見過其廬山眞面目的傳奇收藏家。擁有許多印象派・近代名畫，卻無人清楚究竟有什麼作品在收藏名單中。據說他的收藏大部分是德國納粹視為「頹廢藝術」、自歐洲各國美術館及收藏家掠奪來的作品，又說他自黑市買賣取得大量贓物云云，自從擔任這份工作後就四處聽到不少這類流言蜚語。但，因為聽來雲遮霧罩，頂多只覺得大概全都是捏造的。

記得有一次，他與現任大都會美術館助理研究員的哈佛同屆校友安索尼・特雷畢爾共餐時，聊到拜勒。安索尼一臉亢奮地做白日夢說，如果自己能得到拜勒的收藏名單肯定可以一下子升官發財。然後，他忽然臉色一正說，萬一眞的能夠接觸到拜勒收藏，我們館裡的理事們肯定會把所有作品一次買下，或者鼓吹對方捐出來。提姆當時笑他：「什麼拜勒，我看根本就不存在吧。你眞的相信？」但安索尼依舊一本正經，反問：「那你可曾想像過，二十世紀竟會發現死海古卷？」所謂的傳奇，總在某天突然帶有現實感。友人異常認眞地如是說。

現在那個「傳奇」的代理人，竟突然寫信來「邀請」。他怎能不驚訝？

不過，被邀請的，當然不是自己。是湯姆・布朗。因為「世界代表性的策展人，明年/後年預定於巴黎/紐約舉辦的『亨利・盧梭展』企畫者」，是自己的頂頭上司。八成是名字打錯了一個字，或者，對方在許多美術書刊及研究論文上看到「湯姆」・布朗的名字，誤以為那是「提姆」・布朗。不管怎樣，這肯定是寄給湯姆的信。

但是，無論是什麼原因，現在收信人都是自己的名字。就算看了信也不會被責怪。提姆的視線回到信上，急忙繼續往下看。

敝人非常理解，閣下有多麼努力試圖透過這次的盧梭展，重新定義近代繪畫史及現代主義，並且鞏固盧梭的價值，以及，為此，有多麼殷切期盼拜勒氏擁有的盧梭祕藏名作能夠一同展出。據此，拜勒氏決定提供一個難得的機會。

「什麼？」提姆再次脫口咕噥。

——拜勒擁有的盧梭名作？這到底是怎麼回事？

因此，近日之內，為了調查拜勒氏擁有的盧梭作品，希望閣下能夠來巴塞爾一趟。時間是八月十一日至十七日這七天。機票請自行準備。日後，我們會以美金支付現金。停留期間的住宿費及其他一切費用，概由我們負責。

請搭乘八月十日，下午五點四十分自紐約甘迺迪國際機場起飛的美國航空第六十四航班飛往蘇黎世的班機。該機將於十一日上午七點三十分抵達蘇黎世國際機場。在出口處，會有持「B」記號的人迎接。

又及，本信不須回覆。因為拜勒氏確信，您這位同樣認為亨利・盧梭比任何時代任何藝術家都偉大的同志，必定會出現在他的面前。

那麼，我們就在巴塞爾恭候大駕。

康拉特・拜勒代理人

艾力克・康茲

附記：

此事務須保密。

萬一，我們確認此事外洩給第三者，閣下最好有心理準備，今後在紐約現代美術館的立場恐將難以保證。

七月底，暑假的季節接近。

在MoMA，正是工作人員依序開始放暑假的時候。平均起來爲期兩週前後的假期，和歐洲的美術館人員比起來相當短。但，還是比聖誕節及感恩節的假期長。到了七月，人人都蠢蠢欲動，滿腦子只想著休假。每到午餐時間，工作人員的餐廳只聽見「這個暑假你怎麼安排？」的對話滿天飛。因都市熱而放鬆的腦袋只想著漢普頓一帶的沙灘風景，難免會渴望逃避現實。

當然，優先取得休假的是高級主管。在提姆的部門，統領部門的研究部部長湯姆・布朗有權優先挑選日子。湯姆是出了名的難決定假期。他和其他紐約客不同，在炎夏也打著斜紋領帶，把工作看得比休假更重要。

大老闆如果沒決定休哪天，其他工作人員也無法休假。包括提姆在內的二十名成員，每年夏天總是焦躁不耐地等待上司提出休假單。每到午餐時間，大夥兒總要七嘴八舌地討論：「今年夏天湯姆的假期怎麼樣？」

這年也是，湯姆遲遲未提出休假單。結果，直到七月底，他才通知提姆及其他成員：「我要從八月四日起休假兩週。」提姆打算從八月十日起休息一星期回到父母定居的西雅圖，因此坦白告訴上司。

「一週，不，正確說來是有九天會和您的假期重疊……您不介意吧？」

湯姆沉吟一聲，面帶深思。兩個以上的工作人員同時休假是莫可奈何，但他本來似乎希望提姆在他休假期間代為解決堆積如山的工作。

「在我休假期間，我本來希望你幫我聯絡法國的大學及幾位研究者，借用撰寫盧梭展解說所需的文獻……」

老闆正忙於準備明年在巴黎的大皇宮，以及後年在MoMA這兩地舉辦的亨利．盧梭展。而提姆身為他的助理也很忙碌。自己在大學時代的研究對象就是盧梭，老闆雖未說出口，但他感到老闆很倚重他。挑選作品、交涉借出及撰寫解說等重要且敏感的工作，是責任策展人的工作，因此提姆沒有插手；但編寫世界各地現存的所有盧梭作品及文獻的名單，調查作品持有者、所在地、接觸方法，這些推動展覽企畫所需的基本情報，概由提姆準備。盧梭展的企畫案，是在提姆成爲湯姆助理的同時開始推動。或許是提姆在學生時代埋頭鑽研盧梭的表現讓湯姆看上了，所以才決定雇用他來籌備盧梭展。

湯姆在近代美術，尤其是巴布羅．畢卡索的研究方面是舉世知名的學者。在他研究畢卡索的過程中，逐漸也對畢卡索敬愛的盧梭產生興趣，似乎是順理成章的發展。當初一進入MoMA工作，立刻聽到湯姆說要籌備盧梭展時，提姆簡直像自己被提拔爲這項企畫的負責策展人般雀躍，實際上，在回到西村公寓的路上，他甚至不顧年紀地蹦蹦跳跳。

在該時點，全球還沒有任何地方舉辦過這種大規模的展覽，足以確定亨利．盧梭做爲畫家的價值。盧梭雖被稱爲樸素派始祖，受到大眾喜愛，但在評價上始終沒有超過業餘畫家的範疇。

十九世紀末，盧梭開始發表作品時，爲了觀賞舉世難得一見之醜惡拙劣又奇妙的畫，大眾蜂擁至展覽會場的故事頗爲出名。據說人們在盧梭的畫前捧腹大笑。本該是氣質高雅的藝術家聚集的會場，卻籠罩在馬戲團的熱氣中。

對盧梭的評價，即便在畫家死後七十餘年的現在，本質上似乎毫無改變。若以惡意的角度觀之，他的作品，的確只是一個連遠近法和明暗法都沒學過、無知又拙劣的業餘畫家所爲。但是另一方面，若顧及盧梭的登場對畢卡索及超現實主義的影響，如此孤高的異才，在藝術史上，應該是空前絕後獨一人吧。說不定，盧梭其實是個僞裝「無知」的「天才」？

提姆在哈佛時代，一直努力顚覆世人對盧梭的既定評價。但是一介學生就算與美術史學會抗爭，終究能力有限。如果是MoMA這種等級的國際美術館，以及湯姆這種世界知名的策展人辦展覽，極有可能一口氣改變盧梭的評價。爲此，提姆發誓，哪怕是任何工作都要完美達成，成爲湯姆的得力助手。

他就這樣孜孜不倦地持續了五年。收集各種文獻以便老闆可以順利執筆，對提姆而言是小事一樁。

「我就猜您會這麼說，早已向各方申請借出原始文獻及論文影本。目前已有七成搞定。」

「是嗎？」湯姆露出笑容。

「哎，夏天碰上假期，歐洲那邊的動作本就特別慢。實質進展大概得等到九月吧。只要先幫我寄信提出借文獻的申請，就沒問題了。」

「我知道了。九月第二個週一早上之前，我會把主要文獻都收集齊全，放在您的桌上。」

提姆主動提出任務完成的日期，令湯姆滿意地點頭。一邊這麼交談，提姆的腦中幾乎已一下子放鬆，終於可以休假了。他勉強重新上緊螺絲，慢吞吞地問：

「您要去哪裡休假？」

「我打算去朋友位於夏威夷歐胡島的別墅，好好逍遙幾天。啊，不過，我的去處幫我保密好嗎？因爲我怕威廉或蘇妮亞一打電話來我又會投入工作。我的去處，按照慣例，只告訴你和凱西。」

他似乎不想讓MoMA館長威廉・德雷菲斯，以及理事長夫人蘇妮亞・貝克曼知道他的去處。在只有緊急大事才連絡這個附帶條件下，好像也會把電話號碼告訴祕書凱西・麥克羅倫。這是湯姆休假時的一貫做法。

「你呢，要回西雅圖嗎？」

提姆稱是。

「很遺憾，我還是一個人回去。」

在你不跟女友一起回去嗎這個問題砸過來之前，提姆自己搶先補充。「還是老樣子啊。」湯姆說著笑了。

那你自己呢？湯姆。你和愛琳——你的太太不會一起去吧？

還有，你要去的地方眞的是歐胡島嗎？

惡意的問題驀然閃過腦海。但，當然沒說出口。

頂著娃娃臉裝年輕，而且如今風頭正盛的當家策展人。美術館的贊助者及收藏家夫人之中，也有人公然對湯姆拋媚眼放電。也曾聽說他與大富翁的遺孀私會。爲了從對方的收藏借出特定作品，爲了爭取高額贊助金，爲了取得遺產的捐贈，爲了鞏固自己的地位——有時策展人會與熱愛談論藝術的有錢女人大玩心理攻防戰。握有財富的是她們的丈夫，但操縱丈夫的是她們。正所謂的射人先射馬，擒賊先擒王。

策展人這一行，簡直就像男藝妓。

在行事曆上寫下老闆和自己的休假日期，提姆偷偷嘆氣。

爲了完美實現自己想辦的展覽，除了美術方面的知識與品味，更需要人海戰術及談判能力，有時甚至需要用上美人計。不是肉體的美色，是丈夫及年輕牛郎欠缺的知性美。

如果不能爭取到展覽所需的特殊作品及資金，縱使寫出再怎麼縝密的研究論文，也派不上任何用場。如果沒有足以令那些名流夫人痴狂的知性美，就無法勝任一流策展人。

各方面條件都劣於老闆的自己，在這點也毫無自信。活到三十歲這把年紀，竟然連一個女朋友都無法帶回家見父母。你這樣，今後難以勝任策展人喔。難不成你是同性戀？老闆或許就是想說這個。

哼，提姆嗤之以鼻。

多管閒事。老子可不想當男藝妓。

不管怎樣我可是憑實力。總之，現在我的目標只有一個。讓「盧梭展」風光成功。

盧梭展如果辦得好，MoMA的評價也會提升。老闆的評價也會水漲船高。老闆對我的印象應該也會跟著大加分。過去被世人視為樸素派或業餘畫家的盧梭，風評也會有決定性的轉變。換言之，也等於改變我自身的評價。

這次展覽的基礎工程，都是我做的。畢竟，若無我的協助，老闆甚至不知道盧梭在哪兒有多少作品。展覽如果辦得好，老闆不可能不感謝我。至少總得拿掉「助理」的頭銜，推薦我擔任部門研究員吧。

他就這麼細細思考這種念頭。但，越想，不得不更加意識到老闆與自己之間的天差地別。

要替亨利．盧梭這種毀譽參半的畫家辦大型展覽，等於是一種賭博。如果成功了，畫家的評價上揚，作品的價值也會水漲船高。實際上，這名畫家的作品在拍賣會上也會突然身價暴漲。主辦展覽的美術館與策展人也會跟著打響名聲。反之，一旦失敗了，美術館與策展人的評價也會立刻暴跌。指稱那間美術館不怎麼樣的風評固然可怕，但是如果遭到理事會及贊助者的嚴厲批判，對於日後募集贊助金也會有負面影響。

若是舉辦畢卡索或莫內的展覽，一切好談。雖然在保險及運送方面會耗費龐大成本，但相對的，像這種身價已有定評的藝術家辦展覽，由於人氣高，贊助金和捐款也容易募集。再加上還可動員大量參觀者。雖然成本高，回收也大。因此，世界各地的美術館都急著想辦高人氣的印象派．近代美術展，紛紛向收藏特定作品的美術館及收藏家請求借出。策展人之所以需要人海戰術及談判能力，有時甚至必須出賣知性美的色相，就是因爲如果不從爭奪作品的熾烈對戰中脫穎而出便無法舉辦理想的展覽。

在這點，提姆猜想，像盧梭這種高風險的藝術家恐怕已被列入黑名單。即便如此，最後還是與法國國立美術館聯盟達成協議，說服總想迴避風險的理事會，終於敲定舉辦展覽。從這裡便可看出湯姆．布朗的高明手腕。

矗立在自己面前的湯姆．布朗這堵偉大的高牆。每次仰望，總不免爲之嘆息。這，就是現實。

指派提姆一些工作後，八月四日，湯姆開始爲期兩週的休假。

雖然都是瑣碎無聊的工作，但在提姆自己開始放假的八月十日之前，他打算統統解決。

爲了贏得老闆的高度評價，到頭來，他只能這麼做。因此，哪怕是提早上班或加班甚至假日來報到，都是莫可奈何。

要寫信請求借出文獻，到場監督自MoMA館藏中選出來參加盧梭展的兩件大作——〈睡眠中的吉普賽女郎〉及〈夢〉——拍攝調查用的照片，還要針對正在交涉借出作品的收藏家擬妥信函草稿，接待自各地利用休假來訪的湯姆友人，以及篩選數量龐大的廣告信並且整理信件——。

八月九日，上午十點半。提姆甚至無暇買甜甜圈和咖啡，直接衝進工作人員入口。

「嗨，早安，提姆。你怎麼搞的，今早這麼晚才來？」

在門口站崗的比利，遞上出入館登記表說道。無論是館員及訪客，在經過門口之前，都得在這表格上填寫出入館時間及姓名。提姆連簽名都不耐煩，但還是盡量溫聲回答：

「昨晚不是很熱嗎？我睡不好。到天亮都沒睡著。」

「真是，最近也不知道怎會這麼熱。不過，你馬上就要休假了吧？我要到月底才休，真羨慕你。」

提姆陪笑，走進館內。然後，在最後一秒險險擠進眼前正欲關閉的電梯。無論再怎麼趕時間，這部電梯都是世界第一緩慢。他煩躁地等待電梯抵達三樓，全力衝刺奔向研究部門。

「天啊，你終於來了。提姆，聽說攝影師在攝影棚已經痴痴苦等一個半小時了。館藏管理部門一再打內線電話過來問你到了沒有呢。」

湯姆的祕書凱西，一看到提姆就說。

「噢，我知道啦。」提姆不耐煩地說。十一點開館，現在只剩三十分鐘了。他必須快點。

本來預定在美術館開館前，拍攝盧梭的兩件作品。這也是湯姆交代過必須在他休假期間完成的重要工作。館藏所有作品的照片雖然都有正片存檔，但盧梭作品的照片是很久以前拍的，判定底片已劣化，因此必須重拍。

在常設展覽室展出的兩幅大作〈睡眠中的吉普賽女郎〉及〈夢〉，由館藏管理部門的四名工作人員聯手送至館內的攝影棚。交由專門拍攝美術作品的攝影師拍照。開館前再送回原來的位置。這一連串作業都必須有研究部門的人員在場監督。提姆本來估計九點開始拍攝，兩個小時應該綽綽有餘，偏偏自己竟然遲到了。

並不是因爲夜裡熱得睡不著。其實是因爲來上班之前，一大早，他就去了旅行社。

昨天，寄給提姆的那封信。他彷彿從信中內容發現「命運」二字。不可思議的是，他毫不遲疑。非去不可。

他立刻打電話給旅行社。八月十日下午五點四十分自紐約甘迺迪國際機場起飛的美國航空第六十四班次飛往蘇黎世的班機，據說「目前機位已滿」，但他二話不說就要求候補機位。然後打電話給母親，聲稱他臨時有工作無法返鄉。母親雖衷心遺憾，但自豪的兒子能夠在一流美術館工作比什麼都值得驕傲，因此當然同意了。

掛斷電話後，他拉開辦公桌抽屜，把過去一再調查的亨利．盧梭所有作品清單檔案放到桌上，快速翻閱。清單依照作品的年代先後排列。上面註明了畫名、創作年分、創作材料、尺寸、擁有者、所在地、所有歷程。

他檢閱現藏巴塞爾的作品。確認了巴塞爾市立美術館館藏及私人收藏的幾件作品所在。但是，想當然爾，康拉特·拜勒收藏的作品，不可能出現在清單上。

拜勒擁有亨利·盧梭的名作。希望提姆前來調查。那封信上，就是這麼寫的。

盧梭生前，應該創作出相當多的作品，卻在懷才不遇的情況下結束一生。因此，如今他的作品大多下落不明。目前已確定兩百件左右的作品存在，但也有很多連專家看了也懷疑「該不會是小孩塗鴉」的稚拙作品，以及眞僞不明的作品。關於他的作品眞僞及價値，也許是看準巴黎與紐約即將舉辦盛大展覽，最近在國際美術史學會頻頻受到討論。亨利·盧梭這位神祕畫家的確正備受矚目。

如果，那位傳奇收藏家收藏的「名作」，眞的是盧梭所作。豈不是一大發現？

如果，能夠把那件「名作」，借來在這次的展覽展出……

提姆在無意識中呑了一口口水。

……我的頭銜將會去掉「助理」二字。

但是，拜勒原本應該是打算請湯姆·布朗調查吧。如果看到助理傻呼呼地現身，對方搞不好會心臟病發作。

不，弄錯名字的是對方。自己坦然自若地赴約就行了。縱使眞的被拆穿，到時再見招拆招看著辦就是了。

這種猶如美夢的大好機會，怎能錯過？

提姆喜得心猿意馬，一整天都坐立不安。彷彿終於能見到心上人廬山眞面目的期待感，令他渾身發麻。這種心情，是有生以來頭一遭。

不知為何，他壓根沒想過那封信也許是惡作劇或捏造的。就算是被誰大老遠騙去蘇黎世也無所謂。他甚至覺得，自己可以當成做了一場美夢欣然接受。一切的一切，都像極了盲目陷入熱戀之感。然而，到了傍晚五點，依然沒收到旅行社的消息。他已做好翌日枯候一天的打算。萬一拿不到機票，只能說，自己的好運用完了吧。

下午五點五十五分，辦公室的電話響了。是旅行社打來的。「在下班前總算空出一個機位了。」這個消息，令提姆不由得揮拳歡呼。正準備下班的部門同事看他這樣，不禁聳肩，吃吃偷笑。

現在，走向攝影棚的提姆，在夾克的內袋放有今早剛拿到的機票一張。這正是所謂的「愛情單程票」。之後如何他已無法思考。總之，他只能硬著頭皮走一遭。

攝影棚內，攝影師羅倫．尼克森，修復師阿斯楚德．戴渥華，以及幾名工作人員，正在作品前談笑。

「嗨，羅倫。抱歉讓你久等了。我臨時有點急事。」

提姆氣喘吁吁地一走進去，便與羅倫握手。為了拍攝作品彼此早已多次碰面，因此遲到的解釋對方應該會接受。

「未經你的許可，我已經拍好了。因為阿斯楚德催我說『沒時間了趕快動手算了』。」

反倒是羅倫忙著解釋。移動作品或拍照時，按照規定都得在研究部門的監督下進行，但今天事出無奈。

「是嗎？阿斯楚德，有你在場就沒問題了。」

「問題可大了。」阿斯楚德用略強的語氣說。

「本館的規矩是要在研究部門的監督下才能移動作品吧。如果不在開館前歸回原位，問題會更大，所以我才先斬後奏。湯姆要是知道了肯定會氣瘋。」

被他這麼一說，提姆愣住了。開什麼玩笑，他可不希望這種小事成爲升職的絆腳石。

「抱歉，阿斯楚德。假期結束後我請你吃午餐……你能不能別告訴湯姆？」

提姆悄悄對正在遠觀作品準備回收的阿斯楚德耳語。阿斯楚德冷然睨視提姆，「好吧。」他嘆口氣說。

「但是，我有條件。」

看吧就知道。這傢伙該不會叫我請他去高級餐廳綠地客棧大吃一頓吧。

「那頓午餐——能否把湯姆也請來？」

提姆眨巴著眼。阿斯楚德用水汪汪的眼睛盯著他。

「原來是這麼回事啊。」他說。

「就是這麼回事喔。」阿斯楚德回答。

「那麼，我們要搬畫嘍。可以了嗎？」

工作人員揚聲。看來已經做好收回作品的準備了。「啊，等一下！」阿斯楚德大叫一聲，轉頭看提姆。

「你跟我來一下。有個地方要給你看。是新發現喔。」

提姆與阿斯楚德一起走到作品跟前。

上面輕輕搭掛著布幔。「幫我拿下好嗎？」阿斯楚德說，兩名工作人員迅速解開布幔。布巾無聲無息，飄然落地。宛如美女脫衣裸裎相見，那幅作品驟然大放光彩。

亨利．盧梭，一九一〇年——畫家晚年的傑作，〈夢〉。

這幅作品是二十世紀畫壇奇蹟的綠洲，也是掀起物議的颱風眼。

作品的舞臺，是密林。剛入夜的天空，猶帶淡藍，一片靜寂。畫面右方，兀然升起一輪明月。是如鏡的滿月。

被月光照亮的密林，茂密的熱帶植物叢生。不知名的異國花卉肆意怒放，看似隨時會落地的成熟果實散發甜蜜的芳香。濕涼的空氣中，處處潛伏著動物。牠們的眼睛，如小顆寶石燦爛生光。

忽遠忽近，傳來的是笛音——黑皮膚的異國人吹奏出莫名惆悵的懷念音色。如果豎耳靜聽，彷彿會這樣被帶去遠方，就是那樣深遠靜謐的旋律。

月光，果實的芳香，獅子的視線，以及異人的笛音，現在，自夢中醒來的是——一頭栗色長髮的裸身女子。

玉體橫陳的紅色天鵝絨長椅，是在夢境與現實之間擺盪的方舟。自夢中醒來後，她是否仍在做夢？抑或這是現實？

女人緩緩坐起上半身，把左手打橫水平舉起。戰戰兢兢地，她指向前方。前方有的，她所凝視的，八成，不，一定是——

初次見到這幅作品那一瞬間的驚訝與興奮，提姆至今仍可鮮明想起。

那年他十歲。被父母帶著，來到紐約觀光時，初次邂逅此畫。就在這裡，MoMA的展覽室。

一眼看到的瞬間，電流竄過全身上下，令他動彈不得。宛如中了魔法，少年提姆凝視著作品。只是凝視著，整個人放空。

看久了之後，展覽室的燈光消失，周遭的喧囂再也聽不見。少年鼓起勇氣朝密林踏出一步。無論如何，他都想說說話。和畫中那個指著某物似乎有話想說的女人。

妳爲何如此悲傷？

提姆如此訴說。而女人，並沒有哭。表情亦不悲傷。但是，也沒有笑。這個人，看起來好傷心，好寂寞，好淒涼。他如是想。也想著，好想幫助這個人。

女人什麼也不肯回答。只是默默伸手一指。提姆怎麼也無法看見她在指什麼。少年的心只想知道那個，爲之甜甜地疼痛。

驀然回神，提姆的周遭，坐了許多同樣年紀或更年幼的少年少女。提姆大吃一驚，瞪大眼睛四下張望。眼前，站著一個男人。他朝提姆莞爾一笑，開口說道：

大家知道嗎？畫這幅畫的，是亨利．盧梭。他是法國畫家。

這幅作品的名稱是〈夢〉。到底是誰的夢呢？是盧梭做的夢，或者，是這個女人在做夢？大家覺得呢？

這幅畫描繪的，究竟是何處？是森林，還是樂園？

少年提姆，就像是熱昏了頭，從那天開始追逐。追逐〈夢〉這件作品，追逐亨利・盧梭這位畫家，以及與盧梭同時代的藝術家，二十世紀的美術。

如果這幅作品的名稱不是「夢」。比方說若是「密林」或「獅子與女人」或「幻想」。說不定，自己的興趣會朝不同的方向發展。例如棒球，搖滾樂，追求女孩子。但是從那天起，自己已一腳深深踩了進去。踩進盧梭創造的「夢」的世界。

不知已近距離看過這件作品多少次了？已在這件作品的世界徘徊多少次了？即便如此，這樣凝視時，初邂逅那一瞬間的驚豔與興奮，頓時重現腦海。

確認提姆正出神凝望作品後，阿斯楚德說：

「這裡，你看這個『雅德薇佳』的左手。食指的地方。唯有這裡，色調有點不一樣。」

畫面左下方，躺在長椅上的裸體女人——盧梭自己命名爲「雅德薇佳」——直起上半身，將左手往旁筆直伸出指著某物。阿斯楚德打開筆型手電筒，把燈光對準「雅德薇佳」的食指尖。提姆凝目注視那個地方。

顏料微微隆起。但，運用層層堆疊顏料的手法來描繪畫面本就是盧梭的特徵。所以並不會感到有何異樣。

「大概修改過吧。可能是原先沒畫好。」

提姆這麼一說，阿斯楚德露骨地嘆氣。

「有疑問就該調查。研究員如果不懷疑，館藏管理員就無法工作了。我這邊，隨時ＯＫ喔。如果你想用Ｘ光檢查的話。」

聽到這意外的發言，提姆不禁失笑。

「很遺憾，沒那個必要。若是要調查眞僞也就算了，但這可是如假包換，盧梭的眞跡。做Ｘ光檢查不僅費事也相當費錢。況且先不談別的，屆時要怎麼對洛克菲勒家族解釋？人家肯定會說：『難道你們懷疑我們捐贈的作品是假的嗎？』」

這幅作品，是一九五四年，當時擔任MoMA理事長的億萬富翁尼爾森·洛克菲勒捐贈的。事到如今如果做Ｘ光檢查，會牽涉到洛克菲勒家的信用問題。見提姆完全不當回事，阿斯楚德面露不滿。

「算了。掛上罩布，送回展覽室吧。」

工作人員再次掛上布。美麗的畫面，轉眼消失在白布之中。

作品由兩人聯手放到附有滑輪的大推車上固定。前面一人，後面一人，背面一人，共計三名工作人員扶著作品，一人扶著推車，緩之又緩地，送往展覽室。提姆跟在後頭，忽然心生一念。

「雅德薇佳」的指尖。原本，或許不是指著什麼，而是握著什麼東西？

而那個東西，基於某種理由，被盧梭修改掉了——。

〈夢〉，是謎團重重的作品。

爲何是密林？這個女人爲何裸體睡在長椅上？她的指尖指著什麼？歸根究柢，盧梭親自命名的「雅德薇佳」又是誰？

過去出現過種種議論，卻沒有得到任何明確的解答。

如果做X光檢查，或許能揭開創作的祕密。但是，那種事不可能做到。

怎麼可能做到？自己根本沒有如此深入調查的權力。

當然，那是夢。要擁有那種能夠如己所願，隨心所欲調查盧梭作品的地位，更是夢中之夢。

提姆悄然輕觸外套內側。他摸到細長的紙片。

這是前往蘇黎世的單程票。不是夢。他的額頭冒汗。

是的。這不是夢。是如夢般的現實。

第三章　祕寶

一九八三年　巴塞爾

各位旅客，本班機即將降落蘇黎世國際機場——耳機傳來老練的空中小姐廣播。本來把頭扭到椅背和機艙之間睡覺的提姆．布朗，拿下一直塞在耳中的耳機，茫然睜開眼。

一瞬間，他不知自己現在正要去何處，於是試著打開窗子的遮陽板。眼下，是黑壓壓的夏季群峰聳立。

對了。馬上就要抵達蘇黎世了。雖不知從那裡要前往何處，總之，將會被帶去那傳奇收藏品的藏匿地點。

提姆自搭在扶手上的唯一一件高級亞麻西裝的內袋，取出那封信。上等紙張，淺奶油色的信封。收信人的地方，清楚印著「提姆．布朗先生收」。這三天來，他不知已反覆看過這個名字多少次了。

在這封信的引導下，現在，自己因此上了飛機。

名字雖然的確是自己的，但僅僅一字之差，這封信，想必原本該是寄給頂頭上司湯姆．布朗。而寄信人，是傳奇收藏家康拉特．拜勒的代理人。內容，是要委託調查拜勒擁有的亨利．盧梭的名作。

這或許是為了戲弄名滿天下的美術館．紐約現代美術館的當家策展人，才寄來的惡質惡作劇信函。雖然不是沒有百分之一的懷疑，但提姆百分之九十九相信這封信。而且，為了與「傳奇」相見，他還打算無懈可擊地扮演MoMA繪畫．雕刻部門的研究部部長湯姆．布朗。當他這麼下定決心時，這五年來，他終於明白自己爲何像影子一樣跟隨老闆，搶先猜測老闆的所有心思，埋頭苦幹地支持後年即將在MoMA舉辦的亨利．盧梭展這個企畫案。

一切，都是爲了這一刻。

爲了接觸號稱二十世紀祕寶的康拉特．拜勒收藏品。尤其，是爲了親眼確認亨利．盧梭不爲人知的名作。爲了讓那件作品成爲自家美術館即將舉辦的「亨利．盧梭展」的壓軸作品。進而，爲了在立下這樁大功的同時，從自己的頭銜「助理研究員」拿掉「助理」二字——。

提姆趕在請扣安全帶的指示燈亮起之前，去了一趟廁所，用帶來的刮鬍刀把鬍渣刮乾淨，抹上美髮水讓深棕色頭髮留下清楚的梳理痕跡。從二十歲開始就飽受少年白髮及這張老臉所苦，但現在，他對把自己生成這樣的母親滿懷感謝。

明年的暑假，說不定就能風光地以「研究員」的身分衣錦返鄉，告慰母親了。

提姆啪地朝鏡中不由自主放鬆的臉頰輕拍一下。

現在偷笑還太早喔。好戲接下來才要登場。

八月十一日上午七點三十分。美國航空第六十四航班，準時降落在蘇黎世國際機場。

亞麻西裝配白色棉褲，腳下是擦得晶亮的Cole Haan皮鞋，把雷朋墨鏡輕輕架在額上，提姆略微挺起胸膛，走出入境門。努力像個名門美術館研究部部長一樣挺起的胸膛裡，卻有著普通標準大小甚至低於標準的心臟在急促跳動。

如果東張西望會被視爲膽小鬼。一定要好整以暇地慢慢放眼打量。

信上說，會有持「B」這個縮寫字母的人來接機。出口的柵欄周邊，擠滿了拿著寫有入境者姓名或飯店名稱的牌子來接機的人。提姆迅速但審愼地一一打量每個牌子，同時緩緩走過通往入境大廳的走道。柵欄附近，沒看到他要找的牌子。放眼環視大廳，還是沒有「B」。

本來膨脹如氣球的期待，頓時萎縮。提姆縮回原先勉強挺起的胸膛。他覺得自己似乎成了破洞的救生圈。

果然只是惡作劇嗎？

這時，出口附近，一名悄然佇立的黑衣男子映入眼簾。男子的手裡拿著小紙片。提姆凝神細看。奶油色的上等紙張，金色的封蠟。他赫然一驚，摸索西裝內袋。取出的信封背面上，果然是同樣的封蠟。

提姆無意識地吞口水。一邊在心裡暗自抱怨：這哪是牌子應該叫做紙片吧，一邊喀喀喀地大步走近出口。在男人眼前站定後，他默默舉起信封給對方看。男人看到之後，倏然把手裡的紙片收回西裝內袋。提姆也跟著立刻把信封放回內袋。

「您是布朗先生吧。」

男人用帶著德語腔的英文壓低嗓門說。「是的。」提姆也無意識地極小聲回答。

「我是布朗。紐約現代美術館的。」

他刻意沒報上全名，男人毫不在意，說聲這邊請，邀他朝出口外面走。提姆默默跟在男人後面，他再次挺起胸膛，氣宇軒昂，像個大人物。

「請在這裡等一下。」

男人把提姆留在門口上車處，自己走掉了。大概是要去停車場取車吧。如此說來，那個男人是拜勒的司機嗎？

心跳再次急促。說不定，會被帶去什麼可怕的地方。該不會再也不能回紐約吧。不不不，怎麼可能，又不是雷蒙．錢德勒的小說。

他時而交抱雙臂，時而煩躁地挪動腳尖，忐忑不安地等待車子過來。從男人在一瞬間收起「B」的封蠟，以及低聲說話的表現看來，此事對拜勒而言果然是機密事項。也難怪，畢竟全世界的藝術掮客和拍賣公司都在覬覦他的祕寶。若是知道拜勒居然委託MoMA的研究員調查不為人知的盧梭作品，盧梭其他作品的價值說不定也會跟著被炒至天價。

車子應該不用五分鐘便會到吧。但他連那五分鐘都等不及。提姆看看自己的手錶，這才發現依舊是紐約時間。他抬眼看向出入口附近的鐘臺準備調時間。那一瞬間，他與站在鐘臺下的陌生女子對上眼。

提姆立刻撇開目光。但，總覺得對方在盯著他，於是再次瞄了過去。女人果然正在凝視這邊。她的身材修長，一襲束腰的白色亞麻褲裝。濃密的大波浪深栗色長髮，飄然迎風飛揚。五官略帶異國風情。兩人的視線，在短短數秒中重疊。但，她立刻把臉往旁一扭。她的側面，不知何故竟有點眼熟。

一瞬間，他心頭一驚。說不定，她是藝術家或是MoMA理事的祕書，甚至某藝壇人士。自己雖不認識她，但她可能認識自己——哎呀，那個人，不是老跟在湯姆．布朗屁股後面到處打轉的小助理嗎？萬一被人家這樣發現那可不是鬧著玩的。

這時，黑頭車駛到眼前。是一輛擦得晶亮到足以清楚倒映臉孔的凱迪拉克。剛才的男人迅速走出駕駛座，以熟練的手勢打開後座的車門。提姆把身子滑進皮革椅墊，總算撫胸暗自鬆了一口氣。

以美國總統愛用的高級轎車來接機，倒是挺盛大的演出。

車子平滑如水地發動。提姆轉頭看向鐘臺。那個女人的身影，早已消失無蹤。

被高級轎車迎接的昂揚感，令他短短兩秒就忘了方才與陌生女子四目相對的事。

目前為止，他唯有在與湯姆去MoMA的理事家參加派對時，曾經坐過一次理事派來接他們的凱迪拉克禮車。他覺得，坐起來和計程車還眞有天壤之別。西雅圖的老家開的是中古的豐田。若要顧及節省油錢，其實，日本車是最佳選擇。因爲有錢人的車，就像大鯨魚吃小蝦米一樣耗油。

車子上了高速公路。穿過綠意盎然的村落，不斷加速。「往巴塞爾方向」的標誌已遙遙在望。看樣子，與盧梭名作的會面，恐怕不會是在日內瓦的私人銀行保稅倉庫了。

全世界的收藏家，都把重要性僅次於生命的收藏品寄放在瑞士日內瓦的保稅倉庫。只要放在那裡，不僅不用扣稅，也不必向海關申報作品價值。銀行會替顧客徹底保密。這就是瑞士私人銀行的規則。堪稱軍事設施等級的最高機密倉庫，沉睡著許多一般人無緣目睹的名作。

盧梭的名作或許平時也是交由日內瓦的保稅倉庫保管。提姆暗自猜想。

但是，現在，不管怎樣那幅作品都已被移至我正要去的地方了。並且正等著我的到來。我，只有我一人，可以盡情觀賞它，看到厭煩爲止，並且隨心所欲地檢查它。

想到這裡時，難以言喻的快感瞬間竄過腦海。這，就是得以獨占名畫的收藏家心理嗎？

身爲研究員，總是在用心體察作品及藝術家，但同時，也必須爲鑑賞者展出作品，努力加深他們對藝術家的理解。即使再怎麼深入研究某畫家的某作品，想當然爾，那件作品也永遠不可能變成自己的。對提姆而言，老實說，實在不太明白擁有名作是什麼感覺。

縱使再怎麼深入研究盧梭、如何深受名作〈夢〉的世界吸引，但他從未想過要把它變成自己的。就像世間絕大多數的人，提姆也一樣，不是「有這種開關的人」。那種與名作相遇的瞬間，會喀答一聲打開開關的人。那種「我想要這個」的開關。

如果放眼全球，爲數絕對不多的「有這種開關」的人，古往今來，總是掌握著名作的命運。某收藏家成爲著名美術館的理事，捐出名下的作品，贏得美譽，將自己的姓名永遠留在美術館大廳貼出的牌子上。某收藏家搜羅作品，看膩了就轉賣，繼續再買新的作品。還有收藏家，當作自己一個人的私密樂趣，把名作放在寢室，名副其實地抱著睡覺——。

而拜勒，究竟是擁有哪種開關的人呢？恐怕沒有那種成爲美術館理事或者不斷轉賣畫作的開關吧。

車子終於進入巴塞爾市內。巴塞爾市區的歷史性建築仍保存完好，據說老建築從十四世紀迄今一直保持原貌。堅固的石造建築，令這個城市的風情更豐富。

望著車窗外流逝的街景，提姆想起初次造訪巴塞爾的情景。那是略帶傷感，而且，令人不禁苦笑的青春回憶。

留學索邦大學時，提姆曾來參觀過一次「巴塞爾藝術節」。那是每年六月舉辦的全球最大規模國際藝術展。有來自世界各地超過百間的畫廊參展，展出旗下藝術家的作品或是委託出售的作品。這項始自一九七〇年的活動，如今已成爲世界美術市場的指標之一。

那已是八年前的事了。彼時正值夏末即將結束留學返回哈佛的六月。他邀請當時交往的法國女孩——女孩在索邦攻讀法國近代文學——一起參觀巴塞爾藝術節，於是來到這個城市。他以觀展爲藉口，精心設計打算來個過夜約會。但是，眞正的目的另有其他。

在巴塞爾，有世界最古老的公立美術館之一，巴塞爾市立美術館。這棟早在十七世紀便已發揮美術館功能的館內，收藏了亨利．盧梭的名畫。在他回美國之前無論如何都想看一眼，這個，比起藝術節或與女友約會，才是吸引提姆來到此地的主因。

去看藝術節之前，提姆想先看一眼巴塞爾市立美術館收藏的盧梭作品，於是向女友保證「只去一下」，先去了美術館。在那裡，照例，又陷入作品世界。

在盧梭創作的多幅肖像畫中，最卓越的名作之一是〈詩人和他的繆斯〉。這是盧梭在一九〇九年，過世的前一年創作的。畫的是在窮苦生活中，發掘落魄畫家的詩人紀堯姆．阿波里內爾，以及他的情人，女畫家瑪麗．羅蘭桑。總是想方設法照顧盧梭的年輕友人阿波里內爾，以三百法郎買下這幅畫。

關於這件作品，留下了許多有趣的逸話。爲了正確描繪好友的肖像，盧梭當時竟拿捲尺測量擺姿勢的阿波里內爾全身。據說他連眼睛鼻子嘴巴的長度都測量了。或也因此，畫中的阿波里內爾姿勢極爲不自然。尷尬的立姿，反而讓詩人的容貌看起來更溫暖。兩人面前有康乃馨楚楚綻放。其實，盧梭起初畫這花時，誤畫成桂竹香。象徵詩人的花朵非得是康乃馨不可，因此盧梭堅持「一切重新來過」，又畫了一張同樣構圖的畫。起初畫的桂竹香「失敗作」，如今收藏在莫斯科的普希金美術館。這個小故事表現出盧梭無法只將畫中的某一部分重畫的認真。

雖然在畫冊上已一再看過，但這是頭一次看到原畫。見提姆死盯著畫遲遲不肯離開，女友不屑地表示：

畢竟只是業餘畫家的畫。有什麼值得你看得那麼津津有味？

他當下火大，在展覽室就爆發激烈口角。被附近的女監視員警告後，女友一氣之下掉頭就走。不是回飯店，竟然是直接回巴黎去了。提姆與她，結果，就此一刀兩斷。

傷心的提姆，翌日死性不改又去了巴塞爾市立美術館。前一天警告過兩人的女監視員，見提姆站在與之前同樣的地方，百看不厭地盯著盧梭的作品，便悄悄對他發話：

我也擔任監視員很久了，這還是頭一次見到比我們更熱心盯著作品的人。

就在這時，他心生一念。自己並不適合擔任研究學者或評論家這種站在作品遠處品頭論足的專家。他在想，自己應該做的是可以一直看著喜歡的作品，在離作品最近的地方呼吸的工作。那一定是策展人。不，說不定，是監視員。反正不管怎樣，大概都不會是收藏家。

就在他的回憶源源湧現之際，車子已駛入遼闊的庭園中。提姆打開車窗。早晨清新的空氣頓時撲面而來。宛如置身針葉樹森林，有種深深的青澀氣息。

車子緩緩停下，有人自外側打開車門。車門外，站著身穿筆挺黑色西裝打領帶的男人。提姆自後座下車。

「歡迎光臨。布朗先生。」

男人的聲音低沉清楚，同樣是帶有德國腔的英文。「你好。」提姆簡短問候，朝男人伸出右手。

「我是這裡的管家，蕭納箴。您該握手的對象，正在裡屋等候。這邊請。」

男人毫無笑容地說完，一個轉身，從門口的下車處走進玄關。提姆沒把伸出的右手收回，定定看著自稱蕭納箴的管家背影消失在屋內的陰影中，然後抬頭仰望大宅，張口結舌。這裡稱爲城堡似乎更貼切，是一棟前所未見的巨大石砌建築。

就石頭的堆疊方式及窗戶形狀看來，屬於十八世紀的建築樣式。庭園綠葉繁茂，也有足以覆蓋大宅屋頂的亭亭巨木。曼哈頓的億萬富翁通常住在上城的高級公寓。與這裡相較，那裡只能算是漂亮的鳥籠。

提姆瞇起眼，望著玄關深處，在門口光線映照下微微發光的水晶吊燈。

只要踏入這大宅一步，便再也無法回頭。——你準備好了嗎？

提姆不禁對自己的心聲點點頭，直視水晶吊燈發出的光芒。然後，彷彿被吸引，朝那光輝邁步走出。

那個房間，位於大宅最深處。

在蕭納箴的帶領下，提姆經過許多扇門，朝著越來越暗的宅邸深處前進。大宅比想像中更大，甚至令他懷疑幾與巴塞爾市立美術館一樣大。以前大概是王公貴族的房子吧。

走廊所到之處皆有古老的壁毯及家具。每經過一樣，提姆的眼睛便敏感察知那樣東西的價值。壁毯之中也有看似中世紀之物，家具也似爲路易十四樣式。這簡直就是一間裝飾美術館嘛，提姆在心裡咋舌。在抵達接下來即將與自己握手的人物等候的房間之前，他已完全明白，那人是個審美眼光令人匪夷所思的美學巨人。

不過話說回來，此人的裝潢品味似乎有點落伍。沒有任何印象派或近代的藝術作品。但，也許是全都藏起來了。畢竟那可是「二十世紀的祕寶」，這座大宅的深處八成有個溫濕度管理及保全系統完善的倉庫。

前方已是盡頭，終於走到最後一間房間前。蕭納箴朝著巨大的木雕對開門扉，扎扎實實敲了兩下。

吱——房門發出刺耳的聲音開啓。提姆不由自主肅然立正。

一名目光晦暗的中年男子現身。同樣一絲不苟地西裝筆挺打著領帶。男人像要估量提姆的身價，毫不客氣地朝他全身上下打量一番後，倏然伸出右手。

「歡迎光臨。布朗先生。我是艾力克·康茲。是寫信給你的拜勒氏法定代理人。」

提姆心頭一緊。這個男人會是把「湯姆·布朗」打錯一個字，以致變成「提姆·布朗」的糊塗蟲嗎？

「幸會，……我是布朗。」

提姆擠出笑容握住康茲的手。然後，瞬即放開，以免對方察覺他的手心已滿是汗水。

「裡面請。拜勒氏已等候多時。」

吱——房門向兩側大敞而開。提姆朝室內跨進一步，隨即倒抽一口氣。

那是難以置信的光景。

所有的牆面全都掛滿畫作，甚至擠不下只好放到地上。那些畫作盡數放出耀眼光芒。令他陷入錯覺，彷彿誤入日光燦爛的原野，或是豔陽當空的海邊。所有的作品，都是印象派·近代繪畫。

有巨大的睡蓮。那肯定是莫內。有表情憂鬱倚欄的女人。那一定是馬奈。在舞臺上翩翩起舞的一群跳舞女郎。啊啊，這絕對是竇加。怎會有這種事？竟然連畢沙羅、羅特列克、梵谷、高更都有。而且，這全部，都是無論在書籍或展覽乃至畫家所有作品的目錄上，從未見過的作品。

「不可能。……這種、這種事……怎麼可能！」

提姆不由脫口低喃。如果身旁沒有康茲在，他恐怕早已一個箭步撲向作品開始檢查了。由此可見，這些作品有多麼精彩。他不相信那是贋品。因爲每一件都放射出藝術之神帶來的榮光。

宛如夢中。然而，這並不是夢。

我，終於……親眼看到拜勒收藏品。

「哎呀呀，看來你果然打從骨子裡是個研究者。如果無人在場，現在你恐怕已撲向作品了。」

康茲愉快的聲音響起。接著，一個凜然的聲音自背後傳來。

「若是眞正的研究者，應該懂得如何在作品前面控制自己的情緒。」

一陣甘甜的芳香飄來——是南國的花香。提姆赫然一驚，急忙轉身。

疑似羅丹所作的雕像旁，站著一個女子。

筆直的烏黑長髮，冷漠的丹鳳眼。白色襯衫，黑色百褶裙。纖細的雙臂當胸交抱，目不轉睛地看著他。

……這是誰？

「信上沒告知您，我們另外還邀請了一位研究盧梭的頂尖專家。這位是早川織繪小姐。年輕的天才女學者……」

「『女』這個字是多餘的，」織繪毫不客氣制止康茲，「因爲研究不分男女。」

高跟鞋的聲音喀喀響起，織繪走近提姆。

「幸會，我是早川織繪。還不算是頂尖，目前在索邦大學研究所鑽研盧梭。」

兩人輕輕握手，但提姆這廂已啞口無言。除了自己之外竟然還邀請了另一位研究者，此事令他大受衝擊。

索邦大學的在學研究學者？而且，此人雖然英語流暢，但顯然是個日本人。甚且，還是個女的。

——這到底是怎麼回事？

織繪沉默地正面凝視提姆的臉孔。提姆覺得對方好像想說：就研究部部長而言還眞年輕，霎時之間他不禁冒出冷汗。但，他不動聲色，只是盡可能以沉穩的聲音，對康茲說：

「這眞是……您也太過分了吧，康茲先生。既然邀請了這麼美麗的客人，應該先知會我一聲才是。」

「早川小姐不是客人。她和你一樣，受拜勒氏委託，是特地來鑑定盧梭作品的另一人。」

聽到這裡，提姆當下不由小聲驚呼。早川織繪這個名字，如一道閃光倏然掠過腦海。

早川織繪。最近在國際美術史學會大出風頭的新銳盧梭研究者。記得她在索邦大學研究所年僅二十六歲便以最短的時間取得博士學位之事也曾掀起話題。如今她在索邦大學美術史科擔任研究員。頂頭上司湯姆接下來要撰寫的盧梭展解說，也把她的論文列入參考文獻的名單之中。

她精通英法雙語，不斷在專業期刊發表論文，以劃期性的著眼點備受其他研究者矚目。她在調查畫家身世時，連盧梭家仍留在故鄉法國拉瓦爾的戶籍和學校成績單都執拗地挖掘出來。畫家為何會開始作畫，是如何得到那種獨特的表現手法，皆被她以極有個性的論點發表出來。甚至有人揶揄：「她的做法不是研究者。簡直是偵探。」可見她的調查有多麼徹底。

盧梭一直被世人評為連遠近法都不懂、與學院派無緣的「業餘畫家」，但織繪獨排眾議。盧梭未受過正式美術教育，這點雖是不可動搖的事實，但她主張，盧梭獨特的表現手法，是畫家自某一刻開始「明知故犯」刻意選擇的。畫家並非沒學到一身卓越技巧。而是故意以一貫被譏為「拙劣的技巧」、「業餘畫家」的手法來一決高下。那與畢卡索及馬蒂斯這些為二十世紀美術帶來革新的藝壇風雲人物的出現，大有關係——。

「……是嗎？妳的論文我都一一拜讀過。妳的論點相當有個人特色。但是關於『明知故犯』說，我倒覺得未免太急著下定論了。」

關於這位年輕的研究者一口咬定盧梭的技法是「明知故犯」，提姆曾考慮在美術史學會正式提出反駁，但是很不巧，為了協助籌備盧梭展，他連寫論文的時間都抽不出來。雖然壓根沒想到會在這種地方碰個正著，但是提姆覺得至少得說句話還以顏色，因此提到「明知故犯」說。同時也不忘稱職扮演MoMA的研究部部長，在說話的態度上極力擺出威嚴。

「噢?」織繪眉也不挑地頂回來。

「這還是第一次有人評論我的『明知故犯』說。不愧是盧梭展的籌備者。但我只盼貴館千萬別替展覽冠上什麼『關稅員盧梭』的名稱。」

她一語直指核心。「關稅員盧梭」，正是湯姆考慮的展覽名稱之一。如果光用「盧梭」二字，往往會令人想起哲學家尚．傑克．盧梭及十九世紀的畫家泰歐德．盧梭。若用全名「亨利．盧梭」，不熟悉繪畫的人恐怕一下子還真想不起來這是指誰。在盧梭的名字前面加上「關稅員」，比較能夠讓一般大眾立刻想起：「噢——就是那個盧梭啊。」由此可見這個綽號已成了盧梭的固定代名詞。

這個綽號順口好叫，又有親切感。但是，也因為這個綽號，令盧梭死後七十年仍然無法擺脫「曾在稅務局上班的業餘畫家」這種印象。

提姆本來就認為，把這個尷尬的綽號「關稅員」從盧梭頭上拿掉，是他在MoMA這次展覽的任務之一。他早就下定決心，將來湯姆與法國方面的主辦單位協議敲定展覽名稱時，一定要趁機建言。展覽的名稱只要換個說法便可改變整個企畫案的形象——比方說「莫內展」和「大莫內展」聽起來就是截然不同——甚至可左右吸客人數。以盧梭的情況，也可能改變畫家本身的評價。

這麼一想，織繪這簡單的一句話著實一針見血。而且，也是在諷刺雖然身爲畢卡索研究的世界權威，在盧梭研究方面卻從未發表論文的湯姆．布朗。提姆當下提高戒心，暗想此女顯然不是省油的燈。

「知性與眼力一旦碰撞就會激出意外的火花呢。如果可以，眞想讓兩位在拜勒氏的眼前展現一下。我是說那美麗的火花。」

康茲奸笑。兩人撇開本來互瞪的臉，跟隨在穿梭眾多名畫之間朝裡走的康茲身後。

房間最後方，又出現一扇門。康茲在那扇門前站定，匆匆敲了兩下後，朝門內發話：「兩位已經到齊了。」沒聽到回音，但康茲喀擦一轉門把，逕自開門。

提姆屛氣凝神，試圖看清昏暗的室內。織繪也文風不動報以注視。灰撲撲的房間垂著百葉窗，老舊的臺燈亮著橙色燈光。罩著白布的畫布環繞下，一輛輪椅倏然浮現。駝背蜷縮的背影正在微微晃動。康茲一走進室內，就握著輪椅椅背的把手，緩緩將輪椅轉過來。轉向正面的瞬間，只聞站在旁邊的織繪喉頭微微出聲，倒吸一口冷氣。

在輪椅上無力蜷縮的人，是個乾癟如木乃伊的老人。

凹陷如乾涸池塘的臉上，唯有眼珠滴溜轉動。雙眼白濁，甚至無從判別是否看得見。但是，那雙白眼，筆直捉住提姆，繼而是織繪。就這樣，眼也不眨地直視而來。提姆與織繪只能啞然呆立。

這是……這個人，正是活生生的傳奇，康拉特．拜勒。

「歡迎……布朗先生。早川小姐。」

拜勒以沙啞、卻遠比想像中更清晰的口吻，用法語歡迎兩人。然後，沒有特定對象地伸出右手。提姆率先踏出一步，上前握住那隻猶如枯枝的手。那隻手冰冷得甚至令人懷疑此人是否已經死了。

「幸會。這次感謝您的邀請。很榮幸能見到您。」

提姆勉強用法語打招呼。巴塞爾位於德法兩國邊境，官方用語是德語，但居民多半德語和法語都會。提姆雖可閱讀德文，卻不擅長說，因此本來還在考慮如果拜勒跟他說德語他該怎麼回答。現在聽到對方說法語，當下暗自慶幸。

接在提姆之後，織繪也與拜勒握手。不知是因爲緊張還是恐懼，織繪不發一語。

「打開這間屋子的房門前，兩位已就盧梭的『關稅員問題』交換了意見。令人放心不少。」

站在拜勒背後的康茲，同樣以法語說。「關稅員問題」是從未聽過的字眼，但想必與提姆和織繪一樣，拜勒也很不滿這個對盧梭的畫家評價帶來負面刻板印象的綽號。提姆這才想起，康茲寄來的信上，拜勒以「同志」相稱。「您這位同樣認爲亨利・盧梭遠比任何時代任何藝術家更偉大的同志」。拜勒把提姆——不，正確說來是提姆的老闆湯姆——放在志同道合者的位置上。

換言之，拜勒對這個自信強勢的女人，也同樣看待嗎？

「那很好。」拜勒瞇起白濁的雙眼。

「看來你們果然和我有相同的想法。」

「聽說您擁有盧梭的名作——」

織繪似乎下定決心，用遠比提姆更流利的法語發話。

「您究竟找我……不，找我們調查的目的是什麼？歸根究柢，憑什麼說那件作品是『名作』……」

「妳這是什麼話！」提姆這次扯高了嗓門。而且是用英語。

「那當然是名作嘍。只要看這棟大宅內的種種作品就知道，怎麼可能不是名作？連莫內、馬奈、竇加都有。還有梵谷。每一幅都是前所未見、名作中的名作。」

「若是真跡的話。」織繪毫不遲疑地反駁。提姆猛然咬緊臼齒。對方若不是女人，他真想狠狠打斷那傲慢的高鼻梁。

「好了好了，兩位都別吵了。」康茲以絕妙的時機插入打圓場。

「為了尚未看到的作品爭執也沒用。還是先看過畫之後，再分別請教兩位的意見吧。這樣可以嗎，先生？」

拜勒聽了，微微點頭。然後，用德語嘟囔了幾句話。這次是康茲點頭，緩緩推著輪椅走出房間。提姆與織繪一邊互相迴避與對方的視線相觸，一邊跟隨其後。

昏暗的長廊盡頭，同樣是巨大的木雕房門前，管家蕭納箴已等在那裡。一看到拜勒，管家立刻打開對開的房門。提姆加快腳步，滿心焦急只想比這個女人先一步目睹「名作」。他覺得自己就像在追逐那道如果不趕緊注視便會消失的彩虹。

最後果然是提姆先一步抵達敞開的房門。織繪立刻跟上。驀然間，再次飄來南國的花香。提姆轉身，看著織繪，兩人的視線交會。

提姆自門前退後一步，默默讓路給織繪。身為策展人員，無論何時都必須牢記女士優先。雖不甘心，但那是自然的行為。

「謝謝。」

織繪的嘴角露出微笑，小聲說道。這是提姆頭一次見到她笑。當她走過的瞬間，一縷花香果然再次幽幽掠過鼻腔。

就在這裡。尚不為人知的盧梭。

心跳聲響徹全身。提姆在短暫的瞬間，祈禱似地閉上眼。然後，抱著自斷崖投身大海的決心，毅然踏入屋內。

首先映入眼簾的，是一頭烏黑長髮。那是織繪筆直呆立的背影。

彼端，有一幅橫向巨作。豐饒的綠色色塊。眼熟的密林風景。

——啊。

一步，兩步，提姆緩緩走向那幅畫。他不敢相信自己的眼睛。

這該不會是——。

那幅畫，正是〈夢〉。是少年時代令提姆痴迷，甚至決定他日後人生的那件作品，〈夢〉。

兀然浮現半空中的白色滿月，吹笛子的黑皮膚異國人。目光炯炯的野獸們。以及躺在紅色躺椅上的裸婦——。

「不會吧。」提姆不由得以英語脫口說出。

「這是MoMA收藏的……〈夢〉不是嗎？為什麼？為什麼會在這裡……」

「請冷靜。布朗先生。這不是〈夢〉。」

康茲的聲音響起。提姆這才發覺，放畫的畫架旁還有坐輪椅的拜勒與康茲存在。提姆在一瞬間被吸入作品的世界，甚至把周遭一切全都拋諸腦後了。

「貴館的鎮館之寶怎麼可能在這裡？請仔細注意細節。」

提姆把充血的腦袋搖晃兩三次，再度正面觀看作品。的確，構圖與主題，分毫不差，一切皆與〈夢〉相同。但是，筆觸及綠色的明暗有微妙的差異。提姆瞪大雙眼。終於被他找到一處決定性的差異。

啊，是左手。躺在沙發上的裸女雅德薇佳的左手——是握著的。

盧梭親自命名的畫中女子雅德薇佳的側臉，比起〈夢〉的側臉感覺更柔和。而且，水平抬起的左手握得緊緊的。在〈夢〉中，明明是指著某物。

不是〈夢〉。確認這個理所當然的事實後，提姆終於吐出一口氣。

「看樣子，你好像明白了。」

拜勒沙啞低沉的聲音傳來。

「這幅作品，不是〈夢〉。這幅作品的名稱是——〈做夢〉。」

提姆與織繪，同時看著拜勒。白濁的雙眼瞥向二人，彷彿要嘲笑，拜勒的嘴巴奇妙地扭曲。

「委託你們調查這件作品的理由只有一個。我想請你們辨明這幅畫是真是假。」

被他這麼一說，提姆的眼睛，迅速瞥向畫面右下角的盧梭簽名。白色顏料，雖然堂而皇之卻隱約有點飄忽的筆跡。正是早已看過幾百回的盧梭字跡。

提姆勉強按捺恨不得當下宣布是眞跡的衝動，開口問道：

「如此說來，您並不確定眞僞便買下了這件作品嗎？」

「不是的。」康茲插嘴。

「就是因爲有近代美術史最高權威的認證書，拜勒氏才會下定決心購買。請看這個。」

康茲取出一張紙，舉在提姆眼前。

《做夢》 一九一〇年 亨利・盧梭作 茲證明本作為畫家真跡

安德魯・奇茲

「安德魯・奇茲?!」

提姆大叫。織繪的肩膀倏然一抖。

安德魯・奇茲。與湯姆・布朗並稱雙璧的近代美術史世界權威。他是倫敦泰特美術館的研究部部長，幹練的策畫能力及判讀時代走向的品味，還有令富家太太痴迷的手腕，據說比起湯姆有過之而無不及。爲了借出畢卡索及馬蒂斯這種大型展覽的稀少名作，湯姆與奇茲經常處於競爭立場。那個奇茲，竟然已接觸過這件作品了。

在調查世界現存盧梭作品之際，湯姆和自己居然完全沒發現這件作品的存在。被人擺了一道的苦澀心情在提姆內心激盪。同時，他也直覺，知道這件作品存在的奇茲及泰特美術館，恐怕早已爲了爭取這件作品而展開行動了。

「就是因爲一度保證是眞跡，拜勒氏才會決定買下此畫。但是，如各位所知，這個世上有各式各樣的人。不盡然都是會誠實開具證明的專家……」

康茲說出意味頗深的話。突然間，織繪咄咄逼人。

「那麼，你是說安德魯替假的證明書簽名背書？不會吧，那怎麼可能？請你收回這句話。你這句話，是對美術史權威的褻瀆。」

奇茲是足以冠上「爵士」這個敬稱的大學者。這女人知道得挺多的嘛，提姆越發不敢大意了。自己倒不覺得是「對美術史權威的褻瀆」。實際上，也有權威人士與私人掮客聯手，亂發假的證明書。但是，萬一那個大名鼎鼎的泰特美術館研究部部長也做這種勾當，那問題可就嚴重了。

「這未免言重了。我只是就一般而言。」

康茲苦笑著說。

「我認爲那樣就是褻瀆。請你收回前言。」

織繪也不肯讓步。這樣下去沒法繼續談。提姆正想發話，

「那麼首先，就先聽聽妳的意見吧，小姐。第一印象也行。這件作品，妳認爲是眞的嗎？或者，是贗作？」

拜勒沙啞的聲音響起。頓時，織繪陷入緘默。她的臉上失去血色，令人懷疑她是否會昏倒。之前

她明明還激動得滿臉通紅。提姆從織繪莫名其妙的沉默中，感受到某種不穩的跡象。

最後，織繪的嘴裡冒出無力的聲音。

「……是贗作。」

提姆懷疑自己的耳朵。虧她剛剛還吵著說那是對美術史權威的褻瀆。這樣子，不是等於承認奇茲寫了假證明書嗎？不，那才眞的是對這件作品的褻瀆。

「是眞跡。」提姆立刻氣勢洶洶地說。「絕不會錯，這是眞跡。」

「噢？」康茲撫摸下顎。

「你倒是斷定得很快。有何根據嗎？」

「材質感、色彩、構圖、筆觸，以及簽名。一切的一切，都足以佐證這是眞的。最主要的是，只有眞跡才有這種強烈的吸引力。最好的證明就是我只看一眼已立刻被吸引。」

提姆並未詳細檢驗。但是，鑑定作品時很重要的，就是第一眼看到的瞬間印象。當然還得與畫家的其他作品做比較或者研究畫筆的習慣，經過愼重仔細調查後才能做出最後判斷。但是那個結果，有趣的是，往往與第一印象吻合。

對於第一印象就直接撂話說是「贗作」的織繪，提姆異常惱火。她或許的確是優秀的研究者。但是，想必沒有與眞正的盧梭作品仔細面對面的經驗。她沒有苦心積慮、設身處地與作品對話過。所以，才能那麼輕易貼上贗作的標籤。

「妳認爲呢？小姐。妳有何根據指稱這是贗作？」

織繪再次沉默，最後終於丟出一句話：

「……因爲有〈夢〉。」

她的臉，一片慘白。

「這是什麼意思？」

提姆問。

「因爲這件作品若是眞的，就表示你的美術館收藏的〈夢〉是贋作。」

這句話，令提姆悚然一驚。

一九一〇年，時值盧梭晚年。畫家已貧困到極點。無論是爲了買大型畫布或買足夠的顏料，都已阮囊羞澀。〈夢〉是在該年三月發表的。六個月後，畫家猝然病逝。

要在短期內畫出兩件使用充足顏料且同樣構圖的大型作品，當時的盧梭做得到嗎？

關於巴塞爾市立美術館收藏的〈詩人和他的繆斯〉，當時的文獻資料記錄了他重畫這幅畫的小故事。因此，足以證明巴塞爾與莫斯科收藏的都是眞畫。但是，關於〈夢〉，就提姆到目前爲止調查所見，並沒有任何資料曾經提及盧梭還畫了另一幅相似構圖的作品。

織繪說得沒錯，這幅畫，若是盧梭於一九一〇年畫的眞跡——那麼MoMA收藏的「那個」，究竟又是什麼？

「那我再請教一次，先生。貴館收藏的〈夢〉，是眞跡嗎？」

康茲以平板的語調問道。「這還用說嗎！」提姆終於忍不住失控大吼。

「那是敝館的理事洛克菲勒家族捐贈的。來歷也清清楚楚。不是眞跡還能是什麼？當然是眞的。」

「那麼，這個呢？」康茲執拗地又問。

「這件作品呢？你敢斷言這也是眞的嗎？」

被這麼質問，提姆已說不出半句話了。室內，一片死寂。

過了一會，拜勒皺巴巴的嘴，冒出深深的嘆息。

「盧梭這個人，眞是令人莫名恐懼的畫家。」

拜勒如此咕噥。提姆與織繪的視線，再次射向拜勒。

「不知已有多少年了。我與這幅作品共度晨昏。漸漸地，我已不再確定。盧梭眞的能夠在同一時期，畫出這件作品與〈夢〉嗎？若是如此，那是擁有多麼可怕的實力、魔力的畫家。」

莫內和梵谷還有畢卡索都很偉大。然而，爲何世人獨獨沒有發現亨利．盧梭的偉大？

不知不覺中，吾人或許已習於受刻板印象的擺布？「關稅員」這個頭銜，令盧梭這位畫家永遠不可能超越業餘畫家的領域，在大家的心目中只是一個天眞善良的老畫家。

說到盧梭，是在二十世紀美術的革新頗有貢獻的畫家。若不是他，畢卡索無法推動繪畫革命，也不會有超現實主義的誕生。可是，爲何盧梭的評價卻一直如此低迷不振——。

拜勒斷斷續續地說出這番話。提姆打從心底爲之驚愕。因爲拜勒的想法，與自己不謀而合。

他想改變盧梭的評價。因爲，那也有助於改變自己的評價。這幾年來，他一直這麼想。然而，這位老收藏家，耗費更長的時間，投入所有財產，懷著滿腔熱情，一直與神祕畫家亨利．盧梭對峙至今。

「作品的調查期限，包括今天在內共七天是吧。那麼，我想立刻動手。可以讓我做X光檢查嗎？」

織繪似乎已恢復平靜，流利地說。提姆也赫然回神。

對了。自己是被找來調查這件作品的。如果能夠證明這件作品是眞的，就請求借出。作爲來年的盧梭展壓軸作品，一定要奪得這幅畫。

撇開它與〈夢〉的關連不談，總之只要是眞跡，再沒有比這更驚人的事。

「不用急，時間多得是。還要請兩位好好調查本作，判斷眞僞，並且說出判斷的根據，對作品做出講評。」

輪番審視兩人的臉孔後，康茲說。

「究竟是眞跡還是贗品，講評得最好的人就算贏，拜勒氏會全面接受勝利者的判斷。而且——」

暫時打住後，法定代理人極爲公事公辦地接著又說：

「勝利者，今後，做爲本作的『監護人』，拜勒氏將會轉讓處理權。無論是要把畫轉賣給第三者，或是要公開展覽，甚至就此埋葬——一切悉聽尊便。」

轉讓處理權。

一瞬間，提姆不解其意。甚至很想重問一次。過了數秒，提姆才失聲驚呼：「啊?!」

對方開出的條件，完全脫離常規。

這豈不是等於宣稱，要把這件作品白送給獲勝者？

想必，織繪也有同樣的感受。她在提姆身旁早已僵硬如石。

「不過——」這時拜勒抬起枯枝般的手，制止康茲發話。彷彿要說，接下來由他自己來說。

「不過，爲了調查，要請兩位做一件事。」

說到這裡，管家蕭納箴像是心領神會，逕自走出房間。

三分鐘後，蕭納箴恭敬捧來的，是一小本古書。拜勒接過後，愛惜地撫摸紅褐色的皮製封面，一邊說道：

「這裡面，寫有七章構成的故事。請你們每天看一章。然後，在第七天做出判斷。判斷這件作品究竟是眞是假。」

不是仔細檢查作品，而是以閱讀「故事」來做判斷。這簡直是前所未見聞所未聞，完全陌生的調查方法。

怎麼會這樣？提姆無聲吶喊。混亂與不安——以及異樣的亢奮，如狂風掃過。

絕不能讓對方發現這陣狂風！提姆如此告誡自己。對於這個從今日起成爲強敵的高傲女子。

絕對，不能輸。

當他瞥向織繪時，她正好也朝這邊瞄來。

年輕的女研究者眼中燃起熊熊鬥志。那是令人悚然的冰冷之美。

第四章　安息日

一九八三年　巴塞爾／一九〇六年　巴黎

精緻的高布林織花窗簾層層垂疊，覆蓋了高及天花板的窗子。從那中央的縫隙往外一瞥，提姆・布朗不知已是第幾次悄悄嘆息。

提姆被安置在廣闊大宅內為數眾多的某間小客廳等候。他的視線移向都鐸王朝樣式小几上的勞力士座鐘。上午十一點三十五分，距離剛才看鐘僅僅過了五分鐘。他交抱雙臂，又嘆了一口氣。身穿白西裝打領結的男傭，端著放著麥森咖啡杯的銀盤走近。

「您要再來一杯咖啡嗎？」男傭以帶著德語腔的英語說，「不，不用了。」提姆當下以法語回答。「我已經喝三杯了。比起咖啡，倒是想問問有沒有三明治之類的。我有點餓了。」

馬上為您準備——男傭還是用英語客氣回答，隨即走出客房。這下子，提姆總算長出一口氣。哪怕是片刻也好，他只想一個人獨處。

早川織繪進入鄰室的「書房」後，已過了快一個半小時。她究竟在那本書中看到什麼？而自己，看到的是否會與織繪所見相同？說不定，雖然同樣是紅褐色皮製封面，內容卻截然不同。

傳奇收藏家，康拉特・拜勒。即便在藝術界廣為人知，但過去就連是否真有其人，提姆都不確定。光是能夠假冒老闆湯姆・布朗的身分親眼目睹這個神祕人物就已夠幸運了。不僅如此，還得以看見就算在拜勒收藏中也是頂級祕寶的亨利．盧梭大作——拜勒說那幅畫叫做〈做夢〉。進而受託在這七天之內判斷此畫的眞僞。不過，鑑定眞僞的不只是自己。還有年輕的日籍盧梭研究者早川織繪也要挑戰這個任務。

委託兩位研究者鑑定眞僞，看樣子似乎不是基於比起單獨鑑定，雙重調查更保險這個主旨。這簡直是一對一決鬥——讓現代藝術權威，與美術史學會如彗星乍現的年輕東洋研究者競爭的遊戲。

而且，送給獲勝者的獎品不是支票或獎盃。獲勝者，將可贏得處理〈做夢〉的權利——無論是要轉手賣掉作品或公開展覽，甚至埋葬在黑暗中都行的無上權利。

拜勒說，他與那件作品已晨昏共度幾星霜。可是，他似乎已自暴自棄地覺得，只要能夠辨明眞僞，其他的都無所謂。天底下眞有這種事嗎？提姆不禁懷疑拜勒的神經。同時，意想不到的好運從天而降，也令他嘗到十足十的刺激感。

如果自己是這場遊戲的勝利者，就讓那件作品在「亨利．盧梭展」展出。現在，提姆只想專心在這件事上。

我是冒充老闆湯姆來這裡，就算自己鑑定那件作品是眞的，要讓作品在MoMA展出還得克服種種繁瑣的手續。MoMA要展出的作品絕對不能是贋品，屆時老闆和理事會恐怕都會嘮嘮叨叨地追究這件作品是如何找出來的吧。讓那件作品呈現在展覽室聚光燈下的路途，想必會有種種不得不克服的障礙物。

但是現在，無論如何現在，只能專心找出那是眞跡的證據，並且致力於駁倒那個可惡的日本女人。其他的事全都以後再說。提姆如此強烈告誡自己。

不過話說回來，判定眞僞的方法實在令人費解。拜勒提供的「古書」中寫的七章「故事」，提姆與織繪要按照順序，每天各讀一章。等到全部讀完的第七天做講評，不管結論是眞跡或贗作，講得最好的人，拜勒將接受那個意見。「古書」在這世上僅此一本，所以兩人必須輪流閱讀，拜勒的法定代理人艾力克·康茲鄭重地如是說。

閱讀「故事」的先後順序，就像美式足球決定賽場一樣，由康茲扔硬幣讓兩人猜正反面來決定。織繪取得先攻。當然，只要是研究者想必任誰都想早一點接觸從未被人發現的文獻。在康茲的帶路下，織繪走進書房。臨走之際，她還朝提姆回眸一笑。提姆目送她的身影，一邊苦澀地暗想，她倒是遊刃有餘啊。

現在，織繪對峙的，究竟是什麼樣的故事呢？

對，「故事」。拜勒說的不是「論文」也不是「歷史書籍」更非「研究書籍」。他說那本書裡寫著「故事」。

研究者早川織繪照理說應當有相當的解讀能力。那樣的她，如果只爲了閱讀故事中的一章就花費了一個半小時的時間，可以想見那必定是相當深奧難解的文章。說不定是以英文或法文之外的文字寫成的。難不成是拉丁文？若眞是那樣，看文章之前就已完全束手無策了。

他再次瞥向座鐘。十一點四十分了。緊張與不安幾乎將他壓垮。提姆拉開窗簾去勾窗子的扳手，打算呼吸一下新鮮空氣。

驀然間，他看到院子站著黑衣男子。男子戴墨鏡，正在仔細打量四周。是特勤維安人員。察覺這點，提姆反射性地一把拉上窗簾。

看樣子大宅周遭受到嚴密戒護。提姆杵在窗邊，不自覺仰望房間四隅。有兩個地方裝有監視器。

原來如此，看來我們正受到嚴密的監視。若在這大宅中做出可疑行動，由於這裡到處皆有堪稱人類祕寶的作品，自己肯定會立刻背上小偷的嫌疑。

自己果然來到不得了的地方。提姆的背上一涼。如今已無法回頭。絕對無法。

咚咚，敲門聲響起。他低咳一聲後，說：「請進。」

「我送點心來。」

剛才的白西裝男子在厚實的地毯上推著推車進來。他的身後是康茲，接著早川織繪也出現了。提姆迅速偷窺織繪的表情。只見她的臉頰微泛紅潮，櫻唇半啓。眞是不可思議的表情——彷彿剛從夢中醒來，一臉陶然。那一瞬間，提姆醒悟，自己接下來要看的「故事」，就連冷漠研究者的心都會爲之融化，是最高等級的資料。

康茲以德語對白西裝男子做出某些指示。男子推著推車經過提姆面前，逕自推到房間角落。法定代理人朝提姆冷冷一笑。

「要吃三明治還是等看完書之後吧。這邊請，布朗先生。」

跟隨康茲走出房間的瞬間，爲了讓自己看起來也勝券在握，提姆朝織繪微笑。但，她正眼也不瞧他，似乎在沉思什麼事，一逕瞪視半空。

在他之前等候的小客廳隔壁，書房的房門也同樣雕有複雜花紋。康茲悄無聲息地打開那扇門。提姆跨入一步，當下愣住了。

這是個不大的房間，沒有窗戶，從地板到天花板，放眼所見之處皆被書架環繞。皮革書背五顏六色的書籍塞滿書架。義大利畫家喬爾喬·瓦薩里、德國美術史家溫克爾曼、瑞士美術史家沃夫林、維也納美術史學者貢布里希。古今東西，美術歷史與睿智充斥在這房間裡。看到這情景有哪個研究者能夠不心跳加快？

當提姆被豐富的藏書奪去目光，呆站在門口時，背後響起康茲的聲音。

「請往前走。到中央的桌子。」

房間中央，有張厚重的桃花心木桌。桌上，放著一本紅褐色皮製封面的書。提姆走近桌子，從正上方俯瞰合起的封面。

封面沒有書名也沒有作者名稱。這類古書必然都是這種形式，通常書背應該刻印著書名及作者名稱。但，書背也只有兩三條金線，沒看到文字。提姆轉身問康茲。

「這是誰的著作？年代是——」

「我們不接受任何提問。」康茲間不容髮地回答。

「在這房間裡你被允許的，只有每天看一章這本書中所寫的『故事』。在『故事』看完之前，不必有任何疑問或感想。還有，也禁止做筆記或拍照攝影。也請不要中途離席。限定時間是九十分鐘。如果提早看完想離開或有緊急狀況時，請按手邊的鈴。會有人來接你。」

極爲公式化地敘述後，

「附帶一提，早川小姐可是待到最後一秒。」

康茲如此補充。桌上放著桌上鈴及金色的小座鐘。時鐘的指針指向十一點五十分。

「有任何疑問嗎？」康茲問。

「你剛才不是說不接受任何提問？」提姆當下頂回去。康茲浮現得意的冷笑後，

「那麼，九十分鐘後再見。Bon Voyage（祝你旅途愉快）。」

說完，康茲消失在門外。

提姆拉開桌前唯一一張裝飾藝術風格的椅子坐下。仰望正面，監視器立刻映入眼簾。如果看完一章還想繼續，在別的房間監視的康茲想必會飛奔而來，立刻宣告他犯規出場吧。總之在這個房間看來只能聽命行事了。

他伸指輕觸柔軟的皮革封面。按捺恨不得盡快看那個什麼「故事」的衝動，緩緩翻開封面。剎那之間，不可思議的甜美芳香，南國的花香似乎撲面而來。

泛黃的紙頁出現。扉頁上，浮現看似「故事」名稱的鉛字。是法文。

J'ai rêvé（做夢）

和那件作品的名稱相同。MoMA收藏的盧梭作品名稱是〈Le rêve（夢）〉。同樣的「rêve」，在

MoMA的作品名稱是當作名詞，在這裡的名稱是當作動詞使用。

提姆以指腹輕撫紙面。略厚的高級紙張，雖已泛黃卻沒有明顯的風化。即便看文字的字體大小，也沒有老舊落伍之感。他當下直覺，這本書不會早於二十世紀初，還不至於可稱爲「古書」。

他繼續翻頁。章頭出現。

第一章　安息日

看到這行字，提姆的內心一陣騷動，這是什麼？

這不是與亨利．盧梭有關的「故事」嗎？他本來期待或許隱藏著什麼與盧梭有關的新事實，但就這章的章名看來實在難以推測。

他的心情就像在跳海的前一秒，坐在船邊的潛水夫。無意識地，猛然停止呼吸。

提姆翻頁。就在剛才，康茲臨去時說的那句話驀然浮現腦海。

Bon voyage。

湧現心頭的昂揚，的確很像旅行的開始。不，與其說是旅行，似乎更像是冒險的開始。

☆　☆　☆

這是在某個晴朗的冬日，神賜予的安息日所發生的事。

聖母院大教堂前的廣場，有一名落魄的初老男子，脖子上掛著木箱，無所事事地呆立。木箱上綁著紅色與白色的氣球，不時隨輕風搖晃。萬里無雲，黑頭鷗掠過大教堂尖塔的正上方，朝塞納河的方向飛去。

突然間，大教堂的鐘聲響起。做完週日彌撒的虔誠信徒們，自教堂魚貫走向廣場。頭戴大禮帽的紳士，戴著繫帶圓帽的婦人，穿著荷葉襯衫穿梭其間亂跑的成群孩童。身上的大禮服滿是補丁的老男人，對著一波波身穿正式服裝的人潮揚聲叫著：

「要不要買糖果？巴黎最好的糖果，又甜又好吃的糖果。現在買還送氣球。來呀，買糖果，要不要買糖果？」

金色捲髮綁著紅色絲質蝴蝶結的女孩，在男人面前駐足，「媽媽，買給我。」女孩拽著看似母親的婦人裙襬。婦人嫣然一笑，「好吧。」婦人回答。

「給我來一份吧。多少錢？」

「五個一袋五十生丁。」男人回答。「如果一次買兩袋，還附贈氣球。」

「我要氣球。」小女孩纏著母親，令婦人蹙眉，但還是從手腕掛的珠飾小錢包取出一法郎硬幣，說：

「你可真會做生意，賣糖果的。好了珍妮，去拿個氣球吧。」

「要不要挑個和您的紅蝴蝶結同色的，小姐？」男人說，從木箱取出兩個裝糖的小袋子，鬆開紅氣球的繩子，遞給小淑女。女孩接過氣球，天真無邪地說：

「伯伯，你的手，髒髒。」

哎呀，母親說著面露困窘。

「怎麼可以講這種話？珍妮。對不起，小女失禮了。」

「哪裡，哪裡。沒關係，她說的是真的。這個怎麼洗也洗不乾淨。」

男人笑了，朝婦人伸出雙手。他的十根手指都沾有綠色或黑色的顏料。婦人又低呼了一聲哎呀。

「您的興趣是畫畫？」

對於婦人的問題，男人略帶自豪地回答：

「不，不是興趣，是正職。我是畫家。」

然後，他從脖子掛的木箱中取出一張名片，遞給婦人。

「我也開設繪畫教室。如果有興趣，不妨與令嬡來看看。」

亨利．盧梭　獨立沙龍協會畫家　佩雷街二號B棟　巴黎

教授繪畫及小提琴課程　隨時皆可

名片上，就是這麼寫的。

佩雷街二號，位於巴黎市中心最下層的人居住的蒙馬特地區外圍。六層公寓的五樓，只有小客廳與小寢室的兩間陋室，就是畫家亨利．盧梭的畫室兼住處。

雖是蝸居，但對獨居的光棍已綽綽有餘。靠著繪畫教室及教授小提琴的鐘點費，再加上週末賣糖果雖然勉強有收入，但錢幾乎都花在買畫布及顏料上。即使盡可能縮衣節食，減少無謂的開銷，這兩個月還是繳不出房租。也已向催繳的房東承諾「替府上畫肖像畫」。為此，又得添購新的畫布及顏料。這個月，還得付兩個月的貨款給他批糖果的商店。那邊的店主也叫他替家人畫肖像畫，被他好不容易才搪塞過去。除此之外，兩個月後就要參加獨立沙龍展的作品也得趕緊創作。收入幾乎全都拿去買畫布與顏料了，但付給畫材行的錢也不夠。越是努力工作，越是傾力繪畫，生活就越發窮困。盧梭根本沒有安息日可言。

把裝有賣剩糖果的木箱掛在肩上，踩著公寓狹小的螺旋樓梯吱呀作響地拾級而上。六十一歲的身體，已受不住上下樓梯之苦。唯有搬運大型畫布時，會委託畫材行的腳夫，但那筆運費要五法郎。他實在捨不得花那筆錢，但若是摔落樓梯骨折了就無法創作，所以也算是必要開銷吧。

好不容易抵達五樓，他喀擦喀擦地轉動鑰匙開門。沒有小偷會盯上這麼貧窮的公寓，因此住戶幾乎人人都不鎖門。但盧梭還是一絲不茍地鎖門。屋裡最昂貴的東西是小提琴，但拿去跳蚤市場恐怕賣不到二十法郎。即便如此，萬一被偷了，無法教授小提琴導致失去經濟來源之一，那還是很麻煩。

盧梭從小就與小提琴親近。小提琴，是他的人生之友。第一任妻子克萊門絲逝世時，他甚至還為了追悼她作了一首華爾滋，把樂譜印刷出來分贈給知交好友。如果老家在經濟上再寬裕一些，盧梭現在說不定已走上音樂之路。然而，不知是幸或不幸，音樂純粹只停留在「業餘與趣」。自稱專業畫家的現在，自己倒是認為沒走上音樂之路是幸運的。

一打開門，立刻有嗆鼻的濃烈氣味、油畫顏料的氣味籠罩。一進門就是客廳，也是盧梭的畫室。

小房間擠得滿滿的，到處都立著畫布。沒有一張尚未使用。全都畫了東西。面朝正前方的正經人物肖像，巴黎郊外風景，插在花瓶裡的大麗花，臭著臉一點也不可愛的兒童。畫架上放著大型畫布。畫面上半截，兀然飄浮吹喇叭的女神。周邊仍是一片空白，隱約只見炭筆勾勒出的旗子及樹木線條。

牆上用圖釘釘著各種紙片。有飛行船的照片、艾菲爾鐵塔的明信片、報紙剪報——多半都是從有照片及插圖的報紙 *L'ILLUSTRATION* 上剪下來的。上面有「我們的亨利．盧梭氏，在『秋季沙龍展』再次掀起話題」這行字。不管看多少遍，這行標題都令人心醉神迷。

把裝糖果的木箱放在畫架旁的紅色天鵝絨長椅上，連大禮服也沒脫，對著畫架上畫到一半的畫布，盧梭交抱雙臂定定凝視畫面，長嘆一口氣。

「啊呀，真是的。」他不禁自言自語。

「要是這件作品完成了，肯定又會引起話題。」

噹，噹，噹——下午三點的鐘聲自附近教堂傳來。盧梭赫然回神，打開窗子。冷空氣頓時流入室內。

他從窗口探出身子，俯瞰公寓中庭。石板地面中央有一口井，旁邊站著一名女子。可以看見她正拚命壓幫浦，用金屬盆裝滿了水。

「日安，雅德薇佳！」盧梭揚聲。被他這麼一喊，女人稍微抬頭，隨即又開始壓幫浦。盧梭像唱歌似地，朝她發話。

「我剛回來，妳等一下！我有東西要給妳。」

他急忙從木箱抓起一袋賣剩的糖果，然後拿著紅氣球，匆匆跑下樓梯。賣完糖果回來時，要走上五樓明明感覺遠如天國，現在卻一眨眼就已衝到中庭。盧梭早就知道週日下午三點她會出現在井邊。所以今天，他特地把附贈的氣球留下最後一個誰也沒給。

「安息日也工作，妳還真勤快，雅德薇佳。」

對著正用洗衣板搓洗盆中成堆內衣的女子，盧梭如此搭話。被稱為雅德薇佳的女子毫無反應。盧梭彎下腰，「來，這個給妳。」他遞上糖果與氣球。「如果妳喜歡，我會很高興。」

雅德薇佳停下搓洗衣物的手，把臉轉向盧梭。拿圍裙擦拭凍得通紅的雙手後，她雙手叉腰，「你是笨蛋嗎？」她說。

「有哪個女人收到這種騙小孩的東西會喜歡？我可不是那種小姐。別看我這樣，我好歹也是有老公的。想勾搭有夫之婦，就拿點更討喜的東西來。」

「我知道，雅德薇佳。」盧梭縮起肩膀慌忙回答。

「我當然知道妳有個當送貨員的好老公。我怎麼敢起那種心思勾搭妳。我只是……」

「只是什麼？」雅德薇佳冷然瞪視他。

「不是啦，呃，我還以為，女士們當然都會喜歡這種東西。顏色漂亮的，輕飄飄的，如夢似幻的東西。」

盧梭戳了一下氣球如是說。哼！雅德薇佳嗤之以鼻。

「誰稀罕那種小家子氣的玩意？真要送的話，就把那個拿來。飛得比艾菲爾鐵塔還高的那個。飛行船。」

「飛行船？」盧梭發出衷心驚詫的聲音。

「不，再怎麼說那恐怕也有點……。若是租一天，不知要多少錢……能租得到嗎……不過，如果妳真想要，透過我認識的學院教授，說不定會有辦法。」

雅德薇佳本來拿白眼瞪他，但是盧梭的樣子實在太驚慌，最後她終於忍不住笑出來。

「你真是大笨蛋。」最後雅德薇佳一邊大笑一邊說。

「洗衣女和賣糖果的，要坐飛行船在塞納河上空約會嗎？太可笑了。」

「不，不是的，雅德薇佳。我不是賣糖果的，我是畫家。是光榮的獨立沙龍協會和秋季沙龍展都認可的畫家。」

能博得雅德薇佳一笑令盧梭很高興，當下挺起胸膛說。雅德薇佳聽了笑得更誇張了。盧梭越發得意忘形，翹起自豪的小鬍子，對雅德薇佳繼續又說：

「妳也不是什麼洗衣女。我明白。讓我把無人知曉、連妳自己也不知道的真相告訴妳吧。聽著，其實，妳是樂園的公主。異國的吹笛人、大象、猿猴和獅子，都在叢林中屏息，注視妳的一舉手一投足。大家都迷戀著妳呢。」

洗衣女對盧梭的話充耳不聞，只是繼續響亮大笑。

搬來佩雷街二號兩個月，邂逅雅德薇佳這個有丈夫的洗衣女七週。每逢安息日，老畫家的單戀就越發濃烈。

亨利．盧梭開始認真作畫，是在正好四十歲那年。當時，盧梭在巴黎市入境稅務局擔任小公務員。小公務員，聽起來好像還不錯。但是實際上，他要負責攔下進出巴黎市內的商人馬車及人力車徵收入市稅，工作等同門房。他埋頭苦幹，並沒有特別出人頭地，但工作一做完就直接回家，安息日就拉小提琴，一直過著安分守己的簡樸生活。

盧梭生於法國西部的小城市拉瓦爾。父親是一名錫匠，副業是經營不動產。盧梭一家人，就住在曾是中世紀城門的「布修雷斯門」的塔中。

少年盧梭絕非成績優秀的孩子，唯有音樂與美術的分數傲人。遺憾的是，家中無人察覺這點。盧梭沒有立志成為藝術家，極為普通地成長，後來在昂熱這個地方的律師事務所工作。期間，由於一時糊塗，和同伴在事務所行竊。事發之後，遭到告發，幸得法官酌情減刑。後來，為了避免老家遭到世人中傷，盧梭自願加入昂熱的步兵連隊。兵役雖苦，總比一輩子背負小偷的污名來得好。

後來，盧梭在二十四歲前往巴黎，於法院執行官的事務所謀得工作。不久，與房東的女兒克萊門絲結婚，生下二男三女，但孩子相繼夭折，只有三女茱麗亞和次男亨利・阿納特倖存。後來，克萊門絲因結核病過世，阿納特也在十八歲病死。茱麗亞十八歲時遷居昂熱的叔父家，婚後幾乎音信不通。盧梭五十五歲時，與喬塞菲娜這名女子再婚，但婚後才過了四年，第二任妻子也撒手人寰。

任職巴黎市入市稅務局時，盧梭在安息日的消遣，除了小提琴還有一樣，就是去羅浮宮。起因倒是極為單純。既然身在巴黎，怎能不去巴黎最自傲的美術館？他就是這麼想的。

當時，巴黎正值美術熱潮當道。萬國博覽會開辦，可以目睹世界各國罕見的工藝品及美術品，每年巴黎美術學院主辦的「官方沙龍展」，也有高明的藝術家們一較高下。謳歌都市生活的市民們，在官方沙龍展發現中意的畫家，搶購肖像畫及風景畫。入選美展，受到學院肯定的畫家，得以風光加入藝術家的行列。作品不僅會掛在有錢人家的客廳，還可保證遲早會在羅浮宮展出。

羅浮宮美術館，對盧梭而言，就像是令人興奮的遊樂園。正因平日刻意過著簡樸生活，在羅浮宮時，心情頓時變得豪放，宛如那些名畫都是自己創作的。有時化身為賈克・路易・大衛，出席拿破崙一世的加冕儀式。也有時化身為基里訶，在怒海遭遇船難，坐著小舟漂浮浪濤之間。不知不覺，盧梭在幻想中，成為宮廷及皇帝御用的畫家，致力於將創作永留後世的光榮作業。

四十歲時，他得到在羅浮宮美術館臨摹的許可證。這可不是誰都申請得到的東西，必須有一定程度的繪畫造詣。和音樂一樣，繪畫也是盧梭的消遣之一，因此獲准在羅浮宮繪畫令他喜出望外。

有一次，他在羅浮宮一邊臨摹，一邊看著如今當紅的學院畫家威廉·阿道夫·布格羅的作品，忽然感到心頭一動。

咦？說不定，我可以這樣描繪女神和天使？

那是過去從未感受過的奇妙誘惑。當然，布格羅是學院派大師。不是素人想模仿就能辦得到的。可是，不知何故，盧梭就是當下認定了——自己，或許可以成為超越布格羅的畫家。

一旦開始這麼想，想要認真畫自己的畫這個誘惑令他心癢難耐。最後，盧梭跑去畫材行，掏出所有的錢，買齊了最高級的畫布、畫筆及顏料、調色盤。沒有畫架，就把畫布豎在餐桌上，拿有照片的剪報當範本，試畫一張。那是年輕人正在跳舞的畫——。結果令人驚訝。連自己都不敢相信，似乎打從第一張，就輕易創造出超越布格羅的名作。

盧梭以他畫出的第一張自信之作，報名官方沙龍展。他一邊想像著自己站在風光入選的出道作前面與布格羅握手的場面一邊等候結果，卻不知怎地落選了。他雖沮喪了一天，翌日已經開始為下次官展著手創作新作。

盧梭想像，評審當中一定沒有布格羅。如果有布格羅，應該會從自己的作品中嗅到同屬浪漫派的高貴氣息。若是布格羅來當評審，應該沒問題的。

雖然自己這樣鼓勵自己，盧梭還是非常失望。遠比自己年輕的畫家們，紛紛成功在官展嶄露頭角。自己卻已四十一歲，人生已進入後半段了。官展的評委會應該沒有那麼大度，會顧慮到報名者的年齡吧。

隨後，他立刻得知有一項集合官展落選者的展覽。這個以「獨立」為名的展覽，完全不需審查，所有報名者的作品都會在特設會場展出。不能在大皇宮展出雖然遺憾，但至少作品終於可以公開展示。說來豈不等於是接受全體法國國民的審查嗎？學院派畫家算什麼？博得國民的喜愛才能確立畫家的地位。盧梭如此意氣昂揚地想。

盧梭果然有先見之明。他的作品，在獨立沙龍展頭一次公之於世，贏得驚人的人氣。人們一到會場，首先奔向盧梭作品所在的展覽室。然後在盧梭的作品前，有人捧腹大笑，有人笑得太誇張竟然呼吸困難。也有面色鐵青離去的老婦人說：「從沒看過這麼噁心的畫。」報紙及美術評論雜誌爭相報導。「亨利．盧梭氏在獨立沙龍展掀起話題。祝福不被嘲笑擊倒，繼續畫拙劣畫作的盧梭氏！」看了這些報導，更多人爭相造訪會場。會場簡直成了馬戲團。

不管那是多麼過分的中傷報導，盧梭都把印有自己姓名的報導統統剪下，整整齊齊貼在剪貼簿上。受到國民如此注目，贏得這麼高的人氣，為何沒收到任何委託作畫的邀請呢？該不會是太多人找上獨立沙龍展的主辦單位洽詢，令負責人不知所措吧。想到這裡，他還特地詢問主辦單位。「不，盧梭先生。沒有任何人委託您作畫。」主辦單位的負責人只是冷冷回答。

盧梭的家人冷眼旁觀他逐漸撇下工作不管只顧奮力作畫，半是哭笑不得。對著完成的自作，他左瞧右看，為之痴迷，最後竟在家人面前宣言：「我從今天起要當畫家。」妻子完全不予理會，孩子們則是目瞪口呆。

畫畫太快樂，盧梭鑽牛角尖地認定，再也不想把時間浪費在繪畫以外的事情上。於是，四十九歲這年，他斷然辭去稅務局的工作。離職的理由是「今後想靠畫筆生活」。雖然上司與同事有的嘲笑也有人認真替他憂心，但他還是不改決心。

轉眼過了十年以上。驀然回神，妻子與兒子都已過世，女兒也嫁人了，獨居的生活迄今已有三年。三餐只有麵包與湯，連上下樓梯都吃力，但最讓他備受打擊的，還是如此投注心血的畫作竟遲遲賣不出去。

一年一度，盧梭繼續參加獨立沙龍展的展出。去年，也參加了秋季沙龍展，博得萬人好評。可是，幾乎一次也沒有接到正式的作畫委託。頂多只有近鄰請他畫靜物畫，或者自己主動提出以繪製肖像畫抵消借款。他參加獨立沙龍展的作品尺寸一年比一年大，卻始終未出現買家，就這麼堆積到現在。當作畫室使用的客廳變得越來越狹小——再加上受不了房東催討房租——只好一再搬家。

總有一天，這些畫都會賣出去。盧梭如此深信，把無數大作細心用石蠟紙包裹，慎重保管。

我的畫他日變得搶手，絕非奇蹟。那是必然的，只須靜候即可。

然而，在大畫商、大富翁、大收藏家現身說：先生，太棒了，您是天才，我要把您的作品統統買下，當面開支票之前，究竟得等候多少天？

他快要灰心喪志了。自己的作品走紅，不，自己在世間得到正當評價，已非必然，而是奇蹟了嗎？畫布及顏料費都是不小的開銷，是否別再創作大件作品比較好？

去年年底，他終於在這間出租公寓落腳。下定決心還是要創作更大件、更偉大的作品，是在那一週之後。在他邂逅雅德薇佳這名女子之後。

那是每週日下午三點，來盧梭的公寓中庭洗衣的女子。有著一頭栗色大波浪長髮、濃眉與丹鳳眼，五官充滿異國風情的洗衣女。當時盧梭正好剛開始賣糖果賺取每日生活費。從聖母院大教堂回來的盧梭，一眼看到正與盆中衣物格鬥的她，當下一驚。

那種心驚之感，究竟是什麼？他一時之間想不明白。或許許多畫家稱之為「靈感」。總之，「想要畫這個人」的衝動，在那一瞬間驀然湧現盧梭的心中。

打聽出雅德薇佳這個名字，是在過了三個安息日後。得知她已婚時，已經又過了兩個安息日。在說出我對妳朝思暮想之前，還得再度過幾個安息日，盧梭不知道。

總之，他決定再等兩個安息日。等他把飛行船飄揚的風景畫完成，送給她之後再說。若能為她完成一張小風景畫，哪怕是會增加工作負擔或欠畫材行更多錢，都是畫家的喜悅。

S

☆　☆　☆

夏日傍晚，巴塞爾街頭仍然十分明亮。

萊因河映著橙色漸增的天空，滔滔流過。不時也能看到在河邊擺出休閒椅，喝葡萄酒談笑的市民。

載著提姆與織繪的凱迪拉克，在萊因河畔最高級的飯店「三王飯店」正門入口停車。門僮打開後座車門，兩名服務生立刻飛奔上前。門口有飯店經理約塞夫．利雅特迎接兩人。

「歡迎光臨，布朗先生、早川小姐。謹代表本飯店，歡迎二位下榻此地。房間已準備好了，如果不累，要不要先在酒吧喝杯香檳？」

老實說，提姆很想重新喝一杯。但是，織繪回答：「不好意思，您的好意心領了。因爲我有點累。」於是提姆只好也呑呑吐吐地說：「不了，我也是……」

「這樣子嗎？」利雅特堆出殷勤的笑容接話。

「晚餐要替二位安排嗎？本飯店的餐廳，或是市內的瑞士餐館，我們都可代爲預約。」

「我什麼也不需要。今天，我只想休息。」織繪脆弱地笑著說。

「我也……不，我啊，這個嘛，我記得橋附近，萊因河畔有專做魚料理的店吧。我去那裡吃點簡單的東西好了。每年藝術節時我都會光顧。」

想起自己現在是「湯姆．布朗」，提姆刻意如是說。

「噢──您是說『夢幻曲』是吧。那裡的水煮鱒魚的確風味絕佳。您打算幾時過去呢？」

「那就八點。」

「我知道了。我會交代那邊的經理，把帳記在飯店這邊。」

利雅特和顏悅色地說完後，

「這是本飯店的老闆如此吩咐的。舉凡透過我們預約的，無論是餐點或車輛或鮮花，甚至美容室的使用，一概記在飯店的帳上。請您也千萬別客氣，小姐。」

經理朝織繪一笑。他特別強調了透過我們這幾個字。如此一來，便可監視二人的行動是嗎？

三王飯店是昔日拿破崙一世、歌德、伊莉莎白二世等名人都住過的老牌飯店，本來就不是一介助理研究員住得起的地方。在漫長的歷史中數度轉手，如今的老闆是康拉特·拜勒。提姆本來提心吊膽，深怕辦理住房手續時萬一對方要求看護照就完蛋了，結果完全不用辦理任何手續。說不定，拜勒甚至沒讓自家飯店的人知道「到底是什麼樣的人物住進來」。

之前看完《做夢》第一章後，有個遲來的午餐會，面對拜勒與康茲，提姆與織繪享用了一頓對話冷場的午餐。

內容不多的第一章〈安息日〉，提姆與織繪一樣，用了整整九十分鐘閱讀。起初盡可能快速瀏覽，看第二遍時再一邊仔細檢證細節一邊閱讀。他是事先擬定這個戰略才翻開書的。可是，彷彿朝海底沉落的海錨，一轉眼已深深陷入故事的世界。

故事內容，當然是頭一次看到。他本來還擔心，萬一是極為艱深的內容，或者與盧梭毫不相干的內容該如何是好，但是才看到開頭前兩行，這個憂慮已煙消霧散。故事是以極為正統的法文書寫，單純得令人錯愕，焦點完全放在盧梭身上。

一開始閱讀立刻發現，故事的舞臺在巴黎，時間是一九〇六年。因為盧梭搬到佩雷街二號B棟是在一九〇五年年底，書中寫的是翌年發生的事。當時，盧梭成為獨立沙龍展的常客，一九〇五年在秋季沙龍展以名作〈餓獅〉參展，道道地地贏得萬眾注目。但他的作品一直賣不出去，為了賺取生活費只好賣糖果，這也是本就知道的事實。簡單提及的盧梭身世，若與史實對照想必也大致無誤。

不過話說回來這還真是奇妙的故事。這到底是史實，還是虛擬創作？

歸根究柢，這是誰寫的？究竟，用意何在？

描寫盧梭經濟困窘的這一段，的確與史實如出一轍。當時盧梭一再向畫材行賒欠，還被對方告上法院。畫家窮得繳不出房租，只好畫肖像畫送給對方來抵消房租之事，在研究盧梭的學者之間也眾所周知。但是，盧梭如此有自信，狂妄認定自己的作品超越布格羅的這一段，卻令提姆有點納悶。

還有「雅德薇佳」的出場。那竟與MoMA收藏的盧梭代表作〈夢〉這幅畫中，如女主角君臨的裸女名字一模一樣。盧梭自己寫了一首詩獻給晚年創作的這件作品。就文學角度而言這首詩可以說「寫得很糟」，但是充滿牧歌式和平，很私密，很感傷。那首詩中出現的女性名字是——雅德薇佳。

在說出我對妳朝思暮想之前，不知還得度過幾個安息日——第一章的最後這麼寫著。這段文字，提姆格外注目。

這果然是虛擬創作，而且還是個愛情故事。是以亨利．盧梭這個人的觀點描寫的悲戀故事。

而且，最後一行的文末，留下一個字母——「S」。

他就這樣死盯著謎樣的大寫字母，直到時間截止。這個字母，該不會是這一章的作者姓名縮寫吧。

之後來書房接提姆的，不是康茲，是管家蕭納箴。

「辛苦了。接下來，請參加拜勒先生主辦的迎賓午餐會。」

在水晶吊燈璀璨閃耀的餐廳，僅有拜勒與康茲、提姆及織繪四人的午餐會，猶如告別式一片死寂。織繪似乎一直在想心事，完全沒動過叉子。提姆亦然。康茲已經交代過「不必有任何提問與感想」，那麼到底該說什麼才好？

「明天上午九點會派車去飯店，屆時請兩位一起過來。跟今天一樣，由早川小姐先攻，每人閱讀第二章九十分鐘，之後的時間可以自由支配。」

臨別之際，康茲說。然後，

「不介意的話，請在此簽名。」

說著，攤開皮製檔案夾給他們看一份文件。在一張紙片上，以英文寫著「在拜勒宅所見所聞絕對保密。若違反此契約願負一切責任」云云。

提姆與織繪瞪著文件看了一會，織繪率先簽名。提姆一瞬間遲疑不決，最後還是模仿早已見慣的老闆的簽名——以歪七扭八的字跡，簽下T. Brown。

啊，我終於還是做了。這下子，僞造文書罪成立了。

要是東窗事發，肯定會立刻被MoMA開除。不僅如此，今後，恐怕一輩子都別想在美術界混飯吃了。他媽的，你看你幹的好事，盧梭。

所以，他很想找個地方喝一杯。然而，他不可能邀約織繪。因爲彼此在講評日之前都不能說出感想。

既然如此，索性去利雅特推薦的餐廳，大吃一頓鱒魚料理，痛飲葡萄酒。

飯店安排的房間，提姆在四樓，織繪在五樓。兩人一同走進電梯。古老但保養完善的金色密室，開始緩緩上升。兩人沒有交談。從之前在拜勒宅，織繪被帶去書房的那一刻起，直到現在，一直沒有。

叮的一聲，電梯在四樓停止。提姆走出電梯之際轉身對織繪說：「那就明天見。」織繪依然沉默，突然間，擠出即將關閉的電梯門出了電梯。在驚愕的提姆面前站定後，織繪說：

「有件事，我想請教。第一章，最後一行的末尾——有個大寫文字嗎？」

織繪的眼睛很認真。那雙眸子在訴說：除了真話什麼也別說。提姆不由得點頭。

「對，有。我的確看見了。」

「那是什麼字母？」

「……『S』。」

織繪的雙眸，倏然放鬆。「太好了。」織繪安心地嘆出一口氣。

「的確是『S』。這表示，我看的和你看的，內容一樣。」

看樣子，織繪似乎與自己一樣，很在意「兩人看的是否是同一個故事」。織繪的發問令提姆得到些許勇氣，於是他也試問：

「那個，會是故事創作者的姓名縮寫嗎？妳覺得呢？」

織繪驀然浮現微笑。她又變回那個高傲的研究者，反問道：

「你憑什麼斷言那是『創作』？」

叮的一聲，電梯的金色門扉開啓。織繪走入電梯，甩著一頭烏黑長髮轉身，以漠無感情的聲調說：

「明天見。」

關閉的電梯門彼端，冰冷的微笑瞬間消失。

第五章　破壞者

一九八三年　巴塞爾／一九〇八年　巴黎

在萊因河畔的餐廳，大概是因爲灌了太多記在拜勒帳上的麗絲玲白葡萄酒，來到巴塞爾的頭一天晚上，提姆得以呼呼大睡。睡得太熟，連夢也沒做。要是沒有八點來電叫他起床，他肯定會一覺睡到中午。

走到面河的房間陽臺上，晨光非常清新。沁涼的空氣很舒服。若是紐約，這個時間早已到達華氏九十度。心情倒像是擺脫悶熱的曼哈頓，來到瑞士首屈一指的名門飯店度假。提姆伸個大大的懶腰，把身子探出欄杆。滔滔流過的萊因河在朝陽下閃閃發亮。橫跨萊因河的米特雷橋上，瑞士國旗與巴塞爾市旗徐徐飄揚，可以看見路面電車悠緩穿梭而過。

朝正下方探頭一看，正好是餐廳的露臺。幾對白髮情侶正在吃早餐，夾雜其中的黑髮女性映入眼簾。白西裝的服務生正把一盤蛋捲送到她的桌上。提姆立刻衝進盥洗室，洗臉刮鬍子，換上白襯衫與休閒褲，快步走出房間。

「早安。不介意一起喝杯咖啡吧？」

提姆往正在吃蛋捲的織繪眼前一站，向她道早。當然，他充分意識到自己現在是湯姆・布朗，好歹也要刻意裝出威嚴的臉孔與聲調。織繪微微挑動細眉，「好啊，請坐。」她淺笑回答。提姆在織繪的對面坐下，向服務生點了咖啡。

「我打算不吃早餐就去。因爲昨晚，一個人喝太多了。」人家還沒問，他就自動解釋。

「就在那座橋對面的『夢幻曲』……水煮鱒魚果然如經理所言，風味絕佳。我從來不知道鱒魚居然那麼好吃。」

「你不是每年都來巴塞爾嗎？」織繪說。「不吃鱒魚，那你每次吃的是什麼？」

本想表演一下MoMA研究部部長的從容自得，一不留神卻被對方逮到話柄。「噢噢，這個啊。」提姆只好苦笑。

「我喜歡吃鮭魚，鱒魚水分太多我不愛吃。去那家餐廳時，我每次都是吃鮭魚。過去都是這樣。」

連他自己都暗自覺得講得很牽強，但織繪似乎也沒有認眞聆聽。提姆一邊喝咖啡，一邊默默窺視吃蛋捲的織繪。織繪沒有正眼對上提姆的目光，視線落在前方的河上風景。明顯可以看出即便過了一晚，她對提姆仍有強烈的戒心。

昨晚一個人在「夢幻曲」喝酒，總覺得很不是滋味。難得來到巴塞爾，雖然得以見到傳奇收藏家，目睹疑似盧梭畫的名畫，還看了不可思議的故事——這些對盧梭研究者而言都是無上喜悅——無法和任何人討論卻令他備感遺憾。本來，早川織繪這位美術史學會的新星，應該是討論盧梭及其作品的最佳人選。如果她不是今後要競爭的對手，兩人或許已喝著冰涼的白葡萄酒，盡情地大發議論了。那個故事究竟是誰寫的？在何時？爲了什麼目的？拜勒爲何會想出這種主意，叫他倆看完之後再講評作品？故事內容是創作還是史實？還有，在那個故事裡，盧梭接下來又會變成怎樣——。

織繪喀地一聲，把刀子放到盤子上，說道：

「我先失陪了。昨天說好九點來接我們對吧。那就待會見。」

她甩動著黑髮起身離席。「等一下！」提姆反射性地叫住她。

「今天的第二章……妳猜會有怎樣的發展？」

這個唐突的問題，令織繪蹙眉。但，或許是因爲提姆的表情實在太過好奇，她認命似地又坐下來。

「誰知道……。故事在一九〇六年一月結束，所以接下來應該會從那年的獨立沙龍展發生的事開始吧。第一章裡，也曾稍微提到獨立沙龍展的參展作品。」

一九〇六年三月，第二十二屆獨立沙龍展，盧梭有〈呼籲藝術家參加第二十二屆獨立沙龍展的自由女神〉等五件作品參展。在第一章的文中，有「畫面上半截，兀然飄浮吹喇叭的女神。周遭仍是一片空白，隱約只見炭筆勾勒出的旗子及樹木線條」這段文字。看到這裡如果沒有在瞬間猜到這是指哪件作品，就不配通過盧梭初級考試了。

原來如此，提姆恍然大悟地點點頭後，

「我的見解倒是稍有不同。」

織繪黑多白少的眼睛定定直視提姆。只要是研究者，對於Modern Art權威的見解，想必不可能不感興趣。充分挑起織繪的關心後，提姆方說：

「今天，我們應該會在那個故事中邂逅畢卡索。」

只見織繪的眼睛微微游移。也許是太意外了，她似乎在思索如何回話。看到高傲的研究者真的大吃一驚，提姆隱約有點愉快。但，織繪不掩困惑只在剎那之間。她很快就恢復好勝的表情，說：

「來這套嗎？果然，不愧是畢卡索研究的世界權威。」

沒錯，MoMA的研究部部長湯姆．布朗，在畢卡索研究方面被視爲世界權威。但，提姆並不是爲了僞裝權威才那樣說。昨天初閱第一章後，他就一直在思考，作者爲何會選擇一九〇六年這個微妙的年分做爲第一章。

盧梭死於一九一〇年。從〇六年至一〇年，在人生最後的五年當中，相繼發生了即便在他的繪畫生涯也值得注目的事件。其中尤其值得一提的，是他與支撐二十世紀美術黎明期的那群天才畫家的接觸。最主要的人物，當屬畢卡索。

文中只是稍微提及一九〇五年的秋季沙龍展，但提姆特別注意那段簡短的描述。他記得是這樣寫的：「去年也參加秋季沙龍展，博得萬人好評。可是，幾乎還是沒接到任何正式的作畫委託。」〇五年的這個秋季沙龍展，除了盧梭的作品，也展出了許多日後在近代美術史上蔚爲「事件」的作品。換言之，那是亨利．馬蒂斯與安德魯．德朗掀起的「野獸」旋風。肆意奔流的色彩激烈撞擊的異色作品群，占據了秋季沙龍展的一室。被批評家揶揄爲「獸籠」的這間展覽室，巧合的是，也展出了盧梭的〈餓獅〉。

野獸派的登場引起熱烈討論，許多畫家也紛紛造訪這間「獸籠」。其中也有畢卡索。後來畢卡索成了發掘盧梭的藝術家之一，但這位天才畫家究竟是如何看待〈餓獅〉，很遺憾，並未留下文獻記錄。總之不管怎樣，這件「博得萬人好評」的作品〈餓獅〉，與素來被譏爲連遠近法都不懂的素人畫家、一直被視爲「笑柄」的盧梭作品，明顯有一線之隔。爲了得到晚年最成熟的果實，畫家已經開始準備了。

而且，名實兼具地體現這個時代的藝術變革的，是巴布羅·畢卡索。提姆感到，故事作者，在單純得幾乎令人失笑的稚氣文章背後，其實埋下了周到的伏筆。無可奈何的貧窮生活，六十一歲仍對年輕的有夫之婦滿懷熱情的窩囊男人。慧眼發掘這個幾乎人人不屑一顧、被嘲笑爲笨蛋飯桶的畫家，最終將他尊崇爲二十世紀美術革新者的——不正是畢卡索嗎？

「畢卡索一定會出現。我敢打賭。」

提姆再次強調。雖然沒有任何根據，但身爲「近代美術的權威」，他很想在心理上動搖一下對手。

「你要賭什麼？」織繪強勢反問。

「第二章如果沒出現畢卡索，我就把講評時的先攻·後攻決定權拱手相讓。不過，如果出現了……」

提姆在桌上以食指咚咚敲了兩下，然後說：

「今晚，在這個位子，妳要陪我一起喝麗絲玲白酒。」

☆　☆　☆

第二章　破壞者

瑪提爾街的古董店前，站著一名矮胖的男子。

早已磨損的西裝雙手袖子，肘部縫著補丁。男子將雙手插進褲子口袋，杵在原地，遲遲沒有動作。宛如化為雕像，不知已在那裡站了多久。兩隻大眼睛，就像在黑暗中瞄準獵物的貓頭鷹。視線前方，是堆疊在一塊的成堆畫布。

「咦，這不是畢卡索先生嗎？您在找舊畫布？」

店主從店內深處走出。看樣子，男人似乎是這間店的常客。

這個名叫巴布羅．畢卡索的男人，八年前自西班牙的巴塞隆納來到巴黎。目的，是成為職業畫家。除此之外，任何事都不放在眼中。晶亮的大眼，只為尋求新藝術而發光。

「這個多少錢？」

畢卡索指著成堆畫布中的一張。「呃，您說哪個？」店主說著，在疊放的幾十張畫布中四處摸索。

「啊啊，不是那個。是更下面的……對，那個。不是露出女人的臉嗎？就是那個。」

店主三、四張一疊地逐次搬開畫布，終於翻出壓在最底下的一張畫布。於是，身穿黑洋裝，體態豐滿的女人肖像，就在畢卡索的眼前出現了。

當時，窮畫家們如果沒錢買新畫布，不時也會來買古董店門口這種賤價出售的舊畫，用顏料蓋過，再在上頭畫自己的畫。古董店前堆放的，也全是這種價錢甚至不如壁紙，只是當作畫布回收再利用的畫。

「啊呀，您果然有眼光。這個大小絕對夠，而且又不是很舊，蓋過原畫重新使用也不錯。五法郎就便宜讓給您。」

「五法郎？」

被對方冷然一瞪，店主慌忙補充。

「您就饒了我吧，不能比五法郎更少了。如果再降價一法郎，我就沒有賺頭了。」

畢卡索的手在長褲口袋裡動來動去，最後掏出五枚一法郎硬幣。放到店主的手心後，他笑著說：

「你會後悔用五法郎賣掉的，老闆。」

扛起幾乎有自己身體那麼大的畫布，畢卡索意氣昂揚地朝蒙馬特的畫室走回去。

本該被塗抹掉的畫布上畫的，正是亨利．盧梭創作的〈女人肖像〉。畢卡索利如鷹隼的眼光，從成堆舊畫布中發現了那一張。能夠以這種方式輕易得到盧梭的作品，令畢卡索大喜過望。

雖然純屬偶然，但數日前，畢卡索才剛被友人——詩人紀堯姆．阿波里內爾，帶去佩雷街二號的盧梭畫室。在那裡看到以新鮮的顏料繪出的密林、一本正經面對正前方的人物肖像畫，向來總是坦然自若當著畫家面前批判其作品的畢卡索，這次完全陷入緘默。

「太厲害了。那個人，是真正的創造者。不，他是破壞者。」

從盧梭的畫室出來的路上，畢卡索像在自言自語，卻又足以清楚傳入阿波里內爾的耳朵那般，如此低聲嘟噥。

巴布羅·畢卡索。當時，在自稱「前衛」的巴黎藝術家之間，這個畫家的名字無人不知無人不曉。有人稱他為革命兒，也有人稱他為創造者，更有人說他是破壞者。究竟哪個稱呼才是對的？或許該說，那全部都是正確的。

在畢卡索邂逅盧梭的前一年，這個西班牙人畫出了決定二十世紀美術方向的作品。換言之，就是那幅作品——〈亞維儂姑娘〉。

話說，那幅作品，到底該如何形容才好呢？說不定，與其談論作品本身，不如談談畢卡索周遭的藝術家及支援者的反應，更能讓人理解。

當時，畢卡索是蒙馬特山丘上的破舊畫室「洗衣船」的住户。在這個充斥顏料及狗騷味、連落腳之處都沒有的畫室，他與美麗的情人費南德·奧莉薇及愛犬胡利卡一同生活。二十七歲，年輕又有野心的畫家定居的大雜院，有許多藝術家進進出出。畫家、詩人、作家、評論家、音樂家、演員，再加上喜歡新鮮貨的畫商及新進收藏家。宛如馬戲團或移動式遊樂園的飲酒狂歡、激烈議論、互毆的爭執及戀愛糾紛天天上演。人人都對新世紀的開始滿懷期待，深信自己這些人的時代即將踹破那搖搖欲墜的房門闖進來。盧梭執著的「Salon de monsieur Bouguereau（官展）」算個屁！他們如此唾棄。

獨立沙龍展及秋季沙龍展這類企圖脱離官展的發表場合受到注目，塞尚及莫內的名聲漸高，羅浮宮及夏佑宮也會舉辦非洲或伊比利半島的「Art Primitive（未開化地區美術）」展覽，自由嶄新的藝術之風已吹進巴黎。像畢卡索一樣，為了在巴黎這個藝術之都一試身手，許多外國人紛紛自法國周邊的國家及非洲聚集而來。

運用獨特的藍色及玫瑰色調，以小丑及盲眼乞丐這些生活在社會底層的人們為繪畫主題的畢卡索，無論在技巧上或野心之大，毫無疑問地，都領先了夥伴們一步。不過，當時，在畫家之間，「技巧」應該不是問題。善於繪畫的畫家比比皆是。但是，藝術家們的議論中心，早已遠離「畫得好看」這個出發點。換言之，「好看的畫」究竟是指怎樣的畫？「畫得好看」又是指哪種藝術家？如今已無人能夠正確定義。不管是人物也好靜物也好風景也好，光是把眼前的對象原封不動地摹寫在畫布上的畫已不再是「好看的畫」。

論及淬鍊出的感性，以及企圖領先時代的氣魄，畢卡索的確搶先一步。然而，馬蒂斯和德朗作為「色彩的破壞者」，企圖博取世人注目的大膽表現手法，此時尚未被發現。

到底什麼才是嶄新的？我該畫什麼？畢卡索每日貪婪地徘徊街頭，出入美術館，看著高更與塞尚的展覽為之心頭發熱，總覺得心裡一直梗著疙瘩。一點一滴地，這個年輕的畫家任由自己的大腦與心靈承受時代浪潮的洗禮。他想畫的絕非「好看的畫」。他追求的只有一個，是「嶄新的表現手法」。

某個夏天，畢卡索與情人費南德，一同在西班牙的鄉下戈佐爾度過。素樸的村民安分守己的生活，以及岩石壘壘的粗礪風景，不知年輕的畫家是如何看待的？那次旅行後，他畫的東西就開始出現變化。他在某種發想的引導下，不停畫素描。他在水平線的遙遠彼方，隱約看見從未被人發現的新大陸。雨滴劈哩啪啦地敲打心靈的地表，畢卡索有種預感，自己的內心終將颳起激烈的暴風雨。於是，他終於完成了那件作品。

在那幅畫完成的數月之間，畢卡索一直窩在畫室裡。曾經如此熱鬧的畫室如今天天無人上門。他對作品投注的心血，同居的費南德最了解。就連費南德，都搬到隔壁公寓去住了。

有幾名好友，被畢卡索請來畫室第一個看畫。看到那件作品〈亞維儂姑娘〉的友人們，當下鴉雀無聲，連話都說不出來呆立原地。

「母子肖像在哪裡？小丑呢？」本該對言語最敏感的詩人阿波里內爾當下驚慌得語無倫次。對於畢卡索向來拿手的藍色及玫瑰色人物肖像，比任何人都極力讚賞那種抒情性的正是阿波里內爾。現在新作的畫面上竟然不再有抒情性，令他完全不知所措。

「太可怕了。」說出這句話的，是畢卡索及馬蒂斯的擁護者，來自美國的作家葛楚德・史坦。「耗費這麼久的時間，辛辛苦苦創作出這種玩意，簡直是可怕的浪費。」她說。她的兄長——收藏家李歐則感嘆：「畢卡索已走上毀滅之路了。」

「為什麼要把人物畫得像怪物一樣？」飽受衝擊的，是畫家喬治・布拉克。「這鼻子是怎麼回事……這根本不是鼻子，是楔子吧。」

安德魯・德朗忍無可忍，在蒙馬特到處宣傳。「畢卡索的嘗試是絕望的。在那幅畫後面，說不定有一天他會上吊自殺……」

批判最嚴厲的是馬蒂斯。他毫不留情地放話：「畢卡索是近代繪畫的破壞者，是狂人。」過去支持畢卡索、深受他的才華魅惑的人們，竟因這幅〈亞維儂姑娘〉被弄得如此混亂、震怒、絕望。那的確徹底顛覆了人們向來認定的「繪畫應是如此」的概念。

畫面上，畫了五名疑似娼妓的女人。左邊的女人撩起窗簾般的東西，畫面中央有兩個舉起一隻手及雙臂站立的女人。右邊坐著背對畫面的女人，最右邊還有一個來自畫面後方的女人。這些女人，從左至右，越來越沒表情，不，豈止是沒表情，臉孔根本是被完全破壞。那不是人臉，倒像是帶有咒術的面具，是宛如怪物的可怕臉孔。有稜有角的身體一點也不性感，尤其是那個坐著的女人，明明背對畫面但臉孔卻對著正面。畫面上沒有遠近法或立體感可言，只有五個詭異的裸體，扁平地貼在上面。

一言以蔽之，那是「醜陋的畫」。「對法國美術來說這是何等損失！」有人這麼說。這句話表明了，曾經為畢卡索帶著哀愁色調的作品之美心醉神迷的人們現在的心情。認識畢卡索的人，都打從心底詛咒這件作品的出現，剝奪了他們觀賞那脆弱又美麗的人物肖像的樂趣。

不過，這件作品正是畢卡索不斷思考美與美術，苦苦掙扎，一再嘗試錯誤後才導出的結論。

畢卡索藉由這幅「醜陋的畫」，提出「美究竟為何物？」「美術是什麼？」這個莫大、且本質的議題。

那對觀者而言，就像是突然被一隻手揪住心臟。為何非得做那種事，甚至不惜冒著讓好不容易被他吸引過來的人們對他失去興趣的風險？就算不這麼辛苦，只要稍微留意加快腳步，不是照樣可以跟上變遷的時代嗎？但是，那樣子已經無法滿足畢卡索了。

當時，畢卡索正在看一本書。《地獄一季》。是那位放浪詩人韓波的詩集。其中一小節，彷佛手指狠狠戳進畫家的心靈褶縫，再也拔不出來。

……某晚，我讓「美」坐在膝上……我覺得她好無情……我對她破口大罵……。

彷佛被冰冷的舌頭舔過脖頸，忽然一寒。這一小節，實在太契合畢卡索的感受了。針對美做思考時，總是煩躁，氣惱，恨不能以武力制服對方。美，就像是無論自己再怎麼苦戀也不肯回眸一顧的高傲女子。她未免也太無情、太令人惱火了。如果不能擁有她，索性破口大罵、狠狠揍她、甚至殺了她。年輕的天才畫家，對美過於執著，反而感到厭煩了。

另一方面，畢卡索也邂逅了雖無法明確定義那是不是美，卻令他心頭亂糟糟的事物。那是戈佐爾粗礪的風土，是四、五世紀時的伊比利雕刻、非洲的面具、加泰隆尼亞的羅馬式繪畫、高更描繪的大溪地原住民女子、把自然界的種種都分解為圓柱體及球體及圓錐體的塞尚……以及，亨利・盧梭。

畢卡索初見盧梭的畫作，是在完成〈亞維儂姑娘〉的兩年前。在秋季沙龍展的「獸籠」中。

當時，人人都被馬蒂斯畫的怪誕綠臉女子的出現奪去目光，在向來是「笑柄」核心的盧梭作品前，並沒有捧腹大笑的群眾。

當時，馬蒂斯對色彩的挑戰，畢卡索毋寧是冷眼看待。他認為，色彩的確是決定作品好壞的重要因素之一，但也只不過是要因之一吧。畢卡索更在意的，毋寧是盧梭的〈餓獅〉。

執拗地層層塗抹的濃重綠色，中央，是來不及哀鳴便被獅子獵殺的羚羊。從那宛如彈珠的烏黑眼眸，一滴淚水，倏然落下。把全身重量壓上去撕咬羚羊的獅子，臉孔看起來似乎正笑得猥瑣。那簡直就像是粗野的男人在強暴無力抵抗的處女。宛如沒有深度的舞臺背景的畫面中央，如今正有太陽毫無慈悲地照下。而畢卡索，瞪大那暗夜般的雙眼。

這個，究竟，是什麼？

不是塞尚，不是高更。不像過去任何畫家，也不像現在最受矚目的畫家。這完全無法歸類為任何美術系譜的畫作，令畢卡索看得目不轉睛。

簡直像濕壁畫。不，是中世紀壁毯，或者羅馬式祭壇畫吧。

當時，幾乎沒有任何評論家或藝術家肯好好評價盧梭的畫。對於獅子獵食羚羊這麼奇妙又戲劇化的畫，當然，不可能有人神經不正常地贊揚畫得「美」。但是，畢卡索看到那幅畫時，瞬間就嗅到了。在黑暗密林深處蠢蠢欲動，完全嶄新之美的影子。

後來，在獨立沙龍展及翌年的秋季沙龍展，畢卡索繼續小心翼翼地觀察盧梭的作品。作家阿爾弗雷德・雅里、畫家德洛涅，以及阿波里內爾等多名前衛藝術家，同樣對盧梭另眼相看。雖然說不出明確的理由，但就是在意。大家都是這樣。

就在這樣的過程中，畢卡索終於在這世間創造出〈亞維儂姑娘〉。這名副其實的「鬼子」[1]，一出生就被眾人敬而遠之。但畢卡索一派鎮定。因為他有某種確信。

所謂的傑作，都是帶著相當的醜陋誕生而來。

這種醜陋，是創造者為了用新方法表現新事物，辛苦奮鬥的證明。

把美推到一旁的醜陋，才是嶄新的藝術容許的「嶄新的美」。這，就是畢卡索的結論。

畢卡索如此得到大膽獨創的美的邏輯後，他有絕對的自信，彷彿在全球人類中他是唯一一人，得到神的允許得以破壞一切重新創造。

大幅改變日後的藝術走向、完成醜陋之美的〈亞維儂姑娘〉，以及立體主義。無論是畢卡索的夥伴或後世的美術史家都遲遲沒有發覺，在這個叫囂革命、斷然執行的年輕領導者畢卡索的心中，已有亨利．盧梭棲息。

☆　☆　☆

滯留巴塞爾的第二天，拜勒宅。這天下午，也和前一天一樣，在過大的餐廳舉行午餐會。

---

1 與父母長相截然不同，容貌怪異如魔鬼的孩子，尤其指一出生就有牙齒的孩子。

白酒注入葡萄酒杯中。是麗絲玲。舉起酒杯，輕輕乾杯。提姆倏然朝身旁的織繪投以一瞥。織繪的唇角略歪回以微笑，彷彿想說：今天是你贏了。

隔著大桌子，提姆的對面坐著康拉特．拜勒，織繪的對面坐著艾力克．康茲。和昨天一樣，人人保持緘默，凝視自己的手。和昨日不同的是，提姆與織繪都頻頻舞動刀叉。自己的預測準確，畢卡索果眞在故事中出現，令提姆有點得意洋洋。

「簡直像追悼彌撒。」拜勒默默動著嘴，突然以法語說。

「沒人說一句話。無趣也該有個限度。」

提姆慌忙拿餐巾抹嘴，當下以法語回答：

「在講評日之前不可有任何疑問或感想……這是康茲先生之前交代的。」

漠無感情的視線掃射過來，康茲也同樣以法語回答：

「我的意思是，思考無用。若有見解儘管說，布朗先生。」

眞是難纏的男人啊，提姆暗想，但他早已心癢難耐急著發表「見解」，於是立刻開始敘述：

「昨天，閱讀《做夢》第一章時，我就有預感畢卡索遲早會出現。做爲這個故事的重要出場人物之一。但，竟是伴隨如此嶄新的說法出現，老實說，我很意外。」

「嶄新？」拜勒蠕動著嘴，跟著複述。「嶄新的說法，是指什麼？」

「〈亞維儂姑娘〉。作者暗示那件創新作品誕生的背景有盧梭的存在，就此結束第二章。就我個人所知，這是前所未聞的新說法。」

說完之後，他把臉轉向織繪徵求同意。「妳不這麼認爲嗎？」

織繪把叉子放到盤子上，

「若要性急地下結論說這是『新說法』，恕我難以苟同。」

她說出頗有研究者風範的正當發言。這傢伙也夠難纏的，提姆一邊這麼想，一邊提醒自己別忘了自己現在是「畢卡索研究的世界權威」，對著拜勒繼續說：

「〈亞維儂姑娘〉是受到非洲雕刻及伊比利雕刻、還有高更及塞尚的強烈影響才誕生的作品，這點在研究者之間已是常識。去戈佐爾旅行後，他的素描也的確出現變化，所以這是史實。但是，盧梭的作品影響〈亞維儂姑娘〉這種說法可從來沒出現過。如果這是眞的，在研究畢卡索的領域，是相當聳動的新說法。」

正牌湯姆．布朗如果現在坐在這張桌前，想必無法這麼鎭定吧。他想必會直接嗤之以鼻說區區盧梭怎麼可能影響畢卡索。但是冒牌湯姆．布朗顧及老收藏家異常偏愛盧梭的感情，只好兜著圈子表達意見。他在暗示，這個故事居然提倡這麼奇特的新說法，可見果然還是某人的創作吧。這應該是渴望將盧梭定義爲對二十世紀美術革新有所貢獻的盧梭崇拜者虛構的創作小說吧。這就是提姆目前的見解。

「我的意見，倒是稍有不同。」

聽了提姆的說法，織繪接著開口。

「的確，阿波里內爾及阿爾弗雷德．雅里，還有羅貝．德洛涅對於盧梭的發現，確實有所貢獻。但是，我一直認爲，比起他們，其實畢卡索更與『盧梭的發現』息息相關。一九〇八年左右，畢卡索在古董店發現盧梭的〈女人肖像〉一事是很有名的逸話。而且，他終生都沒讓那張畫離開身邊……畢卡索爲何對盧梭如此執著？我認爲，弄明白這點，應該也有助於闡明近代美術的變革是如何發生的。」

嗯哼——拜勒低吟一聲。聽起來似乎對流暢發表看法的織繪頗爲佩服。在這餐桌上的意見交換，說不定是講評會的前哨戰？這可不能大意，提姆急忙反駁。

「畢卡索與盧梭直接相遇是在一九〇八年。〈亞維儂姑娘〉完成於一九〇七年。〇五年、〇六年、〇七年的獨立沙龍展及秋季沙龍展參展的盧梭作品中，有哪一件與〈亞維儂姑娘〉有共通點？」

創作〈亞維儂姑娘〉前的那兩年，畢卡索可能看到的盧梭作品，有〈餓獅〉、〈呼籲藝術家參加第二十二屆獨立沙龍展的自由女神〉、〈歡樂〉。每一件，與〈亞維儂姑娘〉的關連性都很小。無論是主題、表現手法或技法，乃至對美術的洞察、思想與哲學，甚至面對美術的方式，畢卡索與盧梭都有極大的差異。即便是盧梭的研究者，認同他的藝術性及現代性的人，恐怕也不可能將這兩人放在同族畫家的位置上。

然而，織繪說出意外的發言。

「安格爾呢？」

「啊？」提姆不由得反問。「安格爾？」

讓・奧古斯特・多米尼克・安格爾。織繪搬出這個十九世紀新古典主義的畫家，又說道：

「一九〇五年，秋季沙龍展不是舉辦了安格爾的回顧展嗎？畢卡索應該看了展覽。他在同一年雖然冷眼旁觀『野獸派』畫家挑戰色彩革命，但我認爲他還是沒能逃脫安格爾的影響。最好的證據就是，〇五年秋天，雖然還留有玫瑰色時期的特徵，但他立刻畫出將人體表現及姿勢形式化的〈拿煙斗的少年〉及〈拿扇子的女人〉。」

彷彿眼前就有畢卡索的作品，織繪凝視虛空。

「以意義不明的姿勢持扇的女子……不知爲何頭戴玫瑰花冠的少年……畢卡索並非師法安格爾的表現手法。他學的是對象的『形式化』。比方說，安格爾的〈土耳其浴〉，就是把裸體女性的群像予以形式化。那樣將女人肉體畫成塊狀之舉，本身就已堪稱是近似『抽象化』的『形式化』了吧。就此意味而言，〈亞維儂姑娘〉背後有安格爾的存在，這個假說的成立是可能的。……可是話說回來，〈土耳其浴〉又有哪一點與畢卡索的〈亞維儂姑娘〉相似？」

「畫的都是一群裸體白人女子，就只有這點吧。」拜勒愉快地插嘴。

「對，誠如您所言。」織繪朝拜勒一笑。

「換言之，某位藝術家從別的藝術家那裡得到某種靈感，結果創作出來的東西不見得必須『相似』。也就是說，即便一點也不像，〈亞維儂姑娘〉的背後有盧梭存在——我認爲這個假說還是有可能成立。」

提姆一句話也接不下去。

喝光杯底殘留的白酒後，「好了，」一直默默旁觀兩人唇槍舌戰的康茲終於發言。

「我看今天就到此爲止吧。若在講評日之前就分出勝負，未免太無趣了。」

和昨日一樣，從拜勒宅返回飯店的車上，提姆與織繪皆無視對方，保持沉默。

在拜勒的眼前，被織繪狠狠踩下去的提姆，現在滿心苦澀。內心某處，有種不可能輸給這個年輕研究者的自負。自己畢業自哈佛大學，好歹也是MoMA的研究員。就在盧梭作品常設展覽室旁邊工作的我，怎麼可能被一個只會紙上談兵的新人學者搶盡風頭？

自戀也該有個限度。早川織繪，的確是比想像中還難纏的研究者。而且，最可恨的是……

提姆偷窺正在眺望車窗外風景的織繪側面。

……她很美。

驀然間，烏黑的眼眸轉向他。提姆慌忙撇開目光。嘆息般的輕笑傳來。提姆刻意把臉對著窗外。

「今晚，我該幾點去露臺？」

織繪的發問，令他愣住了。對了，今早的「打賭」勉強算是自己贏了。早已將那回事拋諸腦後的提姆，保持面向前方的姿勢，「妳還記得啊？」他苦笑。

「被妳打得落花流水，我還以爲那個約定也不算數了呢。」

「約定就是約定。況且，那哪算得上被打……」

織繪噗嗤一笑，說道：

「我眞要出手時，可不是那點程度而已。」

她說出令人驚悚的言論。提姆不得不再次苦笑。

約好七點在飯店的露臺共進晚餐後，兩人分手。提姆稍微振作精神，回到房間，這女人雖然態度高傲，聰明得可恨，不過倒還算是挺誠實的嘛。

晚餐前先沖個澡吧，他哼著歌脫襯衫。驀然間，突兀想起今天看的第二章最後，與第一章同樣標明的大寫字母。

——P。

咦？他忽然覺得有點不對勁。

記得昨天的大寫字母是「S」。「P」與「S」。把這兩個字母結合起來，能夠構成什麼意義嗎？

這才想到，第二章與第一章比起來，文章的寫法好像不一樣了。該說是變得比較高明，還是變得更知性？說不定，這兩章是不同的人物所寫？

房間的電話響起，這才令他回神。剛才，他委託飯店的服務臺職員預約露臺的位子。對方說露臺預約已滿，但會設法安排之後再通知。一定是訂到位子了。

「喂，你好。」他以雀躍的聲音回答。

「有您的國際電話，要為您轉接進來嗎？」

是飯店總機。心臟重重一跳。

國際電話？

「是誰打來的？」他情急之下問。

「瑪寧格先生，」總機回答：「從紐約打來的。」

紐約的瑪寧格？從沒聽說過這個名字。他拚命翻找腦中的通訊錄。不是自己的，是老闆的通訊錄。瑪寧格、瑪寧格……是誰？

「要爲您轉接嗎？」總機催促。管他的！提姆心一橫。

「請幫我接進來。」

嘟的一聲，電話轉接，變成沙——的流水聲。

「喂？……湯姆嗎？」

話筒深處傳來的，是個陌生的聲音。提姆滿頭大汗，一邊盡可能簡短地，模仿老闆的聲音回答：

「是。」

「嗨，你還好嗎？我是保羅・瑪寧格。你那邊一定很涼快吧？」

提姆大吃一驚。

保羅・瑪寧格。世界最大的拍賣公司「佳士得」的紐約分公司印象派・近代美術部門的總監。在MoMA的迎賓酒會及拍賣預展曾見過幾次。這才想起，在湯姆的介紹下，甚至跟對方說過話。就瑪寧格的語氣推測，他和湯姆的關係似乎相當親密。頓時，提姆感到背上爬過冷汗。

「呃……嗨，保羅。你怎麼知道我在這裡？我在休假時的去向，連我們館長都不知道。」

冷靜！提姆如此告誡自己，一邊小心翼翼模仿老闆的口吻回答。心臟發出撲通、撲通的聲音。

「那還不簡單。」瑪寧格輕鬆回答。

「你也知道的，拍賣公司就等於是藝術品的密探。全世界的寶物只要一有動靜，我們自然能追蹤到那與何人有關。這次，好像又是一件驚人的大作，所以我們怎麼可能袖手旁觀。……你應邀來此的事，我們也在事前就打聽到了。畢竟你可是受到那位聞名天下的……」

瑪寧格像要賣關子似地停頓一拍，然後方說：

「聞名天下的大收藏家康拉特．拜勒的邀請。為了鑑定某件名畫。……沒錯吧？」

提姆內心一寒。

……被發現了？我的所有行動？

世界兩大拍賣公司佳士得與蘇富比，對全球祕藏的名畫動向格外敏感，這點提姆早就明白。尤其是「印象派．近代美術部門」，由於作品的交易額最高，兩大拍賣公司的部門總監必須具備精確的挑選眼力及說服收藏家的談判能力。他們會追蹤全球收藏家的動向，為了把看中的作品弄到拍賣會場不惜使出各種戰略手段。想必，瑪寧格老早就已盯上拜勒的祕寶。在美術館的研究員之間號稱「傳奇」的拜勒收藏品，難道佳士得也早已掌握它的存在？

「康拉特．拜勒？」提姆拚命阻止心臟掉出來，試著裝糊塗。

「你是說那個傳奇收藏家在巴塞爾？」

「你就別裝蒜了。」瑪寧格嘲諷。

「我們早已打聽到，拜勒最近要委託別人鑑定他的收藏品。畢竟那個怪物已經高齡九十五歲了，就算不是我，也有很多人關注他的收藏品今後會花落誰家。其中，尤其是那件附帶假鑑定書的作品……〈做夢〉，格外引人注目。」

彷佛為了確認提姆的態度，瑪寧格說到這裡就打住了。提姆驚愕之下，甚至沒有接腔。到底該怎麼反應才好？難道應該嘻皮笑臉地奉承一句：咦？你的消息可眞靈通啊，不愧是佳士得的藝術總監？

「要委託某人鑑定祕寶中的祕寶，那個人就必須是値得信賴的人物。若是可以面不改色在假鑑定書簽名的人，拜勒肯定也不想委託吧。如此一來，全世界能夠鑑定那件作品的人極爲有限。如果泰特美術館的研究部部長不是那個人，另外還能有誰？」

聽到這裡，提姆醒悟，瑪寧格早已掌握那件作品的相關情況了。包括拜勒擁有〈做夢〉，泰特美術館的研究部部長安德魯・奇茲在鑑定書上簽了名——而且斷定那是「假鑑定書」——進而，湯姆・布朗之外再無其他權威可以鑑定盧梭的作品。說不定，早川織繪參與鑑定的事，瑪寧格也早已打聽到了。

「好吧，保羅。」提姆終於認命地回答。

「所以，可以告訴我你爲何特地打電話給我嗎？」

「那我就直說了。關於你現在參與鑑定的那件作品，我想跟你做個交易。」

瑪寧格間不容髮地說。

「正如我剛才也說過的，拜勒已經九十五歲了。天國之門，已遙遙在望。自己死後那件作品該怎麼處理，是現在的拜勒最關心的問題。如你所知，拜勒家族的成員全都死光了，他沒有繼承人。因此，要麼捐給哪家美術館，要麼賣掉，再不然就是委託給第三者。當然，我們也用盡各種方法和他接觸過，但那個老傢伙，好像就是不肯相信拍賣公司。……若是他認爲値得信賴、不惜委託鑑定的人說的話，他應該比較聽得進去。」

瑪寧格這幾年來，據說非常細心注意，也投入了莫大經費，在拜勒周圍試圖接觸。結果，他打聽到的內情是——。

拜勒現時點的方針，據說是要把作品的處理權，全面委託給能夠鑑定他在收藏中最偏愛的作品〈做夢〉的那個人。拜勒看中的人不是「一個人」，「另外還有一人」，這點瑪寧格也早已掌握。

「所以，你到底想叫我怎樣？」

提姆的語氣有點氣急敗壞。「另外一名鑑定人」的存在——雖然他並未提及早川織繪的名字——都已被他打聽到，眞是令人不寒而慄的調查力。說不定，他收買了拜勒身邊的人。司機、傭人、護士、管家——法定代理人。

「哎，你先冷靜。這可不是壞交易。」瑪寧格得意洋洋地說。

「我就直說吧。拜勒與你，以及另一名鑑定人之間，究竟有什麼樣的約定，很遺憾我們無法打聽到箇中細節——總之，〈做夢〉的所有權，我希望拜勒轉讓出來。不是讓給MoMA，是讓給你。」

「——讓給我？」提姆跟著重述。瑪寧格的意思，他不太明白。

「對，讓給你。」瑪寧格又說一次。

「換言之，由你來成爲〈做夢〉的持有者。然後，再交給我們佳士得紐約拍賣公司。當然，我們會將身分保密，但賣主是你。作品的預估拍賣價格是三百萬美金。我們從你那裡抽百分之十，再從得標者那裡抽百分之十，總計只拿百分之二十的手續費。屆時只要大槌一敲你便會成爲億萬富翁。」

提姆不由自主咕嘟一聲吞嚥口水。緊貼話筒的耳朵發麻發熱。

「那種事……」提姆發出窩囊的聲音。

「那種事，我怎麼能做？身爲MoMA的對外窗口，若是接受作品捐贈還好說……先不談別的，你說那件作品要賣三百萬美金……怎麼可能有那種價值？」

他終於脫口說出眞心話。亨利．盧梭的作品幾乎沒在拍賣會出現過，在美術市場是以什麼價格買賣，也幾乎找不出做爲指標的前例。若是畢卡索或莫內也就算了，盧梭的作品若能超過一百萬美金已是令人跌破眼鏡的天價。瑪寧格是基於什麼判斷，打算定出三百萬美金這個預估拍賣價格？

「畫若是進了MoMA，就永遠沒有放在拍賣會桌子上的那一天了。」

瑪寧格的聲音很認眞。看樣子，他打算賭上自己的所有職場生涯，把那件作品拉到拍賣會。爲此，哪怕是利用身爲MoMA研究部部長的好友也在所不惜。瑪寧格的黑暗熱情，令提姆卻步又驚心。

如果是正牌湯姆．布朗會接受這個交易嗎？——再多想也無用。

「很遺憾。」提姆深深嘆息後回答。

「那麼荒謬的提議，我不能接受。我是以MoMA研究部部長的身分接受拜勒的邀請。萬一，他眞的把作品所有權轉讓給我，按理也該直接委讓給MoMA。如果我們美術館的收藏名單上能夠添加那件作品，站在我個人的立場，將是無上幸運——」

「耍猴戲就到此爲止吧，提姆。」

他悚然一驚。

……剛才，的確，聽見提姆二字？

「你是什麼人，我早就知道了。表演也該結束了。」

「啊……啊？」提姆乾燥的雙唇顫抖，好不容易才回話。

「你……你在胡說什麼啊保羅，別開玩笑……」

「既然是拜勒的客人，我猜想你一定住在這家飯店，所以打這通電話碰運氣。三王飯店的確是超一流的飯店，可惜總機是二流的。我一說要找布朗先生，就直接幫我撥通了。不是給湯姆．布朗，是提姆．布朗。」

這次，提姆完全啞然。彷彿要揭穿推理小說的伏筆，瑪寧格慢吞吞地說：

「昨天早上，你出現在蘇黎世機場大廳。然後，拿著印有金色『B』字封蠟的信封，給拜勒派來的司機看。幸運的是，我當時湊巧經過。我剛從日內瓦的保稅倉庫回來，準備搭飛機回國。不過，我要去的不是紐約。是夏威夷的歐胡島。」

在提姆的腦海中，昨天早上抵達蘇黎世機場的場景，如電光一閃霎時重現。

啊啊，對了。我的確曾舉起信封給對方看——。一瞬間，真的，僅僅是一瞬間的事。

那一瞬間，頂多只有兩三秒的過程，怎會這麼巧，居然被瑪寧格目擊？

「我和朋友約好了在歐胡島共進晚餐，所以順便過去休假。直到剛才，在晚餐桌上，你猜我跟誰一起吃鮭魚沙拉？對，就是你家老闆——湯姆．布朗。」

腦袋中心，似乎鏘鏘響起鐘聲。血液霎時自全身的血管逃走。空洞的耳中，瑪寧格誇耀勝利般的聲音不斷回響。

如果不想被趕出你心愛的MoMA，就乖乖聽我的。——知道嗎，提姆？

第六章 預言

一九八三年 巴塞爾／一九〇八年 巴黎

與前一晚截然不同，這晚，提姆輾轉難眠。

直到快天亮才昏昏沉沉入睡，卻又做了惡夢驚醒。一看時鐘，還不到六點。從窗簾的縫隙間，射進朝陽。他鑽出被窩，拉開窗簾，把窗戶整個打開。頓時，清爽的河風吹入室內。

我是在做惡夢嗎？

倚著面向萊因河的陽臺欄杆，提姆如是想。

昨晚的電話。紐約佳士得拍賣公司印象派‧近代美術部門總監保羅‧瑪寧格打來的國際電話，宛如驟然抵上喉頭的利刃。

我想跟你做交易。〈做夢〉的所有權，我希望拜勒轉讓。不是讓給MoMA，是讓給你。

如果不想被趕出你心愛的MoMA，就乖乖聽我的。——知道嗎，提姆？

提姆吐出一口氣，右手狠狠按住額頭。

簡直是惡夢般的發展。

瑪寧格說，在夏威夷的歐胡島見到正在休假的湯姆‧布朗。是眞是假不得而知。但，自己冒用湯姆‧布朗的身分在此之事已完全被拆穿。不管怎樣，自己的命運都已被瑪寧格捏在手裡。

既然如此——提姆茫然望著萊因河的滔滔流水思忖。

只能照瑪寧格所言，在自己與織繪的講評對決取得勝利，奪得那件作品的處理權。處理權等於賣出權。然後，讓那件作品出現在佳士得的拍賣桌上。就依照那傢伙所言拍出三百萬美金吧。我會立刻成爲大富翁。

到時候，可以在上城買下約有六十坪的高級公寓。若在故鄉西雅圖，甚至可以買附帶游泳池的豪宅。還可以把父母也接過來一起住。一邊玩股票，不時在美術史學會發表論文度過餘生。不就可以年紀輕輕便過起只要是美國人都會憧憬一下的幸福隱居生活了嗎？

他試著這麼說服自己。但是，心情卻一點也無法快活起來。

如果眞的變成那樣——那簡直和盧梭正好相反。

盧梭年紀老大才起步，正式開始作畫。如果繼續待在稅務局工作，本來可以有安穩的退休生活等著他。

雖被人嘲笑是笨拙的廢物，他還是寧可選擇艱險之路。雖然窮到甚至得去賣糖果，但畫家仍堅定邁向自己相信的道路。

那樣的盧梭，想必是在人生最後傾注精魂畫出的作品——〈做夢〉。

要把那件作品，弄到拍賣公司勾心鬥角的會場，以數百萬美金的天價做交易？然後用那筆錢，給自己買下高級公寓？

提姆又嘆了一口大氣。

該如何是好?

這一切，全部，都是你害的啦。……盧梭。

「早安，布朗先生。今早沒有在露臺看見您……昨晚睡得還好嗎?」

拜勒宅派來的車子，這天也在差五分九點時抵達飯店。提姆是在九點十分現身大廳。在正面出入口的旋轉門前，飯店經理約塞夫．利雅特如此問候。提姆只回了一聲早安，沒有多說廢話，立刻鑽進車子。

「早安。你的身體如何?」

已經先在凱迪拉克上坐著等候的織繪說。

昨晚，兩人雖然按照約定在飯店露臺以冰透的麗絲玲白酒乾杯，但提姆完全心不在焉，甚至無法好好交談。織繪似乎立刻察覺提姆的不對勁，卻什麼也沒問。

織繪或許不愛喝酒，幾乎沒見她碰過酒杯。在提姆喝完酒之前的短暫時光，兩人始終保持緘默，然後便各自回房間去了。提姆在電梯裡，只是簡短解釋自己現在才開始出現時差後遺症。

「早。」提姆盡可能開朗回答。

「時差遲遲調不回來呢。眞是傷腦筋。」

織繪噗嗤一笑，

「是嗎?那麼，繼續看故事是否會太吃力……」

提姆當下伸出左手，以食指輕敲皮革椅墊。織繪以不可思議的目光瞥向提姆。提姆的嘴抿得死緊，微微朝她搖頭。他在示意：拜託什麼也別說。

如今，他不得不懷疑自己周遭所有的人。無論是利雅特，或這個司機。因爲他不知道究竟是誰以何種方式與瑪寧格接觸。

織繪在一瞬間似乎很困惑，旋即若無其事地安靜下來把臉轉向車窗外。無論如何提姆都很感謝她的機靈。

抵達拜勒宅後，在正面下車處等候的管家蕭納箴說聲早安便匆匆拉開後座車門。

「二位似乎遲了十分鐘才抵達……是路上塞車嗎？」

管家不動聲色地譏刺。當然，這個男人也很可疑。提姆不發一語，逕自走入屋內。

照例是在那間小客廳，拜勒的法定代理人艾力克・康茲出面迎接兩人。提姆刻意不與康茲的視線相對。他感到腦中正亮起警示閃光燈。

——這個男人最危險。

「拜勒先生是非常守時的人。」康茲眉也不挑地說。

「兩位，請別忘記這點。那麼我們走吧，早川小姐。」

他轉身，走出小客廳。織繪微帶不安的目光射向提姆，但立刻跟隨康茲走出房間。房門砰地關上後，提姆一邊留意監視器，一邊重重跌進單人沙發。

自從參加這場遊戲後，他早已預測事情會演變得很麻煩。

不過話說回來，這種疲憊感從何而來？
這才第三天，故事《做夢》終於揭開第三章的布幕。
我，真的能夠安然抵達第七天的最後一章嗎——。

☆　☆　☆

第三章　預言

這日，貧窮的洗衣女雅德薇佳，又收到一張畫。

畫的是在塞納河畔漫步，不，根本不是走路，是直立不動渺小如豆的人們。河的彼方是形似艾菲爾鐵塔的高塔，空中飄浮著貌似飛行船的物體。雅德薇佳雙手叉腰，「真是夠了，那個廢物畫家！」她打從心底目瞪口呆似地發出嘆息。

「當然，我是沒學過，所以不懂藝術是什麼玩意兒。但是，我起碼也看得出來這張畫毫無價值。你看看，這些怪模怪樣的人物。後面畫的這個……這是艾菲爾鐵塔嗎？在我看來只像是醜陋的蒼蠅拍。」

她的丈夫喬塞夫背著身子，聆聽她朝平放在破公寓歪斜地板上的油畫毒辣批評。最後，他終於踩著傾軋作響的地板走到妻子身旁，出聲說：

「我不是講過很多次了？畫不是那樣看的。應該豎在牆邊觀賞。像這樣。」他用雙手小心拿起畫，輕輕放在粗糙的餐桌上，靠牆豎直。哼！雅德薇佳嗤之以鼻，「無論怎麼看，還不是一樣爛。」她罵得越發起勁了。

「上次，他畫了一張比較大的送給我，我沒帶回家，直接送去瑪提爾街的古董店。因為我聽人家說，那裡願意以高出這附近古董店的價錢高價收買舊畫布。沒想到，只賣了四法郎！我當場就很洩氣。枉費我還辛辛苦苦把畫搬去……」

「大的畫？」喬塞夫眼睛一亮。「是什麼樣的畫？」

「我忘了。」雅德薇佳不悅地回答。「只記得畫得很拙劣。」

「妳真是的。那樣對藝術家太失禮了吧。不管是拙劣還是怎樣，起碼該記住那是什麼樣的畫。」

這次，輪到喬塞夫發出打從心底目瞪口呆的抱怨。「你這是什麼態度？」雅德薇佳狠狠瞪丈夫。

「人家來勾搭你老婆，你居然還替他說話？什麼狗屁藝術家。那種廢物如果叫做藝術家，那在地上胡亂塗鴉的鄰居小鬼頭也是藝術家了。」

莫名其妙！雅德薇佳不屑地罵了一句，逕自鑽進簡陋的被窩，背對丈夫。

火氣別那麼大嘛——只要丈夫肯溫柔地這麼說一句，從背後抱住自己就沒事了。

雖然這麼想，但她沒說出口。雅德薇佳用自己的雙手抱緊自己的身體，在心中低語。

溫柔這種東西，已無法指望這個人了。

與同齡的丈夫自十八歲結婚至今已有兩年。這對年輕的小夫妻，一直生不出孩子。雅德薇佳覺得自己肯定是先天不孕，幾乎已自暴自棄了。

丈夫哪天一定會開口要求離婚吧。當初他說過想早點有孩子才結婚的，結果自己的肚子卻完全沒動靜。真的是倒楣透了。

喬塞夫和自己，都是在窮苦的家庭長大，從小就出外送牛奶或幫人帶小孩來維持家計。喬塞夫很認真，是個溫和體貼的青年。本以為和這樣的人在一起，可以建立一個即便貧窮也滿足的家庭。

咱們兩人吃過的苦，不想讓小孩再經歷一次。將來一定要讓咱們的孩子好好上學，成為了不起的人物。當初向雅德薇佳求婚時，喬塞夫臉上發亮這麼表示。

婚後，喬塞夫當起送貨員，把商品或家具、工具從商店搬到家屋，或是從公寓搬到公寓來賺取運費。一年前起，畫廊的委託增加，也開始幫忙送畫或把作品搬入搬出展覽會場。大概就是從那時起，他開始在妻子面前針對畫的看法及擺法指東道西。不過，雅德薇佳能看到的畫，換言之都是那個廢物畫家亨利・盧梭的作品。

不斷贈畫給有夫之婦的畫家。畫家並沒有附帶情書。因此，其實，畫家一再作畫相贈的理由並不確定。雖然多少可以感到，他是在兜著圈子追求……。

不過話說回來，他畫的那些畫，縱使是奉承話也談不上是「好看的畫」。但是，畫裡有種一往直前的東西。察覺那個的，不是雅德薇佳，而是她的丈夫喬塞夫。

當然，這種事情做丈夫的不可能告訴妻子。喬塞夫只是保持沉默，旁觀妻子對亨利・盧梭這位謎樣畫家贈送的畫作肆意謾罵批評，直到那幅畫消失，他始終沒有發表過任何意見。

雅德薇佳把盧梭贈送的畫相繼賣出。起初，她聽說凡是參加什麼「官展」的作品都會賣到令人咋舌的好價錢，因此也期待既然都是「繪畫」應該能賣到不差的價錢。但是，無論拿去哪家畫廊，都吃了閉門羹。無奈之下只好拿去古董店，換得兩三法郎。

那傢伙居然把價值不如壁紙的爛畫送給自己嗎？這麼一想，彷彿自己也被蓋上不值錢的女人這個烙印，令她氣不打一處來。

然而，哪怕是一法郎也好，只要還能換錢就默默收下畫吧。只要能稍微貼補家計，那就夠了──多少，也有點那樣近似認命的心情。

賣掉盧梭的畫得來的錢，雅德薇佳會拿去買苦艾酒，和筋疲力竭歸來的丈夫，在寒酸的餐桌前共飲。這就是這對小夫妻唯一被容許的小小奢侈。

異常奇妙的畫，應看似德國人的畫廊主人之請，被搬進維榮街新開的畫廊。

某晚，喬塞夫如此告訴雅德薇佳。雅德薇佳不置可否地哼了一聲，沒有太大興趣。喬塞夫亢奮地繼續說：

「結果，那是很詭異的畫。不像是完成的油畫，倒像是習作……畫著五個像怪物的女人……

其中一個，明明是背對畫面而坐，臉卻朝著正面。很像妖怪呢，但是該怎麼說……總之真的讓人很好奇。」

「噢？」雅德薇佳坐在餐桌前支肘托腮，眼睛半睜，興趣缺缺地應聲。

「那種東西如果算是藝術，這幅畫，照理說應該也能賣到好一點的價錢才對。」

餐桌上，放著昨天盧梭才剛贈送的兒童肖像畫。是板著臉面朝正前方的嬰兒臉孔。雖然上面也畫了洋娃娃和花束，但嬰兒看似威嚇的表情簡直像個老女人。雅德薇佳巴不得立刻送去古董店，卻罕見地被喬塞夫阻止。丈夫說，想再看兩三天。是因為沒小孩的寂寞，讓丈夫連這種古怪的嬰兒圖也感到喜愛嗎？雅德薇佳的心情很複雜。

「所以……妳要不要把這張畫拿去那家畫廊試試？聽說那叫做什麼前衛，願意買下尚未被世人認可的畫喔。」

「這種破玩意，不管送去哪裡都賣不到三法郎以上。」雅德薇佳還是一樣語氣意興闌珊。

「不是錢的問題。就連那種像怪物一樣的畫都有人發現它的價值，這豈不是很有趣嗎？說不定，就連這幅畫，也有人認可它的價值。呃……或許這種畫，才算是有『近代感（moderne）』吧。」

雅德薇佳聽了依舊托腮，苦笑著說了一聲好怪。

「你說的『近代感』是什麼東西？」

「我也不是很清楚。是那個德國畫廊主人一再提到的。我猜想，意思大概是很新穎吧。或許可以說是，新穎的畫……新穎的價值觀。」

雅德薇佳感到很不可思議。

這個人，不知為何對這個畫家的畫特別感興趣。什麼近代感又什麼新穎的價值觀云云，他明明不是會說出這種艱深字眼的人。自從丈夫開始出入新進畫廊後，好像就變了。

「好吧。那我明天過去試試。」

翌日，雅德薇佳果真去丈夫口中「搬來像怪物一樣的畫」、位於維榮街的嶄新畫廊「丹尼爾・康維勒」碰運氣。

抱著用石蠟紙包裹的畫布，她從店面櫥窗悄悄朝裡偷窺。

只見一些用布包裹的大型畫布靠牆而立，看似年輕畫廊主人的人物，與一名體型矮胖的男人面對面，似乎正在交談。首先發現店外有個衣衫襤褸的女人抱著畫布鬼鬼祟祟的，是那個矮胖男人。

「妳幹嘛？是畫家嗎？」

男人推開畫廊的門，用充滿好奇的聲音招呼她。漆黑銳利的雙眼，筆直鎖定雅德薇佳。雅德薇佳搖搖頭，終於開口回答：

「這個……你們要不要買？」

兩個大男人面面相覷。

雅德薇佳頭一次沒吃閉門羹，被請進畫廊。

看到從石蠟紙中出現的畫，兩個男人不約而同陷入沉默。只見他們將雙臂環抱胸前，動也不動，一臉深沉地望著畫面。看吧我就知道，雅德薇佳開始覺得，再也受不了小爪子在心裡抓呀抓的感覺了。

會覺得這種畫「新穎」的人，在這世界上還沒出生呢。

「我不知道妳為何會把這幅畫拿來。」

過了一會，男人帶著嘆息開口了。是那個眼珠子又大又黑的男人。

「別把這幅畫隨隨便便拿來畫廊。妳會吃大虧的。」

雅德薇佳眨巴著眼，看著男人。男人黑暗的深邃雙眸對著她，

「要我預言嗎？」

他忽然說。

「這幅畫……遲早，將會飆到驚人的天價。因為，這位畫家是天才。」

雅德薇佳像要瞪出洞似地死死瞪視男人。她完全無法理解對方話中之意。驀然間，她看到男人的臉頰上，沾了一點點白色顏料。外套的手肘處，以及指尖也有。

「你是畫家啊。」雅德薇佳這才察覺，於是說道。

「對，我是畫家。」男人回答。

「而且，我還知道畫這幅畫的畫家是誰。」

「你說會漲價，是真的？」雅德薇佳突然有股想跳起來的衝動，問道。

「你也這麼認為？畫廊老闆？」

看似畫廊主人的男人，露出苦笑。然後，用帶著濃重德國口音的法語回答。

「這個嘛，我不太清楚。但是，對啦……的的確確是『新繪畫』。」

「你的意思是，有『近代感』？」

也許是因為女人脫口冒出意外的字眼，兩個男人再次面面相覷，吃吃笑了出來。

「對，沒錯。近代感。也可以這麼說。」

德國口音的男人頗為得意地說。雅德薇佳現在的心情，就像是要用手壓幫浦從期待之泉汲水。

「那，你現在不能買下嗎？就照你開的價錢賣給你，所以……」

她忍不住傾身向前這麼一說。

「我不是說過妳現在賣掉會吃大虧嗎？妳要耐心等待，等待那一刻的來臨。」

男人毫不客氣地教訓她。雅德薇佳本欲說出口的話又用力嚥回去了。

年輕的畫家，看起來和自己的年紀差不多。但是，此人的「預言」，洋溢著無法稱為「預言」的確信。

「會飆到天價……天才。」雅德薇佳複述男人的預言。

「沒錯。」男人莞爾一笑點點頭。

「這才是真正的『新繪畫』。」

結果，她帶來的畫，這家畫廊並未買下。回程，雅德薇佳也沒去古董店，就這麼踽踽走回破公寓。

她把畫又放回寒酸的餐桌上，托著腮，繼續打量。在喬塞夫回來之前，就這樣度過數小時。天黑之後，她點燃油燈。

所謂的新繪畫，究竟是什麼?那是什麼意思?

等待?——等待那一刻的來臨。

貧窮的洗衣女，頭一次針對藝術思考的這晚，靜靜地夜深了。

☆　☆　☆

下午兩點半。提姆坐在行駛於巴塞爾市內的路面電車上。旁邊的位子，坐著織繪。電車車窗全部大敞而開，涼爽的清風從車內前方到後方，一口氣吹過。織繪的頭髮隨風飛揚，每次，便有甘甜的花香撩過提姆的鼻尖。

這輛路面電車，正駛向巴塞爾動物園。不是美術館，是動物園。直到今天的午餐結束之前，他做夢也沒想到，居然會和競爭對手一起出門去那種地方。

看完第三章後，提姆與織繪出席了如今已成慣例的午餐會，與拜勒、康茲共餐。和昨日截然不同，提姆除了拿叉子吃東西之外壓根沒開過口。

「果然像追悼彌撒。」拜勒十分無趣地嘟嚷。

「今天，沒有任何見解嗎？」

康茲主動問起，所以提姆只好厚著臉皮坦然回答：「是的。」

今後和這個男人說話時務必要小心，況且在這個午餐會的場合，像昨天那樣與織繪較量無謂的議論也很危險。要是讓瑪寧格知道，早川小姐似乎比布朗先生技高一籌，那可不是鬧著玩的。

雖不知瑪寧格是否早已和織繪接觸——但他就算想攏絡較有勝算的競爭者也不足為奇。

如此一來，連織繪都顯得可疑了。

瑪寧格該不會早已開出同樣的條件要求她「一定要贏」？說不定瑪寧格分別攏絡自己與織繪，盤算著無論哪一邊贏，總之佳士得公司都可以把那件作品弄到拍賣會場——。

突然間，提姆起身。主菜的盤子還沒撤下，但他用已經忍無可忍的語氣說：

「對不起，我身體不太舒服……今天，恕我就此失陪了。」

他背對桌子，快步走出餐廳。沿著漫長的走廊朝玄關走去之際，身後追來喀喀喀的高跟鞋聲音。

他在玄關門口拜託大宅的傭人：「請把車開過來。」隨即，背後響起織繪的聲音。

「我也跟你一起回去。」

提姆轉身。烏黑的眼眸憂心忡忡地凝視他。若是真心關懷他當然很感激，一邊這麼想，提姆還是說：「我想一個人靜一靜。」

「你從昨天就不對勁。出了什麼事嗎？」

「沒事。」提姆簡短回答。

「只是時差後遺症太嚴重。我天生如此。」

「那好，我教你一個早點調整時差的方法。」織繪當下接話。

「你來自紐約，我來自巴黎。仔細想想，並不公平。彼此如果不能在身體狀況也一樣健全的同等條件下看資料、迎接講評日的來臨，就不算是公平競爭。」

凱迪拉克已抵達門前上車處。鑽進後座之前，織繪說：

「不管怎樣，先回飯店，之後，請你跟我走一趟。我會帶你去一個能夠立刻把時差調過來的地方。」

結果被她帶來的地方，就是動物園。

「太驚人了……沒想到巴塞爾動物園，居然這麼大。」

總面積多達三十二英畝的巴塞爾動物園，於一八七四年開園，是世界上最古老、最受歡迎的動物園之一。提姆當然也知道它的存在，但對美術界的人來說，既然來到擁有歐洲最古老的美術館及藝術節的城市，除了去美術館之外別無他念。怎麼想也沒想到自己竟會來動物園。

提姆東張西望得太明顯，終於令織繪忍俊不禁。

「就算造訪過巴塞爾幾百次，你果然沒來過動物園啊。」

「是啊，一般策展人應該都是吧。」提姆苦笑。

「我實在無法想像，這裡會是調時差的地方。妳常來嗎？」

「對。每次來巴塞爾時，我一定會來。」織繪輕快回答。

「不過，從巴黎搭飛機過來不用一小時，所以我可不是來調時差的。純粹只是喜歡。我喜歡這裡。」

兩人走到獅子趴臥的地方——那是綠意茂密如綠洲的場所，並非獸籠——之後，他們就憑欄眺望獅子。正在午睡的獅子十分慵懶，看久了連自己也想睡覺了。當織繪發現提姆不由自主打了一個呵欠，「你看吧。」她又笑了。

「心情一放鬆，自然就睏了吧。如果有時差問題時最好別勉強睡覺，不如去逛逛動物園或植物園。去美術館以外的地方就對了。這是我父親教我的。」

「妳父親？」

織繪點點頭。

「我因爲父親的工作關係，從小就住在外國……也常全家出國，所以每次都飽受時差困擾。而且，我從小就很愛去美術館。不管時差問題有多嚴重，只要到了陌生城市，我一定會立刻去位於那個城市某處的美術館報到。藝術對我而言，是全世界無論在哪兒都會等我的好朋友。而美術館，就像是『朋友的家』。」

這話說得很有意思。這次，輪到提姆不由得笑了。

「藝術是朋友，美術館是朋友的家啊。的確，我也有過這麼想的時期。」

「對吧？喜歡藝術的人，肯定都是這樣。」織繪天眞無邪地朝他回以一笑。

「但是，我太迷戀藝術，太認眞看待了……於是，我父親告訴我，別去美術館，找個似是而非的地方逛逛更能放鬆心情。我抱著姑且一試的心情去了，結果發現，啊，原來如此。後來，只要有時差問題我就先去動物園或植物園，調整好體能狀態後，再精神抖擻地去朋友的家玩。」

織繪的父親，用「與美術館似是而非的地方」來形容動物園與植物園。少女時代的織繪並不太明白那個意思，但她說最近總算恍然大悟。

美術館，是藝術家表現、創造出來的「奇蹟」聚集的場所。而動物園及植物園，是藝術家自太古時代便視爲表現對象、持續注視的動物及花卉，這些世界「奇蹟」聚集的場所。

理解藝術，也就等於是理解這個世界。熱愛藝術，也就等於是熱愛這個世界。

縱使再怎麼喜歡藝術，應該不是上美術館或拿本畫冊看看作品就夠了吧？若眞的喜歡藝術，對妳生活的這個世界去注視、去感受、去喜愛，才是最重要的喲。

「有時，我會覺得父親站在我身旁，如此對我耳語。……雖然早在很久之前，父親應該就已上天堂了。」

一場意外事故讓她失去父親，母親爲了照顧待在老家獨居的老母也回日本去了，只有自己一人留在巴黎。爲了不幸負亡父及遠在故國的母親，這些年來她把一切都奉獻給美術研究，投注渾身精力。

然而，某一時刻，她忽然發現。那是在她跑去據說盧梭當年也常去的巴黎植物園，調整時差問題時。

說不定，我一心只顧著注視藝術，卻沒有觀看這個充滿美麗與驚奇的世界？

「無來由的，我忽然就懂了。我懂了那時盧梭的心情。他並非只注視藝術。我想，他一直在注視的，其實是這個世界的奇蹟吧。」

無論是一本正經的人物肖像，或者奇形怪狀的艾菲爾鐵塔及飛行船。無論是草腥味蒸騰的密林，或者逐漸西沉的火紅夕陽。無論是獅子、猿猴，或水鳥。無論是吹奏橫笛的黑皮膚女人，或者一頭長髮的裸女。

正因爲畫家的眼睛，一直在注視這個世界的生物、大自然的神祕以及人爲的奇蹟，所以才能夠在畫布上，描繪出如此率眞又美麗的生命及種種風景。那是畫家眼中獨一無二的樂園。

靜靜敘述自己想法的織繪，側臉帶著些許哀愁，卻不可思議地滿足。

提姆在不期然間，感到織繪的話語撼動心扉。

是的。昔日年少的自己，也曾和現在一樣，怦然心動。

那是他初次在MoMA邂逅盧梭的〈夢〉時。一眼看到的瞬間，便如中了魔法目不轉睛地看著作品。少年提姆朝密林中邁出一步，對躺在長椅上的側臉女人說話。

妳爲何如此悲傷？

這個人，看起來好像很悲傷，很寂寞，很淒涼。不知爲什麼。但是，少年提姆，想幫助這個人。

然後，是現在。

望著織繪美麗的側臉，不知爲何，同樣的念頭撼動提姆的心扉。

這天下午，提姆與織繪花了很多時間，在動物園四處遊覽。

在巴塞爾動物園，不會危害人類或沒有逃走之虞的動物通常是放養的。走在小徑上，不時會目睹巨大的塘鵝橫越眼前，或者沙袋鼠悠然跳過草叢。每次，提姆與織繪都會嚇一跳，然後一同放聲大笑。

織繪果然直覺敏銳。她似乎已發現提姆不想再提及那個故事及盧梭與其周遭的藝術家。昨天在午餐席上滔滔發表犀利論點的年輕研究者，今日已不復可見。

其實，關於《做夢》第三章，提姆頗有一種今天一定要和織繪討論的衝動。

第三章〈預言〉，感覺上和第二章〈破壞者〉的寫法截然不同。文末的大寫字母是「O」，果然還是換了作者吧。這是否表示，那本書如同多人連作，由某位作者交棒給下一位作者，就像接力賽那樣不斷換人？

單純幼稚的寫作方式，嚴格說來近似第一章，甚至給人更退化的印象。可是，在目前看過的文章中卻最具有清新的感性。貧窮無知的雅德薇佳，切身感受到「對藝術的覺醒」。如春日氣息的蓬勃生命感在她內心萌芽的情景，彷彿躍然紙面。

而且，雖然盧梭本人在第三章一次也沒出現，卻有壓倒性的強烈存在感。

文中雖未提及姓名、但疑似畢卡索的畫家，與那位將近代美術推廣至全世界的傳奇畫商丹尼爾・康維勒的簡短對話，以及「預言」。文章不動聲色地傳達出，這些替二十世紀美術奠定基礎的大功臣，是如何尊重盧梭的存在。

既沒有添附情書，也沒有甜言蜜語。但是，盧梭狷介地作畫、不斷贈畫的愛意，卻比什麼都更令人心酸。

但願這個笨拙的畫家，能夠得到雅德薇佳的接納。提姆是懷著這樣的念頭，走出書房。到昨天爲止，他本來還拚命企圖找出應該就藏在字裡行間的祕密。

妳，又作何感想？

提姆很想這麼問織繪。

如果妳是雅德薇佳——妳會接受一個沒沒無名、貧窮落魄的老畫家的愛意嗎？

「還眞是走了不少路呢。休息一下吧。我去買杯咖啡。」

走到有長椅的廣場，織繪說。「如果要喝咖啡，我去買就好。」提姆立刻接話。

「算是報答妳替我調時差。妳等一下。」

把織繪留在椅子上，他快步往回走向小徑途中發現的咖啡小攤。簡直像高中時代的約會呢，他忽然感到莫名愉快。

「兩杯咖啡。一杯不要加糖和奶精。」

他哼著歌在小攤等咖啡。就在他接過兩杯冒著香噴噴熱氣的杯子時——

「可以打擾一下嗎，先生？——我有事想請教。」

驀然間，背後響起女人的聲音。是柔和的法語。「是？」提姆愉快地回答後，轉身一看。

眼前，站著一個面帶淺笑的陌生女子。

「有什麼事嗎，女士？是否有困難……」

說到一半，他赫然一驚。

白色亞麻褲裝，大波浪的栗色長髮，隱約帶有異國風情的五官。

……很眼熟。好像曾在哪兒見過。但是，他認不出這是誰。

女人依舊面帶微笑，用從容不迫的聲調說：

「你現在，經常出入康拉特．拜勒家。爲了鑑定某件作品。──對吧？」

劈頭就被對方說中，提姆不禁倒抽一口氣。

該不會，是瑪寧格的──佳士得的員工？

「沒關係。如果你不想回答的話。不過，對於你現在做的事，或者正想做的事──我全部瞭如指掌，所以請你記住這點聽我說。」

女人從外套內袋取出看似小記事本的東西。翻開之後，高舉在提姆眼前給他看。提姆瞪圓了眼，追逐那表面上刻印的文字。

I……C……P……O……。

「我叫做茱麗葉．露露。是國際刑警組織（International Criminal Police Organization）的藝術品管理師。這次，從巴黎前來調查某件作品。你，以及另一名鑑定人，現在，正在參與那件作品的鑑定一事，我們已私下偵查得知。」

提姆的手臂一晃，咖啡灑了出來。「好燙……」他叫起來。

「小心點。我會在咖啡冷掉之前跟你談完。」

自稱茱麗葉的女人，語帶揶揄地說。提姆臉色僵硬地看著她。

「跟我談……難道我做了什麼會被逮捕的事嗎？」

「哪來的逮捕？」茱麗葉苦笑。

「我不是講了嗎？我是藝術品總監。不是刑警。不管你想做什麼，我無意逮捕，也沒那個權力。」

提姆這才想起，之前，一度接到國際刑警組織的通知，說他們想照會MoMA的館藏作品。當時那個人也說他不是刑警，自稱是藝術品管理師。管理及調查全球私下交易的失竊美術品名單，就是他們的工作。

剛才對方給他看的證件若是真的，關於她正在調查的「某件作品」，難道自己非說不可了？

「那麼，妳找我做什麼？」

不管怎樣先聽聽看吧，提姆暗自下定決心，把杯子放回小攤的吧臺後，開口問道。他已醒悟，只要與那件作品有關，就絕對擺脫不了這種事態。

「我有問題請教。」茱麗葉像觀察者一樣直視提姆說。

「你負責鑑定的那件作品……拜勒先生收藏的〈做夢〉是贓物，此事你知道吧？」

啊？提姆不禁脫口驚呼。只見茱麗葉的嘴巴微微扭曲。

「你不知情嗎？」茱麗葉微微呼出一口氣。

「妳說那是贓物……那麼，本來在誰的手裡？」

「那人曾是俄國富翁。那是他從蘇聯亡命瑞典時偷偷帶出來的財產……大約在十年前被某國際性竊盜組織偷走，流入黑市交易。後來，飆漲到驚人的天價。」

畫作歷經一再轉手，最後被拜勒買去。當時附有堪與MoMA的湯姆・布朗匹敵的近代藝術世界權威、泰特美術館的研究部部長安德魯・奇茲署名證明「這是眞跡」的鑑定書，令拜勒下定決心買下。金額，是三百萬美金。

提姆不禁猛吞口水。這和瑪寧格說的預估拍賣價格完全一致。

「你大概不相信吧？身爲盧梭研究者的你，想必應該最清楚。亨利・盧梭的作品至今在市場上價格一直很不穩定，所以你認爲不可能以那麼高的金額交易。」

一語道破提姆的想法後，茱麗葉只有眼睛在笑。提姆開始感到莫名恐懼。

這個女人，關於那件作品，似乎什麼都知道。——比瑪寧格更清楚。

但是，想必是耗費長時間才調查出來的最高機密，爲何會在這裡告訴自己呢？

「我們才剛見面，妳把這麼重要的事說出來沒關係嗎？」

提姆勉強壓抑聲音的顫抖一邊問道。

「現在妳所說的，是國際刑警組織的機密事項吧？妳認爲我絕對不可能向第三者透露？」

茱麗葉聽了，冰冷的視線射向提姆。彷彿想確認他的眞意。最後，她以異常鎭定的聲音說：

「本案，並非當作國際刑警組織的案子來處理。純粹是基於我個人的判斷行動。……因爲我想拯救那件作品。」

彷彿聽見帶著奇妙音調的外國話，提姆瞪著眼回視茱麗葉。

——想拯救？

「從前天起到下個星期三爲止，將用這七天的時間鑑定〈做夢〉——我已掌握拜勒這邊的動向。拜勒最心愛的那件作品的命運，將會掌握在前天踏入拜勒宅，並在第七天離開大宅的某人之手。因爲聽說拜勒好像已決定，把那件作品委託給鑑定表現最出色的盧梭研究者。而且，負責那項鑑定工作的，似乎不是一人，是兩人——」

凝視著茱麗葉淡然敘述的樣子，在提姆的腦中，記憶的迴路漸漸開始劈哩啪啦短路。

我，的的確確，曾經見過她。不，是好像曾驚鴻一瞥。

想不出來。究竟是何時、何地見到的——。

「在鑑定人方面，我本來還沒打聽到拜勒請的是什麼人——湊巧，我見到了你。當時你正鑽進拜勒家的凱迪拉克。就是前天，在蘇黎世機場。」

啊！

記憶的迴路，一下子連線了。

前天，在蘇黎世機場——佇立在鐘臺下的那個女人。

白色套裝，長捲髮，異國風情的五官。的確，那時候，提姆也覺得似曾相識，於是目光不禁被她吸引。

結果她竟然是國際刑警組織的人……！

「當時我立刻搭計程車，緊追在你坐的車子後面。直到車子駛入拜勒宅的瞬間。」

怎會有這種事？

提姆不禁肩膀一垮。苦澀的心情流竄全身。

在那機場，自己竟然被瑪寧格和茱麗葉這兩人都看到了嗎？我到底是有多蠢啊。

另一方面，提姆也被美術品專家驚人的執著壓倒。對方竟將盯上的祕寶周邊情報清查得如此徹底。動用人力與金錢與關係網，不惜追蹤作品到天涯海角，甚至到了自己這樣的小研究員無法想像的地步。

茱麗葉眼看著提姆啞口無言，過了一會才問：

「假設那件作品最後讓渡給你……你打算怎麼處理？」

提姆閉上眼。

「我無法回答。」

他只回了這麼一句。光是這麼說已費盡力氣。晚風晃動著茱麗葉的長髮，吹過兩人之間。

「……你認爲畫是眞的？」

茱麗葉這麼一問，提姆歪起嘴角笑了。

「此時，此地，我怎麼可能回答妳？」

「說得也是。」茱麗葉也露出苦笑說。

「不管你斷定那件作品是眞跡還是贗作，怎樣都無所謂。……只要你肯拯救它。」

提姆看著茱麗葉的雙瞳。焦茶色的虹彩，微微顫動。兩人，在片刻之間，沉默互視。

茱麗葉的眼眸依然在顫動，最後她低語：

「我就把那件作品隱藏的祕密告訴你吧。……不過相對的，你得保證，一定，要從那個怪物……從拜勒的手裡，把作品搶過來，好好保護。」

彷彿要做出預言的嚴肅聲調，靜靜敲擊提姆的耳朵。

〈做夢〉，還藏著另一件祕寶。

在那樂園之下——沉睡著畢卡索「藍色時期」的大作喲。

第七章　訪問——夜宴

一九八三年　巴塞爾／一九〇八年　巴黎

乘著傍晚的風，鐘聲自遠處響起。

啊啊，一定是巴塞爾大教堂五點整報時的鐘聲。那是於十五世紀重建的哥德式大教堂。昨日，在飯店房間敞開的窗邊，也曾聽到那個鐘聲。

迷茫如漿糊的腦袋一隅，提姆如此思忖。他的雙手，握著兩個咖啡早已冷透的紙杯。每踏出一步，褐色的液體便在手中晃盪。

織繪還在長椅等著。無所事事的臉孔，一看見提姆頓時笑顏如花。她站起來，迎接提姆。

「你去得可眞久。是去很遠的地方買嗎？」

「對……因爲，呃……我突然，有點頭暈。就在附近的長椅休息了一下。不好意思讓妳久等了。」

提姆辯解，遞上咖啡。他的指尖正微微顫抖。織繪接過杯子，說了一聲謝謝。然後她啜了一口冷掉的咖啡，並未抱怨。

剛才應該重新買兩杯咖啡的，但提姆當時心慌意亂，甚至連這種事也沒注意到。

——在那樂園之下——沉睡著畢卡索「藍色時期」的大作喲。

就在剛才，從一名自稱國際刑警組織藝術品管理師的女人，茱麗葉·露露那裡聽來的驚人事實。

雖不知是否是「眞實」，但她流暢且平淡地，說出那個「事實」。

那件作品〈做夢〉，毋庸置疑是亨利．盧梭的眞跡。但是，底下還畫有畢卡索「藍色時期」不爲人知的傑作。

原本擁有那幅畫的俄國富翁，並不知情，在盧梭死後，從某位法國畫商那裡以五千法郎買下那幅畫。之後，在俄國革命時亡命瑞典，畫約在二十年前被竊盜組織偷走。俄國富翁另外也擁有畢沙羅及波納爾等人的畫作，但那些作品平安無事。對方就像看準了似地，只偷走〈做夢〉。

俄國富翁原本把那幅畫視爲「毫無價値之物」，也沒有把它當成亡命時的財產向瑞典當局申報。他說現在才鬧出來對自己也會不利，所以只好不甘不願地自認倒楣。因此，那件作品未出現在國際刑警組織的贓物名單上，也沒有成爲追查的對象。

作品在黑市一再轉賣，漸漸升値到天價。畢卡索的「藍色時期」藏在樂園畫面底下的這個祕密，不知是在哪一個階段被人發現。但是，正因是盧梭與畢卡索舉世罕見的「雙重作品」，才會以驚人的天價交易。拜勒自黑市買下那件作品時付出的金額是三百萬美金。雖然以盧梭的作品行情而言是跌破眼鏡的價格，但是據說拜勒當時甚至沒殺價就直接付款了。

茱麗葉的敘述，有點令人難以置信。提姆全速運轉大腦試圖看清事情的眞僞。

如果〈做夢〉的底下藏著畢卡索，那麼佳士得的保羅．瑪寧格何以對那件作品如此執著，便可以解釋得通了。也難怪瑪寧格敢宣稱預估拍賣價格是三百萬美金。如果眞有尚未公諸於世的藍色畢卡索，那個價錢甚至算是很便宜。

那件作品若在拍賣會場出現，再由佳士得的幹練拍賣員這麼一炒作，不難拍出五百萬，不，說不定甚至可能飆到一千萬美金。屆時，肯定將會是史上最高的拍賣成交價格。瑪寧格立下大功，遲早必定也會邁向紐約佳士得公司的社長寶座吧。

然而，拜勒又怎麼說？他當初是明知如此，才買下那件作品嗎？

如果他早就知道這是盧梭與畢卡索的雙重作品，爲何還特地要求自己與織繪做鑑定？專家如果鑑定那是「贋作」，就可以安心刮除表面的盧梭作品，救出底下藏匿的藍色畢卡索嗎？然後，拜勒打算讓渡給這場遊戲勝利者的，不是「盧梭」而是「畢卡索」？

歸根究柢，茱麗葉爲何要追查〈做夢〉？記得她的確說過：「你保證會從那怪物……從拜勒手裡奪回作品，好好保護。」換言之，拜勒想救的是畢卡索而不是盧梭，然而茱麗葉想救的是盧梭而不是畢卡索——？

「妳爲什麼對那件作品知道得這麼清楚？」

提姆幾乎已忍無可忍，終於質問。

「妳說過不是以國際刑警組織藝術品管理師的身分，而是基於妳個人的判斷行動是吧？那妳爲何對那件作品如此執著？」

對了。這個女人不也一樣企圖透過我得到那件作品？結果她是瑪寧格的同黨嗎？疑雲頓時籠罩提姆的心頭。

「我在過去二十年，一直針對各種贓物及遺失的美術品追蹤調查。」

茱麗葉冷冷直視提姆的眼睛回答。彷彿想強調，在這行我比你更專業。

「俄國革命時流亡海外的富翁很多，在流亡的顛沛流離中下落不明的收藏品，以及流亡後失竊的作品也不少。在調查那些的過程中，偶然間，我打聽到〈做夢〉的存在。」

亨利．盧梭不爲人知的大作。在基於個人興趣做調查之際，接到委託調查被視爲遺失的畢卡索早期作品。出面委託的案主，是近代美術收藏家也是舉世知名的美術評論家，已故的克里斯欽．澤沃斯的代理人。

澤沃斯在畢卡索生前便編纂、出版他的作品目錄，因此聞名全球。在澤沃斯死後，畢卡索的作品目錄也繼續編纂，最後總計多達九十七卷。畢卡索九十一年的生涯中創作實在太旺盛，越找越發現更多作品。尚未發現的作品甚至不知還有多少。尤其是「藍色時期」未發表的作品，也可能藏在某處尚未被公開。

說到「藍色時期」，指的是當時剛在畫壇出道的畢卡索來到巴黎，描繪都會最底層的窮苦人們這段時期，換言之指的是他的早期作品。盲人、乞丐、貧窮的母子等等，都被他以帶著哀愁的藍色爲基調描繪出來，雖然當時他還不到二十五歲，卻已展現在這個時代令人驚訝的技巧及豐沛的感性。畢卡索一生留下十萬件以上的作品，其中尤以「藍色時期」的作品特別被稱爲「藍色畢卡索」，無論在美術史或美術市場都受到特別重視。

澤沃斯的代理人，祕密找上了國際刑警組織的藝術品管理師茱麗葉．露露。這是因爲，過世的澤沃斯生前一直在尋找某件下落不明的「藍色畢卡索」作品，看樣子那似乎很特別。據說澤沃斯委託代理人在自己死後繼續尋找那件作品，當時他留下一句：「那件作品有可能藏在其他重要畫家的作品底下。」

畢卡索與澤沃斯生前便走得很近，有一次，畢卡索冷不防對澤沃斯耳語：「某處有我沒給任何人看過的早期作品。」就在一九〇三年畫出藍色時期代表作〈人生〉的前後，據說他畫了一幅「二公尺乘三公尺」的最大型作品。不過，他沒給任何人看過那幅作品——除了一個人。那是什麼樣的作品，以及，究竟給了誰，「爲了那『唯一一個人』的名譽」，畢卡索絲毫不肯透露。

澤沃斯自己猜想，畢卡索的耳語若是真的，說不定那件作品，已送給當時來往的貧窮畫家朋友。「美好年代」的畫家們，據說會互相交換畫作，用來裝飾畫室，或者轉賣，更糟的時候甚至回收利用作爲自己畫畫的畫布。畢卡索有時候也會做這種事。由此可見，他們的畫在當時多麼沒價值。

澤沃斯怎麼找也沒找到那樣的畫。最後，他只好在臨死前託付代理人。請對方在他死後繼續尋找那樣的作品，並且一定要刊登在編纂中的畢卡索作品目錄上。不過，萬一是在其他重要畫家的作品底下發現——屆時該怎麼辦，最好問問畢卡索。

不料，澤沃斯於一九七〇年過世，三年後畢卡索也死了。結果，關於那件作品，畫家終究沒有公開提及，也一直沒發現那樣的作品。

聽了代理人的說詞，茱麗葉開始祕密調查。那若是贓物，國際刑警組織便可正式行動，可惜當時狀況仍模糊不清。不過，同時也在調查〈做夢〉的茱麗葉，察覺這件作品的尺寸爲「二〇四公分乘二九八公分」，和MoMA館藏的〈夢〉完全一樣。同時，也察覺這與畢卡索聲稱的「二公尺乘三公尺」

的作品大小幾乎一致。

畢卡索與盧梭是在一九〇八年相遇。如果畢卡索看出盧梭的才華，以自作相贈來幫助這個窮畫家……。

茱麗葉實際上一次也沒有看過〈做夢〉。無從調查那是否眞的是「雙重作品」。好不容易查出作品的下落時，作品早已進了康拉特．拜勒的大宅。但是，茱麗葉發現，爲了這件高齡的拜勒遲早會留在世間的作品，美術界的幕後正有種種陰謀蠢蠢欲動。「那是亨利．盧梭的作品，不是巴布羅．畢卡索的作品。可是，人人都在覬覦『樂園底下的畢卡索』。」

茱麗葉神色憔悴地說。「怎麼可能……我不相信。」提姆脫口而出。

「既然妳打聽到這麼多，爲何不把那個『事實』告訴拜勒？」

「他不是會聽信國際刑警組織藝術品管理師的那種人。」茱麗葉以有點不耐煩的聲調頂回來。

「拜勒知道嗎？他知道那件作品，是盧梭與畢卡索的雙重作品嗎？」

茱麗葉無聲地笑了。

「你根本不明白自己爲何會被找來巴塞爾。他是在向你要求那個判定。」

提姆猛然用力握拳。

這是原地繞圈子。拜勒爲何委託自己鑑定那件作品，茱麗葉爲何把如此重要的事告訴自己，爲何要求自己保護盧梭——到頭來，一無所知。唯一知道的，只有一件事——

人人都在覬覦那件作品，如此而已。

對著越發混亂的提姆，茱麗葉像要趁勝追擊般又撂下話。

「你的競爭對手，那個日本研究者——早川織繪。千萬別對她掉以輕心。如果你和我一樣，想救盧梭的話……你，一定要贏過她。」

如果她贏了，如果〈做夢〉的處理權被奪走——那件作品，將會永遠自這個世上消失。

因爲……。

「看來我們該回去了。你的臉色很難看。」

織繪的聲音，令提姆倏然回神。他抬起頭，看著織繪。

她用雙手捧著裝有冷咖啡的紙杯，淡漠的眼眸對著他。提姆倉皇躲開她的注視。

「是啊……我們回去吧。」

他低喃，無力地自長椅起身。

織繪在前，提姆在後，隔著些許距離，兩人沿著動物園小徑走向出口。在提姆的腦中，茱麗葉說的話如咒語嗡嗡鳴響。

——因爲，她與泰特美術館的研究部部長安德魯・奇茲是一夥的。

早川織繪，是奇茲的情婦。明知他有妻小，卻與他關係匪淺。

那個奇茲，與蘇富比倫敦拍賣公司的私人販售部門總監史帝芬・歐文勾結，正企圖得到盧梭作品底下的藍色畢卡索。

對。作爲泰特美術館的新收藏品——作爲理事們肯定會垂涎三尺的超吸睛作品。

屆時，奇茲八成會一躍登上就任泰特美術館的館長之路吧——。

☆　☆　☆

第四章　訪問

一名女子吱呀作響地踩著盧梭住的公寓樓梯上樓。是洗衣女雅德薇佳。這日，她下定決心，要造訪盧梭的畫室。她撩起破舊的裙襬，繞著陡峭的樓梯轉呀轉，轉呀轉，直上五樓。抵達門前時，早已氣喘吁吁。

過去，盧梭也曾一再邀請她。來我的畫室玩嘛，我請妳喝茶吃點心。不，妳不用一個人來沒關係，找妳先生喬塞夫一起來。他對我很親切，上次還幫我把畫搬出去，對，沒錯，他沒收錢。所以，我有義務招待他的夫人……。

雅德薇佳本來心想，鬼才會去咧。但是最近，她的想法漸漸改變了。她早就知道丈夫喬塞夫經常出入盧梭的住處幫忙搬畫，每次回來時的臉色都特別不一樣。那種心醉神迷的表情，就像嘗到蜂蜜的小孩子。她也曾尖酸地試探：難不成你是在那個廢物畫家那裡見到裸體模特兒了？但是，喬塞夫一臉陶然地回答：

天啊，那才是新繪畫。那是近代繪畫（Art moderne）。

丈夫到底是哪根筋不對勁了？該不會是被人灌了有問題的酒或下了藥吧？雅德薇佳百思不解。但是，這樣的自己，居然也奇妙地開始注意起廢物畫家的畫作了。最近，喬塞夫死也不准她再把那人送的畫拿去古董店賣掉。哪怕她說這樣就沒有錢買苦艾酒了，丈夫也說無所謂。甚至還說，比起廉價酒，看這些畫更能讓人沉醉。

盧梭畫的畫，在雅德薇佳看來，總覺得有點詭異，好像看到不該看的東西。尤其是黑衣女人的立像，一片死寂毫無生命感，更是令人毛骨悚然。另一方面，不知為何，也強烈感到在這幅畫面前絕對不能撇開目光。彷彿，面對的是雙眼流血的奇蹟聖母畫像。當她這麼發覺時，她感到恐懼咻地竄過心頭。

她再也受不了，把豎在餐桌牆邊的那幅畫翻到背面。之後返家的喬塞夫，發現之後想把畫翻回正面，「不要！」她尖叫阻止。

「我怕那幅畫。我不想看。」

見妻子畏懼，喬塞夫勸她不妨去一趟盧梭的畫室。「我才不要。」她說。「妳去就對了。」丈夫一再勸她。明知那個老不死的畫家對自己妻子有意思，做丈夫的居然還叫老婆去見他。這件事本身，令雅德薇佳不安。

「為什麼？」她問，喬塞夫一派超然地回答：

「那個人畫的東西，妳最好叫他統統拿給妳看。然後妳一定就會明白，這樣的時代已經來臨了。」

看樣子，丈夫在出入新進畫廊及藝術家畫室的過程中，好像也中毒了。中了那什麼莫名其妙的「近代繪畫」的毒。

所以，終於，雅德薇佳下定決心，敲響盧梭的房門。

毫無防備便打開的房門那頭，出現的是亨利・盧梭。彷彿被雷打到的驚愕臉孔，立刻有喜悅的天使翩翩降臨。

「嗨……妳真的來啦。」畫家把門整個拉開，招呼雅德薇佳進去。

「因為喬塞夫非要叫我來一趟。」雅德薇佳一邊解釋，一邊走進屋內。下一瞬間，她的喉頭擠出一聲低鳴。

綠色，綠色，綠色，一望無垠，鋪天蓋地，妖豔濡濕的綠色淹沒了狹小的房間。茂密的森林，中央兀然出現的月亮。葉蔭深處蠢動的不知名生物。房間中央，老虎似乎正要獵殺野牛，亮出獠牙與利爪撲上去。而野牛拚命想甩掉老虎。生命與生命的撞擊，甘美的殺戮，無聲無息，只是安靜地，在如此狹小的空間祕密地不斷上演——。

雅德薇佳幾乎喘不過氣，不禁撫摸喉頭。盧梭見了，「咦，妳果然也是？」他說著露出微笑。

「在這房間作畫時，總覺得透不過氣。好像漸漸被拖進森林裡。所以，我不時會這樣打開窗子。」

盧梭走到窗邊，吱——清冷的聲音響起，他推開窗户。沐浴在初秋沁涼的空氣中，盧梭就這麼佇立窗邊，朝她轉身。

「真不巧，今天家裡沒準備點心也沒有茶水。呃……因為我做夢也沒想到，妳竟然肯來。」

雅德薇佳沉默片刻，瞥向密林中的老虎與野牛之爭。最後，「我都不知道。」她幽幽低喃。「你以前給我的畫，畫的都是女人和小孩，或是塞納河風景。原來你也畫這種畫啊。這麼，奇妙的……」

老虎撲向野牛的樣子，異常殘酷。但是，雅德薇佳卻不可思議地覺得那幅畫「好漂亮」。對，很美。猛獸們的性命之爭，環繞這場鬥爭的密林幽深、濃厚的空氣。奪走所有聲音，籠罩狹小陋室的綠色毫不容情。雅德薇佳有點輕微的暈眩。她在身旁已磨損的紅色天鵝絨長椅坐下後，不由得呼地吐出一口氣。

「哇，太美了。」彷彿發現意外的風景，盧梭說。

「那把老舊的長椅，被妳這麼一坐，宛如一幅畫。」

聽到畫家這麼說，雅德薇佳當下感到自己的耳朵發熱。她急忙起身，對著盧梭不客氣地數落。

「既然沒茶水也沒點心，真無聊。我要走了。」

「是嗎？」盧梭意外地沒有試圖挽留。

「對不起，什麼都沒有招待妳。下次妳來時，我一定會事先準備好。」

做為來訪的回禮，盧梭拿出一幅描繪密林的小品，讓雅德薇佳帶回去。並且叮嚀她，顏料還沒有乾，拿的時候要小心。

轉呀轉，轉呀轉，雅德薇佳走下樓梯。內心，依然卡著某種疙瘩。樓梯就像是走出芳香的異國森林的歸路，出口就是通往貧窮現實的入口。

在公寓的狹仄出入口，兩名男子正好走進來與她擦身而過。雅德薇佳不知怎地不太想讓他人看到她的臉孔，連忙低著頭就想出去。這時，「喂，等一下。」其中一名男子喊住她。

「那幅畫，妳又打算拿去哪家畫廊賣掉嗎？」

她聽了一驚，不由抬頭。頓時，視線撞上兩顆烏黑的眼珠子。發現那宛如暗夜的眼睛，雅德薇佳立刻想起來了。

是在康維勒畫廊「預言」的那個畫家。

「怎麼，巴布羅，你認識她？」另一個高個子男人轉過身。不是上次那個看似畫廊主人的男人。「也不算是認識啦。」被稱為巴布羅的畫家回答。

「你先上去吧，紀堯姆。讓盧梭等太久也不好。我有幾句話要跟這個女人說。」

被稱為紀堯姆的男人，踩著傾軋作響的公寓樓梯逕自上樓去了。巴布羅轉身面對雅德薇佳後，「原來如此，妳就是盧梭的繆斯女神啊。」他突然說。

被稱為「女神」，雅德薇佳感到自己的耳朵再次發熱。她不想讓對方發現這點，「屁啦，什麼女神。」她慌忙回嘴。

「我跟那個廢物畫家才沒關係咧，一丁點也沒有。就連這幅畫也是，我根本不想要，都是他硬要塞給我。」

「妳忘記我的預言了嗎，姑娘？」巴布羅漆黑的眼睛一逕盯著她，如此說道。

「不管妳想不想要，總之好好留著。遲早那幅畫，應該會發揮足以改變妳命運的力量。」

不可思議的是，就跟初次見面時一樣，這個男人的「預言」聽起來充滿「確信」。雅德薇佳思索該如何回話，想把右手的畫布換到左手時，畫布倏然在空中一晃。「噢！妳小心點。」巴布羅說。

「那個綠色如果沾上指紋，起碼會損失一百法郎喔。妳最好記住。」

朝她冷然一笑後，挑釁的年輕畫家，踩著昏暗的樓梯吱吱呀呀地上樓去了。

☆　☆　☆

巴塞爾，第四天。

正在閱讀的故事《做夢》中，雅德薇佳終於去了盧梭的畫室。提姆很想爲兩人的距離漸漸縮短而開心。但是，心情卻一日比一日沉重、苦澀。

故事裡，很明顯的，畢卡索的地位越來越重要。甚至令人懷疑這個故事眞正的主角也許是畢卡索。如此說來，這果然是在暗示，畫作〈做夢〉的底下隱藏著畢卡索嗎？

對於這點，織繪又是怎麼解讀的呢？每晚，她會打電話向安德魯．奇茲報告嗎？不對，如果打國際電話立刻會被拜勒的人馬發現。她才不會傻到去冒那種風險。

無論是拜勒或織繪，他都不想見到。提姆以罪犯般的沉重步伐，走向午餐會的餐廳。不料，提姆與織繪尚不及就座，拜勒便提出意外的建議。

「今天的午餐我們出去吃吧。各位意下如何，先生、小姐？」

提姆吃了一驚，無意識地轉頭看織繪。織繪也是同樣反應。兩人的目光對上後，提姆立刻撇開視線。

「那個，呃，當然是……沒問題。」

提姆結結巴巴回答。織繪也立刻附和：「樂意之至。」慌張的，是法定代理人艾力克．康茲。

「這又是怎麼……這個提議未免太突然了吧。烤箱已放進今天的主菜烤羔羊了。」

「沒關係。」拜勒以十足的任性富豪派頭撂話。「蕭納箴，叫我的車現在馬上開到門口。客人用的凱迪拉克也是。」

「那麼，我也陪您一起去。」康茲說著站起來。這位大收藏家一旦開口就誰也勸不動，這點他似乎比任何人都清楚。

「午餐要安排在哪裡呢？『三王飯店』的餐廳，還是『夢幻曲』的露臺區，還是……」

「你不用跟來。」拜勒異常冷漠地說。「我帶這兩位去就行了。」

周遭忽然一片兵荒馬亂。有人開門有人去叫車，傭人們在大宅裡匆匆穿梭。拜勒讓管家蕭納箴替他推輪椅，一臉淡漠地前往正面玄關。提姆與織繪急忙跟隨。

拜勒突然提議後才過了五分鐘，可以讓輪椅直接上車的黑頭迷你巴士已在門口等候。當然，凱迪拉克也跟著抵達。拜勒的專車上還有主治醫生和護士隨行，非常周到。全體傭人在玄關前橫向排成一列，早已等著恭送主人久違的外出。

當提姆與織繪正要上凱迪拉克時，康茲迅速以英語對他們說：

「講評日是三天後。現在此刻若對拜勒先生陳述任何感想與意見，都會違反規定。請勿忘記。」

他的語尾格外用力。提姆感到奇妙的敵意。是因爲康茲很意外自己居然被排除在外，還是因爲兩人要與拜勒一起去他「監視」不到的地方所以令他感到不安？

「感覺上，好像出現有趣的發展呢。」

凱迪拉克緊接在黑頭迷你巴士後面出發後，織繪立刻緊靠在提姆的耳邊低語：

「鐵面人艾力克．康茲居然急了。這倒是有點大快人心。」

她說著吃吃嬌笑。提姆感到，被織繪的櫻唇貼近噴出吐息的耳朵，突然發燙。

昨天，離開巴塞爾動物園後，提姆再次感到疲憊不堪。對於本來似乎已恢復活力的提姆再次垂頭喪氣，織繪什麼也沒說。她總是面面俱到，慧黠內斂。那讓提姆的心更亂了。

佳士得的保羅．瑪寧格的電話令他心生猜忌，國際刑警組織的茱麗葉出現更令他大受衝擊。被告知「盧梭底下的畢卡索」，進而聽說織繪竟是那個安德魯．奇茲的情婦——他的心情急速低落。

如今他明白，自己已被逼至命運的斷崖。事到如今，不管今後會發生什麼，只能（在徹底化身爲老闆湯姆的情況下）秉持盧梭研究者的威信，做出最精彩的講評。他如此下定決心。

「盧梭底下的畢卡索」這個說法令他戰慄。但是，不知為何，織繪的那件事，卻帶來更沉重的打擊。

織繪是奇茲的情婦，這件事固然匪夷所思，她和奇茲與蘇富比倫敦拍賣公司的史帝芬．歐文勾結，覬覦「盧梭底下的畢卡索」一事，更令他難以置信。她怎麼可能是透過盧梭的作品在看畢卡索？

或許不知不覺中，自己試圖在織繪這個研究者身上找出些微希望。或許自己一直期待著，哪怕是自己敗給織繪，無法得到〈做夢〉，被MoMA和美術界永遠放逐——織繪都會保護盧梭，保護〈做夢〉，堅持保護到底。

那麼，這樣也好。只要這麼想，便可不去思考勝負，專心投入講評。什麼畫作處理權或升官發財或豪宅云云，這些無謂的東西統統不用去想。只要一心一意，對亨利．盧梭這個畫家——愚直地持續追求藝術的畫家，懷著滿腔熱情去贊美他可笑的、可泣的偉大就行了。

也許自己一直是這麼期盼的。或許也曾因受不了講評的重大壓力，開始尋找逃避之路。不知不覺，織繪成了那個逃避場所。

可是——。

車子抵達的，是巴塞爾市立美術館。在員工出入口，拜勒連人帶輪椅被放下來。護士想推輪椅，拜勒卻死命扯高沙啞的嗓子，對著從凱迪拉克下來的提姆說：

「你來推我好嗎，布朗先生？」

今天的拜勒有點不一樣。雖然這麼想，提姆還是二話不說地答應了。

舉世罕見的當代名人突然造訪，美術館當然歡迎之至。館長祕書飛奔而來，聲稱館長不巧外出，會找研究員代爲導覽——

「沒關係。我這邊已經有兩位世界一流的專家了。」拜勒毫不在意地回答，仰望提姆與織繪。

「對了。今天午餐的主菜不是烤羔羊。是〈詩人和他的繆斯〉。」

走進電梯，推著拜勒的輪椅，提姆與織繪前往二樓的近代繪畫館藏展覽室。

美術館的入口，位於大馬路通往中庭之處。走進一樓大廳後，正面徐緩的主樓梯自一樓延伸至三樓，連接各層樓的寬敞大廳。大廳左右有展覽室的出入口，形成可以環繞中庭迴遊的設計。與古典的內部裝潢相得益彰，這座早在十七世紀便做爲美術館公開展示的建築漫長的歷史，醞釀出沉穩的氛圍。

提姆個人，只有在哈佛念研究所時來過一次，卻想起當日一踏進館內，便沉浸在某種難以言喻的安詳氣氛中。再多待一會，甚至感到如同回到母親胎內的安心感。如今勉強忝爲小研究員，只要去美術館便會以專家的冷徹目光打量，往往因爲必須與相關人士面談而只顧著緊張；但在巴塞爾市立美術館，果然還是呼吸到奇妙安詳的空氣。替傳奇收藏家推著輪椅，提姆感到自己終於從巨大的壓力解放。

正值盛夏午後，午餐時段，展覽室空無一人。在安靜無聲的室內，三人站在亨利．盧梭的〈詩人和他的繆斯〉前面。

一九〇九年創作的這件作品，畫的是在前一年、一九〇八年開始與盧梭來往的詩人紀堯姆．阿波里內爾，以及他的情人，「詩人的繆斯」——畫家瑪麗．羅蘭桑的肖像畫。

「這幅作品，是在一九〇九年完成的。」拜勒以沙啞的嗓音說。「但是開始動筆是在一九〇八年，盧梭與阿波里內爾結識的那年。」

「也是畫家透過阿波里內爾，結識畢卡索的那年吧。」織繪呼應。

「那位作者，相當重視這一年呢。第三章、第四章寫的都是同一年。」

織繪極為自然地提起那個故事。但，從大宅出發前康茲還特別提醒過，所以她或許是明知危險偏要故意提及。展覽室裡雖只有三人，難保沒有人躲在哪兒偷聽。可是，拜勒在這個時間點，把兩人帶到這幅畫前，說不定是有什麼盤算。與提姆一樣，織繪肯定也想估量他的眞意。

「的確。」拜勒點頭同意。

「當時的巴黎，號稱『美好年代』，的確是人心浮躁。所有事物的價值觀都會變。當時的年輕人，人人如此深信不疑……包括我也是。」

提姆驀然思忖拜勒的年齡。記得保羅．瑪寧格說過「那個怪物高齡九十五」。如此說來，一九〇八年當時，拜勒正好二十歲嗎？那時候，他正在何處、在做什麼？

這才想到，自己對拜勒幾乎一無所知。只知道他是「傳奇收藏家」，偏愛亨利．盧梭，雖然年事已高但頭腦非常靈光。但他名下足以讓佳士得及蘇富比拍賣公司，乃至國際刑警組織都如此積極打探動向的大批收藏究竟是如何形成的？不論如何，也難怪瑪寧格和茱麗葉會稱呼此人為「怪物」。

「簡直就是『盛宴的時代』呢。」織繪說。提姆聽了，也當下補充：「妳是說羅傑．沙杜克說的時代吧。」

「盛宴的時代」，是美國的文化學者羅傑．沙杜克於一九五五年發表的書名。此書從獨特的觀點檢視因二十世紀的到來而亢奮不安的巴黎文化社會，內容頗富興味，在研究盧梭及其時代時，提姆也將此書一再翻閱。而這個沙杜克視爲新時代巴黎寵兒的，有音樂家艾瑞克·薩提、詩人阿爾弗雷德·雅里、阿波里內爾，以及盧梭。

二十世紀初的巴黎，盧梭置身在前所未有的前衛藝術浪潮中。他自己或許沒有這麼期望，但不可否認的是，在歷史上的確變成這般。

「您也同樣享受到那個『盛宴的時代』嗎？先生？」

提姆盡可能若無其事地試問。拜勒蠕動嘴巴，「這個嘛——」最後他只是慢吞吞地這麼回答。

「照這樣看來，明天應該可以讀到。『盧梭之夜』。」

織繪把話題又拉回〈做夢〉。論及引導對話的自然走向，織繪遠比提姆高明。拜勒緘默不語。提姆試著插嘴。

「妳是說一九〇八年，畢卡索邀請盧梭到他畫室的那場『夜宴』嗎？」

「對。」織繪點頭。

「畢卡索、阿波里內爾、安德烈·薩蒙、葛楚德·史坦……就是那場集結如群星閃耀的才華，一同贊美盧梭的『夜宴』。」

然後，她以做夢般的眼神呢喃，「眞令人羨慕……」拜勒聽了，抬起頭。

「妳剛才說羨慕是吧，小姐？」

「對，我很羨慕。」織繪微笑回答。

「我眞希望自己也在場。」

宛如少女眞心渴望能乘坐時空機器的眼眸，沒有絲毫陰影。那一瞬間，可以看出織繪是眞心這麼期盼。期盼與盧梭及畢卡索、如群星閃耀才華洋溢的藝術家們，一同圍繞雖貧窮卻熱鬧的桌子共聚一堂。

這不是在拜勒宅的餐桌前一臉緊張的織繪。她似乎也同樣浸潤在巴塞爾市立美術館安詳的氣氛中，變得柔和多了。

「是嗎……我也希望自己在場。」

拜勒皺巴巴的老臉露出微笑。這是四天來，他頭一次展現這種表情。

盧梭是什麼人。我不知道。但若是有宴會且大家都去了而我們也受邀出席，那麼盧梭是誰都無所謂。

無來由地，《愛麗絲・B・托克勒斯的自傳》中的一節浮現提姆的心頭。這是美國女作家兼美好年代的庇護者葛楚德・史坦，以當時自己的祕書愛麗絲的觀點撰寫的自傳體小說。畢卡索及馬蒂斯、阿波里內爾、羅蘭桑、喬治・布拉克……受人憧憬的藝術家紛紛登場。狂歡、單戀與失戀、打架、友情、令人屏息的嶄新藝術的誕生。宛如冒險小說，一個接一個，精彩刺激的逸話連綿不絕。閃亮的盛宴時光，以及之後發生的二次大戰——。

學生時代，提姆很愛看這本書。反覆閱讀後，忍不住做夢。要是自己也生在這個時代就好了。要是自己也是盧梭的朋友就好了。

盧梭。那我或許就能陪伴在寂寞的你身旁，拍拍你的肩了。

不要緊，你的藝術，才是嶄新的藝術。現在，只是爲時尚早。只是時代跟不上你的腳步罷了。遲早，一定會有那天的來臨。一定，會來臨的——。

「說到這裡，先生、小姐——如果盧梭對你們說：『想替你作畫』，你們會怎麼辦？」

拜勒轉爲調皮的眼神，如此問道。提姆與織繪，不禁面面相覷。

「這個……意思是說當他的模特兒，全身都要被他測量？」織繪苦笑著問。

「那當然。」拜勒壞心眼地說。「眼睛嘴巴雙臂雙腿，全部。因爲盧梭一定要眼前有模特兒才畫得出來。就像這個阿波里內爾與羅蘭桑。」

「這個嘛，」織繪發出衷心困窘的聲音，「我也不知道。」

「我應該會接受。」提姆倒是快活地說。實際上，那是愉快的想像。想像自己的身影將會透過盧梭的畫筆永留世間。活在永恆的這一刻，留傳後世——。

那一瞬間，隔壁展覽室的地板上，忽有移動的人影映入眼簾。提姆一驚，凝視那個影子。

隔壁房間展覽的是雕塑品。聚光燈打在那個雕塑上。是某人躲在那旁邊的影子，落在地板上。

影子倏然移動。是大波浪長髮的影子。

「盧梭至死，都得眼前有模特兒才畫得出來嗎？」

拜勒沒有特定對象，只是像要強調般低喃。下一瞬間，影子倏然消失。影子的主人，朝三人待的展覽室的反方向，躡足悄悄離去。

☆　☆　☆

第五章　夜宴

好不容易從拮据的家計東省西湊地攢下一點私房錢，雅德薇佳拿去做了一件小碎花棉質洋裝。因為她受邀出席「夜宴」。是那個亨利・盧梭邀請的。他說：「是年輕的藝術家朋友邀我去，如果有空要不要一起去？」

是真是假不得而知。但是，據說這是一群崇拜盧梭的年輕藝術家，為了贊美盧梭的畫業、向盧梭致敬而特地舉辦的晚宴。

到底該不該去？雅德薇佳把盧梭給她的邀請卡拿給丈夫喬塞夫看。喬塞夫的臉龐，就像照到光似的，一轉眼亮了起來。

「太棒了。上面寫著『在畢卡索的畫室』。說到畢卡索，現在，在前衛畫廊之間可是人氣極高的畫家。能夠受邀去那位畫家的畫室，那個人果然是偉大的畫家。」

暫時忍著不買麵包和酒沒關係，妳去做件新衣服參加吧。這麼勸她的還是丈夫。雅德薇佳一頭霧水，但「夜宴」這個字眼多少還是令她雀躍。硬是拜託附近裁縫店的老闆娘，做出一件盡可能便宜的洋裝。雖是便宜貨，但一穿上新衣服，心情頓時變得繽紛燦爛。

就這樣，「夜宴」的日子終於到了。

盧梭在公寓中庭的井邊，興奮不安地等候雅德薇佳。他戴著軟呢帽，身穿綴滿補丁的燕尾服，左手還拎著小提琴的琴盒。一看到雅德薇佳，他彷彿真的很意外，呼地嘆了一口氣。然後說道：

「怎會這麼美？簡直就像一幅畫。」

這句話，帶有真實的味道。雅德薇佳連耳朵都羞紅了，一邊靦腆地笑著說：「真的？」

「嗨，讓你久等了，亨利。我們現在就走吧。我讓馬車在門口等著。」

氣喘如牛跑來井邊的，是上次在公寓門口擦身而過，被人稱為紀堯姆的那個高眺男子。紀堯姆一看到雅德薇佳，「這是哪位？」他問盧梭。

「噢，這是雅德薇佳。今晚，我想當護花使者，邀請她一起去。雅德薇佳，這位是我的朋友，大名鼎鼎的詩人紀堯姆・阿波里內爾先生。」

盧梭如此介紹。雅德薇佳一下子面對「大名鼎鼎的詩人」還真不知如何是好，扭扭捏捏地低著頭。阿波里內爾一臉訝異地凝視她，「這樣啊。請多指教，小姐。」他說。雅德薇佳猛然抬頭，「我不是小姐，是夫人。」她脫口說出可笑的話。

「啊呀，這真是失敬。那我們一起走吧，夫人。」

阿波里內爾一邊吃吃笑，一邊朝大馬路邁步。盧梭把穿著黑外套的右臂倏然朝雅德薇佳一伸。雅德薇佳一瞬間很困惑，但彷彿決定順其自然，最後還是挽上那隻胳臂。燕尾服綴滿補丁的老男人，和一身廉價棉質洋裝的年輕有夫之婦。這對異常奇妙的搭檔，在詩人的帶路下，坐上馬車。

馬車抵達的，是位於蒙馬特小山丘上的廣場。面向那個廣場，就是年輕的窮藝術家們聚集的畫室大雜院「洗衣船」。狂歡似乎早已開始，笑聲及砰砰跺足的聲音連廣場都聽得見。盧梭與雅德薇佳都很緊張，不知不覺彼此的手已緊握在一塊。

破舊的大雜院走廊，每踏出一步，便會吱、吱地發出猶如划船的不祥聲音。丈夫說過這是當紅畫家的畫室，況且又是「夜宴」，所以雅德薇佳一直模糊想像的是豪門大宅那樣的場所，結果居然是這種破爛大雜院，她很失望。在某扇門前止步後，阿波里內爾轉過頭說：

「聽好。開門之後，我會立刻介紹。你要抬頭挺胸，亨利。」

盧梭用力點了兩次頭。雅德薇佳也跟著點了兩次頭。

「……各位淑女紳士們！此時此刻，亨利．盧梭先生抵達了！」

砰！門一開，阿波里內爾便高調宣布。臉，臉，臉。塞滿狹小畫室的臉孔，一下子全都轉向這邊。

盧梭慢條斯理地以單手摘下頭上的軟帽，朝著所有陌生臉孔鄭重說道：「晚安，各位。謝謝你們的盛情邀請。」

不知是誰拍起手。最後，全場所有人都熱烈鼓掌。會場籠罩在一種近似感動、快活明朗的氛圍中。雅德薇佳從頭到尾始終愣怔旁觀。

畫室的天花板，掛滿了燈籠。房間到處掛著萬國旗，放眼皆是緞帶。房間的最後方，畢卡索從古董店買來的盧梭作品〈女人肖像〉正豎立在畫架上。可以看出那幅畫就像這個房間的女主人一樣有壓倒性的地位。盧梭被帶到特地安置在那幅畫前面的奇形怪狀「寶座」。雅德薇佳也被拉著在旁邊坐下。

「歡迎光臨，亨利。……嗨，你的『女神』也一起來啦。」

在兩人之間倏然探出頭的，是被人稱為巴布羅的那個烏黑大眼珠的男人。

「哎呀，是你。」雅德薇佳笑了出來。

「怎麼回事？你怎會在這裡？」

「這可真是熱情的招呼啊。」巴布羅也笑了起來。

「算了，客套話就免了。來，亨利，喝酒喝酒。今天為了你，我的情人費南德特地做了西班牙海鮮飯。很好吃喔，我保證。來，妳也拿起杯子呀，女神閣下。」

遞出的杯子，倒滿了葡萄酒。瑪麗．羅蘭桑唱起諾曼第的古老歌曲。一人唱完，又有另一人接著高歌。一人跳舞，全體都跟著跳起來。阿波里內爾朗誦即興創作的詩。

我們為了贊揚你的榮光而共聚一堂

畢卡索為你的名譽斟酒
暢飲那美酒吧　如今正是時候
同時大家正齊聲高呼　萬歲　盧梭萬歲

萬歲，盧梭萬歲。萬歲，盧梭萬歲。朗誦到這裡，全場齊聲高喊。盧梭笑咪咪地朝每一個人的臉孔看去。

這時雅德薇佳的心情，該如何形容才好呢？她的心，就像酸溜溜的樹莓。好意與惡意，敬意與輕蔑。她敏感地察覺，完全相反的兩種情感，竟同時並存在這一刻。這群年輕藝術家，人人都打從心底享受與亨利．盧梭共度的時光。同時，嘲笑他、看不起他、把他當笑話的惡意，也在屋內每個角落閃現。

萬歲，盧梭萬歲。萬歲，盧梭萬歲。

不知何故，贊美盧梭的虛假大合唱越熱烈，越讓雅德薇佳有種泫然欲泣，恨不得捂住耳朵的衝動。

趁著盧梭開始拉小提琴回報大家，雅德薇佳悄悄溜出畫室。然後，就這樣搖搖晃晃地在走廊蹲下。不知這樣過了多久，忽然有隻大手拍拍她的背。雅德薇佳抬起蒼白的臉。

「妳沒事吧，女神閣下？」朝她發話的，是那個巴布羅。

「我沒事。只是醉了。」雅德薇佳想起身，卻重心不穩腳步踉蹌。巴布羅強壯的手臂，當下摟住她纖細的身體。

「妳好瘦。到底有沒有好好吃東西？」

甩開巴布羅的手，「不用你多管閒事。」雅德薇佳面紅耳赤。巴布羅將那雙暗夜般的眼睛定定注視雅德薇佳，

「妳和盧梭在交往嗎？」

他驀然説。真是夠了，這個男人，每次都突然説些莫名其妙的話。雅德薇佳揚聲笑了起來。

「別開玩笑了。誰要跟那種窮鬼……」

「是嗎？」巴布羅銳利的雙眼微帶笑意説。

「妳要認真扮演他的繆斯女神喔。然後妳只要永遠活著就行了。」

這不可思議的説法，令雅德薇佳也回視巴布羅的雙眼。那雙幾乎把人吸進去的深邃眼眸。

「永遠活著？這是什麼意思？」

「妳説呢？」巴布羅的嘴角露出更強悍的笑容。

「總有一天，妳會懂的。」

盧梭與雅德薇佳離開「洗衣船」時，已過了凌晨三點。

馬車喀啦喀啦地在石板路上前進。盧梭早已睡著，熟睡的臉上不時浮現忍俊不禁的笑意。雅德薇佳猜想，他一定是在做幸福的美夢吧。

什麼狗屁幸福美夢，老娘可一次也沒做過。

黎明的天空只見月亮漸沉。雅德薇佳眺望那彷彿要戳刺路燈的月亮。這才想到，在盧梭的畫室看到的樂園月亮，也是那樣兀然掛在天上。那是如夢一般的月亮。是做夢般，美麗的畫。

☆　☆　☆

第八章 樂園

一九八三年 巴塞爾／一九〇九年 巴黎

待在巴塞爾的第五天晚上，提姆與織繪兩人，非常難得的，居然接到拜勒的法定代理人艾力克・康茲邀請他們共進晚餐。

那是在看完故事《做夢》的第五章〈夜宴〉之後。看了這章，提姆心痛得不得了。

作爲盛宴時代・二十世紀的來臨最具代表性的事件，由藝術家們爲亨利・盧梭舉辦的這場「夜宴」，如今已成爲美術史上的傳說。關於這場盧梭之夜，由於在場的許多藝術家都記錄了當時的情景，使之成爲能如實傳達出這個時代氛圍的資料，因此許多研究者都會拿來參考。從任何一件資料皆可感受到，新世紀到來的絢爛氛圍，以及年輕、莽撞、才華洋溢的藝術家之間的刹那交流。提姆當然也很熟悉這些資料。在知識方面，他自認也很清楚那是一場怎樣的聚會，有哪些人參加，發生了什麼事。

但是，《做夢》第五章瀰漫的無底寂寥又該怎麼說？毀譽參半的盧梭作品，即便被一再侮辱爲比小孩的塗鴉更糟，畫家依然默默作畫。對於被拉去畢卡索畫室的盧梭，年輕的藝術家們當場立刻把他捧得高高的，但他們的眞心話又是怎樣？好意與惡意，敬意與輕蔑。雅德薇佳敏感地察覺，完全相反的兩種情緒，同時並存在當下。文章用「就像酸溜溜的樹莓」來形容她的心情，那也正是提姆的心情寫照。

故事若照史實發展，盧梭幾乎是在無人看顧的情況下黯然離世。「夜宴」是在一九〇八年舉行。盧梭死於一九一〇年，在那兩年之間，不，在故事剩下的兩章中，將會揭發推翻歷史的眞相嗎？

開始閱讀故事至今，這四天宛如遇難船隻在怒濤汪洋中徘徊。自己爲何在這裡、打算做什麼，如今他已幾乎迷失。

意外被迫參戰，與織繪一對一決鬥。如果贏了，或許眞如瑪寧格所言可以成爲大富翁。但，落敗的織繪想必會失去立場，自業界消失吧。雖不知屆時奇茲打算怎麼處理她，但歐文肯定巴不得將知道一切內幕的織繪趕走。如果自己輸了，將會被趕出MoMA及整個美術業界。說不定連老闆湯姆也會被追究責任。另一方面，MoMA的死對頭泰特美術館，將會得到傳說中的作品得意大笑。爲了挖掘出顏料底下的畢卡索，表面的「僞作的盧梭」將會被刮除，〈做夢〉會永遠自這個世上消失。

自己已然被捲入這場宛如由惡魔審判的戰爭，如今提姆不得不詛咒自己的命運。這樣下去，自己不可能正常迎接講評日的來臨。

在這種節骨眼，拜勒卻邀請兩人出門。目的是爲了帶他與織繪一同參觀巴塞爾市立美術館展出的盧梭作品。在那裡，一瞬間彷彿將腳泡在清涼的泉水中，有種清冽的驚訝。雜音消失，好似打開了心眼。

說不定，那正是拜勒的目的。突然把兩人帶出門的老怪物，就像被畫家附身，有種爽朗的天眞無邪。

恢復正常，迎接第五天，看了第五章。於是，提姆再次心痛。盧梭，果然還是只能在無人認同的情況下步向末路嗎？抑或，將會出現一個驚人的救世主——。

這天的午餐大家都很沉默。拜勒像要確認提姆與織繪是否各自在內心反芻第五章的舞臺「夜宴」的場景，與前一天的態度截然不同，始終保持緘默。一旁，康茲憮然不悅。看來昨天沒被邀請共進午餐似乎令他很不滿。

沒想到，兩人回到飯店時，等著他們的是一封邀請函。領取房間鑰匙時，服務臺職員分別將信封交給兩人。奶油色信封上有剛古紙品的浮水印文字。提姆瞬間愣了一下，以爲是拜勒的來信，但寄信人是艾力克．康茲。敬邀今晚共進晚餐。六點半派車迎接——信中寫著這樣簡短的訊息。

「這又是吹的什麼風？午餐時，他一個字也沒提過想請我們吃晚餐。」

坐上來接人的車子，織繪抱怨。但，她看起來並不怎麼排斥。提姆亦然。這，是個小小的機會——說不定可以趁機找到某個突破口，查出康茲究竟是與誰勾結參加這場遊戲。

打開車窗，涼爽的晚風吹來。織繪的頭髮飄揚，甘甜的花香搔得提拇的鼻腔發癢。她爲晚餐特地換上的正式連身裙，胸口開得比較大，滑嫩的肌膚在夕陽下發光。彷彿看到不該看的東西，提姆一本正經地轉開臉。

在小巧但極有清潔感的獨棟餐廳，康茲已在桌前等候兩人。

「謝謝你的邀請。」提姆沒有放鬆戒心，如此寒暄著與康茲握手。

「突然的邀請，我很驚訝。不知這到底是吹的什麼風？」織繪也跟著與他握手，毫不顧忌地說。

「哎，算是講評前的慰勞會吧。」康茲輕快回答。

「這間店在巴塞爾是內行人都知道的名店。有名的德國葡萄酒一應俱全。包括摩塞爾、萊因高……在白葡萄酒方面，也有和法國勃艮地的蒙哈榭不相上下的好酒喲。我記得你能喝幾杯吧，布朗先生？」

「對，還行。」提姆含糊回答。酒裡該不會加了自白劑吧。

「先用香檳乾杯好嗎，早川小姐？」

「好。我喝什麼都行。」織繪微笑回答。

三個香檳酒杯，注入德國氣泡酒。康茲舉起杯子。

「那麼，祝兩位奮戰成功……乾杯！」

杯子清脆作響地互碰。清爽的氣泡滑溜入喉。織繪只稍微沾唇，立刻把杯子放回桌上。康茲投以一瞥後，打開菜單說：

「酒和菜就由我來挑選好嗎？我會讓他們送上最好的東西。」

「請便。」提姆半是自暴自棄地回答。管他是自白劑或安眠藥，到此地步儘管放馬過來吧。織繪還是自行點菜：「我想吃魚。配菜是生菜沙拉。」

較小的葡萄酒杯注入麗絲玲白酒。提姆一口灌下後，

「您說過不接受任何關於《做夢》的疑問或感想……那我如果對您個人有疑問，您會回答嗎？」

提姆先下手爲強地刻意套話。康茲聽了，眉也不挑，「這倒是意外。」他回答。

「對於不是富翁亦非收藏家更非美術專家的我，您居然會有興趣。」

「您是拜勒先生的法定代理人嘛。是在什麼樣的機緣下，讓您有了現在的立場呢？」

能夠贏得那個老怪物的信賴，此人肯定不是普通厲害。康茲還是表情不變，「長年來，我一直擔任那位先生的專屬律師。兢兢業業。」他一語帶過。「如此而已。」

「應該沒那麼簡單吧。能夠長年擔任那位先生的律師，您肯定相當能幹。畢竟，拜勒先生好像被稱爲『怪物』吧。要馴服那個怪物，這可不是普通人做得到的事。」

「噢？這又是怎麼說的……」康茲終於挑動眉毛，浮現淺笑。

「您可眞清楚那位先生的綽號。究竟是什麼人提供的情報……」

「您剛才說自己不是美術專家。但是，既然要擔任拜勒先生的律師，我想多少必須懂一點美術知識。」

織繪掐準時機插嘴。康茲瞄了織繪一眼，說道：

「關於拜勒先生名下資產的美術品價值，我自認還算了解。但是，坦白講，畫的好壞我可不懂。因爲我的委託人喜歡購買的作品，多半超出我的理解範疇。」

「那麼，您喜歡的藝術家是？」織繪不動聲色地問。

「大宅有那麼多的作品，起碼總該有一件是您喜歡的……」

「若就資產價值的觀點，不管怎麼說當然還是畢卡索。」織繪的話還沒講完，康茲立刻回答。

「拜勒先生擁有多件非常珍貴的畢卡索作品。只是，很遺憾，沒有任何一件藍色畢卡索……」

然後，彷彿要觀察兩人的表情變化，康茲目不轉睛地輪番打量兩人的臉孔。提姆從前菜的盤子中忙碌地將燻香腸送進嘴裡。織繪右手持叉，戳著配菜的德國泡菜。康茲以德語叫來服務生，交代了兩三句話。侍酒師立刻過來，向康茲說明葡萄酒瓶的標籤。康茲轉向兩人說：

「這是好年分的萊因高酒區的麗絲玲。味道應該很棒。來，請吧。盡情享用別客氣。至於主菜，我點的是這家餐廳的名菜，蘋果醬汁豬排，所以也準備了搭配的勃艮地紅酒。」

依他所言，提姆大口喝酒。油滋滋的豬排主菜送來了。織繪明明特地說過主菜要吃魚，康茲似乎充耳不聞。眞是夠了，這個人，到底是有多麼我行我素？

織繪滴酒不沾，也沒碰過主菜。提姆對織繪的樣子耿耿於懷。她該不會是中了康茲的毒氣吧。

「說到這裡，」也許是酒意上來了，康茲眼眶泛紅地說。

「關於亨利．盧梭的價值，老實說，我實在無法理解。就算他的作品將來受到肯定，我也不認爲資產價值會上揚。」

提姆猛然停下原本忙碌的雙手。可以感到鄰座的織繪也身體一僵。不知是否故意，康茲的態度越來越好鬥。

「眞是的，我都已經建議他放棄了……拜勒先生還是當場掏錢買下那件作品。畢竟，當時還附有保證書。是近代美術史的世界權威安德魯．奇茲簽名的。」

織繪雪白的喉頭，微微起伏。提姆拿餐巾擦嘴後，就像對方在指責自己的過錯似地，慌忙辯解。

「不，那個……這種誘惑，誰都會遇見。呃，該怎麼講……我是說在受人委託之下，不小心在作品的保證書上簽名這種事。」

「噢？那我倒是得洗耳恭聽。」康茲直視提姆說。

「意思是說，您也有這種經驗？您也曾經在不確定眞僞的作品保證書上簽名作證『這是眞跡』？只因被掮客開出的報酬迷花了眼。」

織繪已完全僵硬了。提姆本想拔刀相助，反而弄巧成拙。他勉強按捺啐一聲的衝動。康茲喝光杯中的金色液體後，對著織繪說：

「要不要再來點葡萄酒，早川小姐？您從剛才就沒碰過杯子呢。今天的午餐好像也是如此……不，慢著，我記得，您從一開始就幾乎滴酒不沾。是不是哪裡不舒服？」

織繪垂下蒼白的臉。「沒有……」她只簡短回答。望著織繪沒動過就被撤下的盤子，康茲又說：

「您不吃肉。油膩的東西完全不碰。在午餐會上，您向來也是如此呢。只吃酸泡菜。……是因爲酒精和油膩的紅肉，對母體有害嗎？」

織繪突然站起來。提姆屏息仰望織繪。她的側臉，已完全失去血色。

織繪以顫抖的聲音說：

「我不太舒服。……恕我先告退了。」

她轉身背對兩人，甩著頭髮，快步離去。提姆本想立刻跳起來追隨她，「等一下！」康茲尖聲阻止他。

「我還有話要跟你說。」

提姆緊咬臼齒，粗暴地重新坐下。

這個該死的鐵面人。我才要撕下你披的外皮呢。

康茲冷哼一聲，直視織繪離去的方向不屑地說：

「我就知道。稍微試探她一下，就那副德性。她八成懷孕了……懷了畸戀對象的孩子。」

提姆忍住現在就想把那傲慢的側臉一把推倒的衝動，壓低聲音反問：

「你有什麼根據講那種話。……你到底是什麼人？」

「如您所知，是那個怪物的法定代理人。不過關於此事，我倒是對內幕知道得不能再清楚了。」

康茲一臉淡漠地回答。

「根據某人提供的情報，我已完全掌握早川織繪的相關資訊。沒什麼，她的確是年輕聰明的研究者。而且貌美如花。只要是男人想必都會對她動心。但是，可惜她選錯了對象。安德魯．奇茲，在美術業界的臺面底下是出了名的偽君子，但她似乎沒看穿這點。奇茲想必交代她一定要贏得這場競爭，但愛情是盲目的，她恐怕還沒發現奇茲究竟與誰勾結吧。」

聽到這番話的瞬間，提姆確信，這個男人，正是把情報洩露給佳士得拍賣公司那個保羅．瑪寧格的罪魁禍首。

「不過，奇茲也眞是大費周章。居然叫懷孕的小情人出馬挑戰這麼危險的競爭……」

見康茲浮現嘲笑，提姆憎恨地對著那嘴臉說：

「叫她來參與競爭的，不是奇茲，而是拜勒先生吧。而且寄邀請卡來的，是你。」

「的確。」康茲當下回嘴。「這場競爭的邀請卡，是用我的名義寄出的。寄給安德魯．奇茲。沒想到，來赴約的卻是那個女人。她說『是受奇茲先生委託而來』。」

提姆當下啞然。

如此說來……這場競爭，原本應該是MoMA的湯姆．布朗，與泰特美術館的安德魯．奇茲一決高下嗎？

「奇茲已經在眞假不明的情況下在保證書上簽名背書，所以他不可能判定那件作品是『贗作』。不過，他是事後才知道的。關於那件作品隱藏的祕密。」

那是盧梭與畢卡索的雙重作品。然而，泰特與蘇富比覬覦的，當然是畢卡索。但是，表面的盧梭若是「眞跡」，是否要刮除，將會引起爭議。正因如此，唯有證明表面的盧梭是「贗品」，才能讓大家無話可說地刮除畫面。那正是奇茲他們的目的。提姆現在總算明白了。

眼看提姆啞口無言，康茲以調侃的眼神望著他。

「奇茲是個狡滑的男人。他早就摸透了拜勒先生的脾氣。看到一個美麗又有異國風情的女研究者突然出現，拜勒先生絕不是會把人家趕走的那種人。毋寧還會覺得有趣。奇茲大概從一開始就預見到這點。」

說到這裡，康茲嘆口氣搖搖頭。

「唉呀，眞是冷血啊！我猜想，那位偉大的策展人一定向她保證，只要她凱旋歸來就跟她結婚吧。這樣的話，她肯定會卯足全力……眞可憐，事後她注定是要被拋棄了。」

鏘！一聲巨響，玻璃杯破了。是提姆抬手一掃，把桌上的酒杯揮到地上。店裡的客人全都朝這邊行注目禮。服務生慌忙跑過來，提姆卻不管不顧，語帶怒氣說：

「你才是狼狽爲奸吧。跟不知哪來的陰險傢伙。」

康茲的嘴巴擠出皺紋，浮現強悍的笑容。

「這個嘛，我可聽不懂你在說什麼。」

二人隔桌互相瞪視了好一會。康茲先轉開臉，舉起一隻手，示意「埋單」。在服務生過來算帳之際，提姆憎惡的視線也沒有離開這個邪惡的律師。付完帳，「一定要贏。」康茲以熊熊燃燒的目光抬眼說。

「你一定要贏。絕對不准輸給那個女人。」

然後，他以君王頒布敕命般的威迫眼神，再次警告。

「剛才我也講過吧。關於此事我對內幕頗有了解。你是什麼人——我早就知道了。你最好別忘記這點，布朗先生。」

☆ ☆ ☆

第六章 樂園

結實累累的柳橙與香蕉，肆意怒放的不知名花朵，幾乎令人窒息的甜蜜香氣。茂密的綠色森林中，這天，雅德薇佳再次迷途誤闖。

「你在哪裡，亨利？」雅德薇佳大聲呼喊畫家的名字。「我根本看不見你，被羊齒的葉片遮住了。」

「我在這裡，雅德薇佳。」從很遠的地方，傳來回音般的聲響。「小心。——妳的腳下有蛇。」腳底忽有柔軟的觸感，雅德薇佳倒吸一口氣。顏色灰暗的蛇，閃爍著光滑晶亮的蛇皮，一溜煙鑽過腳邊。她短促地驚呼一聲，醒了過來。

雅德薇佳正躺臥在褪色的紅天鵝絨長椅上。放眼四周，這裡原來是窮畫家的畫室。雅德薇佳長嘆一口氣。

又做夢了。不知不覺中，竟然睡著了……。

「啊，妳醒了？妳睡得好熟。不過我看妳好像有點喘不過氣。」

正對著畫布動筆的盧梭轉過頭說。把調色盤往旁邊的桌上一放，

「要喝茶嗎？我也累了，休息一下吧。妳等一會，我去打水。」

盧梭說完，走出房間。雅德薇佳起身，走到窗邊，把窗子整個打開。春意尚淺的三月清風輕撫臉頰。

最近，雅德薇佳天天都來盧梭的畫室。是丈夫喬塞夫託她把顏料或麵包、廉價葡萄酒送過來。每次，盧梭都會誇張地一再感謝，然後一迭聲地說，快請進，我給妳看我的新作，泡茶給妳喝，如此邀請雅德薇佳進屋。起初她還有點排斥，但漸漸已不再在意，現在自己走進畫室後，還

會倚著長椅度過不短的時光。

喬塞夫顯然是盧梭最早的崇拜者。去年，她被帶去的那場「夜宴」上，雖也聚集了很多自稱崇拜盧梭的藝術家，但雅德薇佳感到，他們絕大多數並非崇拜盧梭，而是在揶揄他。唯一不同的，只有那個名叫巴布羅・畢卡索的年輕畫家。他好像是真心對盧梭感興趣。雖不知他是否崇拜盧梭，總之那個男人的確深受盧梭的畫作吸引。

說到喬塞夫，比起那些年輕的藝術家，現在他遠遠更加認真支持盧梭。甚至可說是道地的崇拜。乃至於最近，盧梭送給雅德薇佳的那些畫都被他像聖畫一樣供起來，掛滿狹小的房間。一天又一天，喬塞夫總是久久望著那些畫。而且，還一個人嘀嘀咕咕：「這個人的畫，在我們死後也會永遠留傳吧。應該會一代傳一代吧。」「唉，我好想多學點美術。好想知道更多新藝術的事。」云云。弄到最後，他甚至說：「我也想開畫廊。既然這個人的畫沒有受到好評，我想好好捧他讓他得到應有的肯定。」每天望著盧梭奇怪的畫看久了，說不定丈夫的腦袋真的也變得怪怪的。

但是，就連雅德薇佳自己，也很奇怪。每天在這狹小的房間生活在盧梭的各種畫作之間，再加上送東西去給畫家的次數多了，漸漸地，她也開始對盧梭產生興趣。在畫室，她當然不可能與盧梭對坐著喝茶聊天。畫家默默動畫筆，雅德薇佳就坐在彈簧壞掉的長椅上，被更多更大型的畫環繞，只顧著傻傻張望。百看不厭地望著評論家口中「像兒童畫一樣技巧拙劣的」塞納河風景及僵硬的人物肖像，還有綠色幾乎肆意橫流的密林，漸漸地，她忽然意識模糊，似乎陷入熟睡。這種時候，做的總是在密林迷路的夢。夢中的她與盧梭，不斷走進很深、很深的密林深處。

那是充滿奇妙的現實感，比現實更現實的夢。打在臉上的羊齒葉的柔軟，光著腳板碰觸到的濕黏蛇皮，茂密的綠意散發出令人窒息的濃郁空氣，腐爛掉落的果實甜膩的氣息，花朵飄散的花粉帶來的癢意。一切的一切，都在那裡，不在這裡。

如果再繼續描繪下去，會覺得害怕呢。好像會被吸進自己描繪的森林中。所以，不時要這樣打開窗子。這是盧梭自己說過的話。倚著窗邊，雅德薇佳眺望眼下的中庭裡，盧梭拚命壓水井幫浦的模樣。

喝著盧梭泡的茶，雅德薇佳忽然問起：

「喂，你真的去過叢林嗎？在這種森林裡，遇過危險的動物嗎？」

「妳為什麼會這麼問？」盧梭反問。

「什麼為什麼……」雅德薇佳有點困惑。

「能夠這樣畫出叢林，沒有親眼見過應該做不到吧。就像這每一片葉子的閃亮、猛獸的危險感、花朵的氣味、柳橙的酸甜滋味……光是這樣看著，便可用全身感受到。」

說著，雅德薇佳對著畫布上尚未畫完的新的密林，閉眼深吸一口氣。「你看吧，真的可以感受到。」

盧梭凝視她那副模樣的眼眸，像有星星般閃亮。然後畫家說：「那當然。我當然去過。」

為了支援墨西哥的馬西米連諾皇帝，法軍曾經派出援軍。當時我年方二十，正是其中的一員。我也隸屬軍中的樂隊，配合英勇的喇叭，在叢林中演奏小提琴。結果，令人驚訝的是，猴子呀蛇呀，這些不可思議的動物全都過來了。原來，牠們聽到我們的演奏也為之心醉。

其中也有異國風情的女郎喔。她的肌膚是咖啡豆那種褐色，唯有眼睛炯炯發亮。幾乎渾身赤裸，只有腰部圍著椰子樹葉做的遮腰裙。當我戰戰兢兢地打招呼後，女郎朝我嫣然一笑。說到她的牙齒之白，簡直嚇死人。她的體態窈窕，就像野生的豹子一樣修長優美。又漂亮，又性感。不過，或許只是因為我當時還年輕，才會這麼覺得。

覆蓋大地的蔥鬱綠意，其間落下的火紅太陽。世界沉浸在靜寂中，遠處傳來不知名的野獸咆哮。置身在那其中，不知為何，我的眼淚再也收不住。

聽著盧梭的敘述，雅德薇佳不知不覺已與盧梭置身在密林中。不，那與其稱為密林，或許該稱為樂園才對。在那個場所，沒有任何不安、痛苦，也沒有貧窮。只有繁茂的綠葉與亂開的花朵，掠過頭上飛來飛去的五彩小鳥，蝴蝶的翅膀，蜜蜂的拍翅聲。不知從哪傳來又消失的野獸咆哮聲。自繁花綠葉的縫隙間灑落的天光。那裡，正是樂園。

彩色的寂靜中央，盧梭輕輕拉起雅德薇佳的手。日復一日不停洗衣，已像老太婆一樣皺巴巴的手，被他那沾滿顏料的手握住。兩人手拉著手，向前走去。走向芳香的森林，濃密的葉蔭深處。

妳要認真扮演他的繆斯女神喔。然後妳只要永遠活著就行了。

耳膜深處再次響起的，是巴布羅說的話。女神？永遠？什麼意思？然而，終於，雅德薇佳覺得，好像有那麼一點點明白了。

永遠活著。那，究竟是怎麼一回事——。

Ⅰ

☆　☆　☆

巴塞爾第六天。看完第六章，吃完比往常氣氛更凝重的午餐，離開拜勒宅的提姆與織繪，默默無語回到飯店。

他與織繪，只有早上上車時互道了一聲早安，之後一個字也沒交談。織繪的表情一直很緊張。想到昨晚與康茲過招的那件事，她的反應是理所當然。站在提姆的立場，也不知該怎麼跟她開口。是該叫她別放在心上嗎？還是該提醒她，那人是個滿肚子壞水的傢伙？不管說什麼，好像都只是在她的傷口上灑鹽，結果，提姆也只能保持緘默。

自己也一樣被康茲牢牢逮住把柄。如果這場競賽輸了，還不知會以什麼方式遭到報復。康茲高壓的態度，遠比瑪寧格透過電話的威脅更令他毛骨悚然。

但是，如果自己贏了，織繪又會怎樣？「僞君子」奇茲與蘇富比拍賣公司的歐文，會怎麼對待落敗的她？康茲說過，她注定只會被拋棄。不，不可能。不可能只因爲那種事就結束。

浸淫在沉鬱的氣氛中，提姆與織繪各自回到房間。提姆立刻打開落地窗去陽臺。爲了轉換心情，他倚著欄杆，反芻今天看的第六章。

這是到目前爲止最短的一章。內容一直在描述盧梭與雅德薇佳在虛擬樂園迷途的幻想式情景。幾乎可以視爲創作，完全沒有提及史實。

說到一九〇九年，在史實上也是盧梭的人生留下污點的一年。盧梭於一九〇七年年底，不幸捲入昔日友人路易・索瓦傑的銀行詐欺案。企圖利用假支票詐領現金的索瓦傑，委託盧梭送那張支票並代爲收取現金。盧梭遭到逮捕下獄，數日後獲得假釋。一九〇九年年初，本案在法院裁決，盧梭含淚申訴：我是藝術家，怎麼可能詐騙？我並非明知詐騙才幫索瓦傑。結果，被法院判決監禁兩年，暫付緩刑。

認眞、誠實、一直安分守己低調過活本該是亨利・盧梭的生活寫照，卻因這起奇妙的詐騙事件在畫家的人生留下不小的污點。只要幫點小忙就有報酬可拿喔，咱們不是好朋友嗎——遭到索瓦傑如此哄騙的說法，不僅出現在盧梭本人的告白中，周遭的人也如此理解。所以才會被判緩刑，但既然如此就更不該把自己與騙子連坐，憑什麼還要被判有罪？盧梭想必爲此耿耿於懷。

然而，關於這個「污點」，在那個故事中一次也沒提到。彷彿被人細心抹去白色桌布沾染的污漬。其中，可以感到故事作者的意圖。

你，究竟是什麼人？

昨晚對康茲丟出的疑問，提姆也在心裡丟向《做夢》的作者。

現在，只剩下最後的第七章。換言之，距離講評日只剩下一天。可是，提姆仍未找到判別作品眞假的突破口，甚至連那件作品究竟「是什麼東西」，他也依然摸不著頭緒。

仰望積亂雲堆起的天空，他閉上眼。第六章的大寫字母，是I。這是誰的姓名縮寫嗎？究竟，具有什麼意義？

他逐一回想前面幾章最後記載的大寫字母。起先，是S。接著，是P。S—P—O—A—S—I。S—P—O—A—S—I……

突然間，腦中彷彿有電光一閃。提姆急忙飛奔進屋，一把抄起電話旁的便條紙，在六張紙上分別寫出每個大寫字母。然後排在床上。一次又一次，不斷變換排列組合。

P—I—A—S—S—O

「畢卡索……」提姆脫口而出。「難不成，是指畢卡索？」

「I」與「A」之間，少了一個字母。但是，如果明天，第七章的最後寫的是「C」……這個拼圖就完成了。

這是怎麼回事？

意思是說，〈做夢〉的底下藏著藍色畢卡索嗎？抑或，難不成，那個故事的作者就是畢卡索？不管怎樣，都將是大發現。如果那件作品、那個故事，眞的與畢卡索有關的話。

提姆忐忑不安，在房間走來走去，四處打轉。他的頭腦混亂，快要爆炸了。

該如何是好？明日的講評，要怎麼進攻？應該看穿那件作品是用來隱藏畢卡索的贗作嗎？抑或，應該斷言那是底下藏有畢卡索的盧梭眞作？

他停下腳，閉上眼。提姆集中全部神經喚醒記憶，試著回想只看過一次的〈做夢〉。

那是大型畫作。尺寸是——約爲二百公分乘三百公分。對了，第一印象是它與MoMA館藏的

〈夢〉驚人相似。甚至忍不住懷疑，〈夢〉怎會在這裡。

密林，繁花，猛獸，吹笛的黑膚男子。還有，橫躺在紅色天鵝絨長椅上的，栗色長髮的女人。毋庸置疑，與〈夢〉的中心主題「雅德薇佳」顯然是同一個模特兒。

但是，細節不同。對，那和如今收藏在巴塞爾與莫斯科這兩間美術館的〈詩人和他的繆斯〉一樣。那個，是因爲盧梭本想畫詩人之花康乃馨，卻誤畫成桂竹香，於是盧梭老老實實又重畫了一幅。同樣的主題，同樣的構圖，同樣的色彩。但是，明顯是當作不同的作品來完成這兩幅畫。

也就是說，盧梭，在創作〈夢〉的前後，基於某種理由，畫出似是而非的作品〈做夢〉嗎？

那一瞬間，突如其來地，提姆想起國際刑警組織的茱麗葉・露露說的話。

畢卡索的友人兼作品目錄編纂者克里斯欽・澤沃斯一直在追查，卻始終下落不明的藍色畢卡索。

畢卡索自己親口證實的尺寸，是「大約二公尺乘三公尺」。茱麗葉說過，那與〈做夢〉的尺寸「二〇四公分乘二九八公分」幾乎一致。

那個尺寸——豈不是與〈夢〉完全一致嗎？

換言之，說不定，下落不明的藍色畢卡索，不是藏在〈做夢〉，而是在〈夢〉的底下……？

「怎會這樣？」提姆再次出聲說。「天啊，要是能夠立刻做X光檢查……」

提姆的喃喃自語令自己一驚，他從放在衣櫃裡的旅行袋取出通訊錄。急忙翻頁。D……D……戴渥華。他找出MoMA的修復師阿斯楚德・戴渥華的連絡方式。看看手錶後，立刻抓起電話。向總機說：「國際電話，打到紐約。」沙——流水般的聲音自話筒深處傳來。

拜託你現在一定要在辦公室，阿斯楚德。

「喂？」耳熟的聲音聽來遙遠。「這是國際電話？你在哪裡啊，提姆？你的老家，在美國國外嗎？」

他果然在。提姆呼地鬆了一口氣。「嗨，阿斯楚德。你聽起來過得很好。」他盡可能像平時那樣說話。

「我現在，帶我爸媽來墨西哥玩。因爲他們說想吃道地的墨西哥捲餅，所以就臨時跑來了。」

「喲，這可眞是大手筆的孝行啊。」阿斯楚德愉快地說。「對了，你找我幹嘛？有東西放在辦公桌忘了拿？」

「不，不是的。只是有件事實在不放心。」提姆無法說太久，於是匆匆說道。

「休假前，我們不是替盧梭的〈夢〉攝影嗎？我是想起當時你說的話……我記得你說：『雅德薇佳』的左手色調好像不一樣還是怎樣的……換言之，那有可能是重畫過或是修復過，經過某種添改，對吧？」

「打國際電話問這個還眞是天外飛來一筆。不愧是盧梭的研究者，一旦在意就再也按捺不住了是吧？」阿斯楚德笑著回答。

「對呀，意思是說那有可能經過修改。可是，除非做X光檢查，否則無法斷定。」

「那你能幫我做嗎？我是說做X光檢查。」提姆間不容髮地說。

「其實，那個……我已連絡湯姆，取得他的同意了。爲了某項重要調查，現在趕時間。我想在十二小時之內知道結果。」

「你在開什麼玩笑，提姆？」阿斯楚德拔尖嗓門說。

「那種事，怎麼可能做得到？那件作品是洛克菲勒家族捐贈的特別館藏，若要做X光檢查一定要徵得理事長與館長的同意。這不是你自己說過的嗎？我從明天開始休假，現在已經忙得頭暈眼花了。拜託你別打國際電話跟我開玩笑了。」

被這麼臭罵一頓後，提姆已清楚得不能再清楚自己的請求有多麼莽撞了。可是，他只能想到這個辦法。若要確定MoMA的〈夢〉，究竟是不是盧梭與畢卡索的雙重作品的話。

「我知道了啦，阿斯楚德。你先冷靜一下。啊呀，墨西哥熱死了。人都不正常了。……好啦好啦。是我錯了，打擾你工作。那就不說了，你好好享受假期。祝你旅途愉快。」

放下電話，提姆重重跌坐在床上。名副其實，抱頭苦惱。

有一瞬間，他曾感到，自己已找到判別〈做夢〉眞假的突破口。但到頭來，依然一無所知……。

咚咚，規矩的敲門聲響起。提姆愣了一下，抬起頭。他走近房門，悄悄把眼睛貼上貓眼。站在走廊上的，是織繪。

提姆開鎖，立刻開門。織繪一看到提姆的臉，露出羞澀的微笑。

「如果，你方便的話……要不要去外面走走？」

提姆與織繪，並肩走在萊因河畔的小徑。

漸漸西斜的陽光，把兩人的影子在白色小徑上拉長。堆砌到腰的舊磚瓦彼方，是徐緩的河堤，楚楚可憐的洋甘菊迎風搖曳。萊因河豐沛地滔滔流過，反射著夕陽像會呼吸似地粼粼生光。

「明天就要道別了呢。跟這片風景也是。」

放眼眺望河水，織繪呢喃。道別，這個字眼，令提姆感到心頭深處一陣刺痛。

「巴塞爾我來過很多次，但這次，對我而言簡直是『樂園』。每天，可以閱讀宛如以盧梭爲主角寫成冒險故事的資料，片刻不敢或忘地思考盧梭與當時的藝術家們，用心去體會。……這幾天，這個場所，簡直就像是『美術樂園』。」

提姆也有同感。雖然最近發生的每件事都令人提心吊膽或胸悶胃疼，簡直像在坐雲霄飛車，但閱讀那件資料時，以及，這樣與織繪單獨說話時，便可沉浸在置身樂園的豐沛感受中。

「妳在巴黎，想來不是隨時都能再來嗎？……至於我，明年的藝術節之前，恐怕不可能再來了。」

提姆抱著激勵織繪的心態說。但，其實他知道，自己大概再也不會來這裡了。而且，也再無相見之日——與織繪。

「是啊，隨時都可以再來。不過，下次來時，我想，我應該已經不是現在的我了。」

織繪這麼接話後，驀然流露落寞的眼神。兩人不約而同駐足，倚著堆砌的紅磚，好一陣子就這麼默默眺望河面。

「我要當媽媽了。」

織繪唐突開口。提姆很意外，不禁看她的側臉。也許是因爲夕陽照射，織繪的側臉染成玫瑰色，看似不可思議地滿足。

「昨天，被艾力克・康茲那麼惡意地一說，我忍不住一時氣憤……換做平時，男士們的嘲諷與惡意作對，我本來都是一笑置之的。康茲先生或許自以爲是在開玩笑。但是，即便是巧合，我也覺得他侮辱了我體內的新生命。」

織繪轉身面對提姆，說：

「害得你也跟著不愉快。對不起。」

然後，她微微低頭行禮。那客氣又誠懇的舉動，令提姆感到渾身上下都發麻。

「妳用不著道歉。」提姆微笑說。

「那傢伙的確很失禮。妳當場走人是對的。而且，現在妳特地約我出來向我坦白，我覺得妳很光明磊落。」

妳是超一流的研究者，是出色的女性。提姆打從心底很想這麼說。但，羞赧先湧上心頭，令他不敢開口。織繪說聲謝謝，露出笑臉。

對，很出色。那個笑臉，很美。

提姆早有自覺，每次看到織繪的笑臉，心口都會有種甜甜的疼痛。但是，他不想承認那是愛意。如果承認，就等於輸了。

「等我回到巴黎，就要結婚了。我們已經這麼約好，我才過來的。」

織繪臉泛紅潮說。那是戀愛中的女人才有的表情。頓時，提姆的心臟一陣刺痛。不只是疼痛，是劇痛。提姆勉強忍住，問道：

「……他，高興嗎？對於寶寶的來臨。」

織繪搖頭。

「我還沒說。無論是對他，或在日本的母親。……你是第一個知道的人。」

說著，她羞澀地笑了。提姆默默凝視織繪。

她的笑容嬌美如花。是這六天以來，最美麗的笑容。

織繪筆直凝視提姆的雙眼說。

「我很尊敬你，布朗先生。你是了不起的研究者。明年的盧梭展，我相信你一定也會辦得很成功，提升盧梭的評價。不過……」

出現片刻沉默。在那幾秒之間，提姆不知有多後悔。他想以提姆．布朗，而非湯姆．布朗的身分，與織繪面對面。

織繪抬起耀眼的雙眸，繼續說道：

「我，不會輸的。……我不能輸。」

提姆凝視織繪如同萊因河面般蕩漾的雙眸。然後，他微笑。

「我也不會輸。」

無論是誰贏，誰輸，讓我們無怨無悔地公平競爭吧。

凝視著織繪坦然率直的眼睛，提姆終於如此下定決心。

不管有怎樣的命運在前方等著——我們，已經不能回頭。

回到房間一開門，一張對折的紙條，翩然落到地毯上。

好像是被人塞進門縫裡的。提姆迅速撿起紙條，打開一看。

九點於米特雷橋等你　J

——是茱麗葉。提姆如此直覺，一看手錶。已是八點五十分。

結果，他與織繪一路散步到巴塞爾市立美術館，再次盡情欣賞盧梭的作品，簡單吃了點東西，然後就回來了。上次一起去動物園時的感覺重現，彼此，都覺得可以神清氣爽地迎接明日的講評。

提姆本來以爲，只有徹底扮演湯姆·布朗到最後，發表完美的講評才能回報。回報雖是出於誤會但畢竟把他叫來的拜勒，回報果敢挑戰自己命運的織繪，以及亨利·盧梭其人。雖然直到最後都是在暗中摸索眞假的判定，但明天要讀的《做夢》最後一章想必藏著所有的祕密。一切看明天——就交給明天吧。

茱麗葉的留言，彷彿算準了他心裡重拾爽快亢奮的時機。提姆感到被當頭潑了一盆冷水。但，他不能不去赴約。

他一邊留意周遭是否有康茲的密探跟蹤，一邊快步走向就在飯店附近的米特雷橋。一頭大波浪長髮的茱麗葉，佇立在橋中央。看到提姆跑過來，茱麗葉倏然轉身背對他，默默邁步走出。等到提姆與她並肩齊步，「我們做個交易吧。」她小聲快速說道。

「爲了拯救那件作品。」

「妳所謂的拯救，是什麼意思？」提姆也低聲回覆。茱麗葉立刻答道：

「我不是講過了嗎？如果你輸了，讓早川織繪取得作品處理權，她那邊可是有奇茲與歐文喔。他們覬覦的不是盧梭。是底下的畢卡索。他們肯定會除去表面的盧梭作品。所以要拯救作品，免於那種下場。」

「可是，」提姆反駁，「那件作品底下說不定並未藏著畢卡索。澤沃斯找的藍色畢卡索，也許藏在別的作品底下。」

過了橋的紅綠燈前，茱麗葉驀然止步。她把憤怒的臉轉向提姆，「你這是什麼意思？」她反問。

提姆在一瞬間詞窮。

說不定其實是MoMA的〈夢〉底下藏著藍色畢卡索云云，就算這只是假設，說出來也太危險。屆時，將會面臨的是〈夢〉的眞假問題。〈夢〉是MoMA的大贊助者洛克菲勒家族捐贈的作品，也是亨利．盧梭的代表作，更是明年舉辦盧梭展的壓軸作品，事到如今不可能放上判定眞僞的骯髒舞臺。

「總之我就是想救那件作品。」茱麗葉不等提姆回答就接著說。

「你既然也是盧梭研究者，應該不會眼睜睜看著這個世上少掉一件盧梭的眞跡吧。」

「話是這麼說沒錯啦……」提姆吞吞吐吐回答。

「假使，那件作品眞的落到泰特那邊……我也不相信他們會除去盧梭的作品復原畢卡索的作品。早川織繪也是盧梭研究者。她不可能容許那種事……」

「你醒醒吧。」茱麗葉幾乎是壓低嗓門用吼的。

「她是奇茲的情婦。在她身爲研究者之前，首先是個女人。你連這種事都不懂嗎？」

提姆也火大了，直接頂回去。

「不管怎樣她首先是研究者。她對盧梭遲遲得不到肯定感到不公，也比任何人都努力提升盧梭的評價。甚至比我更努力。」

兩人一步不讓互相瞪視。最後，茱麗葉嘆息著說：

「我們回到一開始的話題吧。我提議，我們做個交易。」

「爲了拯救盧梭是吧。」提姆自暴自棄地附和。

按照茱麗葉提出的交易，首先，提姆贏得講評，獲得處理作品的權利。繼而，不把作品交給MoMA或拍賣公司，而是交給國際刑警組織。等到作品調查完畢，茱麗葉會負責與原來的作品持有人交涉，把作品捐給「它該去的地方」。

只要提姆願意協助這一連串作業，茱麗葉會確保他的立場，讓他不會被趕出美術業界，還可以繼續研究盧梭。

茱麗葉的提議，實在再明智不過了。比起那四個覬覦那件作品的惡棍——瑪寧格、康茲、奇茲、歐文——的企圖，遠遠更能夠讓人心服口服。

不過這當然也要看她所謂的「那件作品該去的地方」，和「確保你的立場」這個部分究竟是怎麼回事。

「妳說的地方，是哪裡？」

提姆這麼一問，茱麗葉當下回答：

「畢卡索美術館呀。」

這個答案，令提姆倒抽一口氣。這是意外的答案。

畢卡索美術館——一九七三年畢卡索過世後，家屬用物件扣抵遺產繼承稅，也就是用畢卡索的作品抵稅，於是政府以那批作品當作收藏主力，準備在法國開設一所新的國立美術館。預定兩年後的一九八五年正式開館，是舉世注目的大計畫。

如果〈做夢〉，是盧梭與畢卡索的雙重作品——或許的確沒有更適合的收藏地點了。至少，應該比拍賣會場的桌上好多了。

「而你，可以成爲那間美術館的研究員。……提姆。」

被這麼一喊，他赫然一驚。提姆抬頭，看著茱麗葉。茱麗葉端著一張如今已雨過天晴的臉孔，也盯著提姆。

「……妳早就知道了啊。」

提姆苦笑說。茱麗葉也笑了。

「沒有什麼事是我不知道的。我好歹也是國際刑警組織的成員。」

茱麗葉對作品的率眞熱情，打動了提姆的心。這個人，是眞心替〈做夢〉的將來著想。她是眞的顧念盧梭。她一心祈求作品能得到保護，從一個時代到一個時代，永遠流傳下去。提姆可以感到，其中，除了身為國際刑警組織一員的專業意識，更有近似茱麗葉自身信念的強烈情感在左右。

「妳究竟是什麼人？」

他忍不住追問。茱麗葉明亮得不可思議的眼睛轉向提姆。大波浪的栗色長髮在夜風中飄揚。提姆凝神注視夜色中的剪影。

是誰呢？她果然很像某人。上次在機場初次相遇時，雖只是瞬間的視線交會，卻閃過一個念頭：我認識她。

很像。很像我熟悉的某人。某個令人懷念的人物——。

只差一點點就能想起來了。那一瞬間，茱麗葉低語：

「如果你能保證在講評結束前不向任何人透露——那我不介意告訴你，我眞正的身分。」

驀然間，隔著茱麗葉的肩，一輛停下等紅燈的計程車映入眼簾。提姆一邊聽茱麗葉說話，一邊看著計程車後座。漫不經心，純屬偶然地。但，不用三秒鐘，他就意識到坐在計程車後座的人物是誰。

提姆瞪大雙眼。茱麗葉坦承「其實我是——」的聲音，聽來很遙遠。

紅燈轉為綠燈。朝市區絕塵而去的計程車上坐的，是湯姆．布朗。

第九章 天國的鑰匙

一九八三年 巴塞爾／一九一〇年 巴黎

第七天的早晨來臨了。

穿上飯店洗衣房送來、上過漿的藍襯衫，打好領帶，套上亞麻西裝。打點好穿著後，提姆拿起放在床頭櫃的兩本專業書籍。

那是亨利．塞爾提尼寫的盧梭傳，以及杜拉．瓦利耶編纂的盧梭作品目錄。兩位作者，都是釐清謎樣畫家盧梭的眞實面貌，促使社會重新評價盧梭的世界級研究者。

接下來要進行的講評，就算不是自己與早川織繪的對決，而是變成塞爾提尼與瓦利耶的對決也不足爲奇。不，毋寧那本該是理所當然。

可是，那個怪物康拉特．拜勒希望的，不是他們這些研究者，而是美術館策展人員互相一較高下。

前天，法定代理人艾力克．康茲已經挑明。拜勒本來想讓MoMA的研究部部長湯姆．布朗，與泰特美術館的研究部部長安德魯．奇茲對決。結果，來赴約的，不是湯姆而是自己，不是奇茲而是早川織繪。

自己的身分似乎已被康茲發現，但拜勒尚未察覺。如果被發現了，這場競爭還沒開始就要結束了。只剩幾小時，不管怎樣都得徹底扮演湯姆．布朗。並且，賭上MoMA的威信，非贏得這場講評不可。

突然間，苦澀的笑意湧上心頭。

眞是荒謬的鬧劇。我到底是爲了什麼，做這麼愚蠢的事。

提姆很想相信不會有那種事。但是，五分鐘後，當他前往大廳，鑽進一如往常來接人的車子時——後座的織繪身旁，說不定已端坐著頂頭上司湯姆．布朗。如今他已經不敢說那種事絕對不可能發生了。

昨夜，他與國際刑警組織的茱麗葉．露露，站在米特雷橋附近的紅綠燈說話時，偶然驚鴻一瞥。開往市區的計程車後座，坐的分明是湯姆．布朗。

湯姆爲何會在這個節骨眼來到巴塞爾，無從得知。應該正在夏威夷的歐胡島度假的老闆，也和自己一樣，後天就要收假了。在盛夏時節來到沒有藝術節也沒有大型展覽開幕的巴塞爾，實在沒理由。說不定，昨晚他也住在這家飯店。現在，說不定就在電梯間等著自己。而且，說不定還會用那張「師奶殺手」的爽朗笑臉，如此發話：

嗨，提姆，這幾天辛苦你了。按照本來的預定計畫，由我來講評吧。你可以回去了。——不是回紐約，是回你的故鄉西雅圖。

苦澀的笑意，自提姆的臉上消失。

彷彿已經認命，他把手上的書放進旅行袋。袋子裡，早已塞滿衣物及盥洗用具。從拜勒宅回來，就立刻退房，坐上飛往紐約的班機。並且，永遠，不再回到此地。

他將要永遠告別。與巴塞爾——也與織繪。

下定決心後，他走出房間。鋪著紅地毯的走廊，金色的電梯，房客悠然穿梭的大廳。一路都沒遇到熟面孔。正面玄關，正有拜勒家的車子等候。向來總是先上車等他的織繪，今天站在車前等候。看見提姆後，她那原本略顯緊張的臉上，頓時綻放笑容。

「早安。」

她的聲音很爽朗。提姆也露出笑容，「早安。」他回道。那一瞬間，他不得不感謝上帝，能夠讓織繪在這裡。

「那麼，我們走吧……去見盧梭。」

織繪嫣然一笑，「好。」她回答。

「走吧。去見我們的『朋友』。」

車子準時抵達大宅。管家蕭納箴板著臉，卻彬彬有禮地打開後座車門相迎。「謝謝。」提姆道謝。想到今日之後也要與這張嚴肅的臉孔道別，他已經開始心生懷念了。

「待會兒，我的客人會來。到時，請把人帶去講評室的隔壁，讓對方在那裡等一會。」

提姆一邊走向玄關門廳，一邊小聲交代蕭納箴。這唐突的請託，令向來平板的撲克臉也愣了一下。但，管家立刻恢復平日的嚴肅臉孔，俐落回答：

「這樣嗎？不知要來的是哪位？」

提姆微笑。

「是你很熟悉的人。」

書房隔壁的小客廳裡，康茲正在等候兩人。他以一如往常的漠然表情，邀請織繪：「那就這邊請，早川小姐。」織繪走出房間的瞬間，倏然轉頭回顧。我去了——她的心聲，在提姆的心頭響起。

接下來的九十分鐘，是提姆的人生中，最漫長的九十分鐘。

提姆挨著單人沙發的邊上淺淺坐下，雙手放在膝上，努力保持無我無心。但越是想這樣做，這六天來的回憶便越發在腦海閃現。想起的，全是織繪。

她在動物園說起的亡父往事。在美術館面對盧梭畫作的眞摯態度。發表自己的論點時，略顯自大的表情。

我要當媽媽了。當她如此吐露時，閃耀幸福光輝的笑臉。

提姆感到，滿滿的情懷幾乎自心頭源源溢出。他早已察覺，自己拚命試圖力挽狂瀾。莫可奈何。無能爲力。——但是——

唯有這件事，已是清楚明白。

我，愛上她了。

喀擦，門把響起轉動的聲音，提姆抬頭。漠無表情的康茲出現了。織繪跟著進屋。織繪本來低著頭，察覺提姆起身，遂轉頭面對他。看到她的眼睛。提姆倒抽一口氣。

織繪的眼睛，哭得又紅又腫。水汪汪的眼眸，凝視提姆似乎有話想說。提姆不禁被吸引，朝她走近。康茲卻像要插入兩人之間，冷漠地撂話。

「好了，我們走吧，布朗先生。此處嚴禁私下交談喔。」

提姆不發一語，只是看著織繪。織繪忍住淚水的側臉，在客廳門的彼端消失。

「這場比賽，果然是你贏定了。」

一走到走廊上，康茲便低語。

「她太過感情用事。在那種狀態下不可能好好講評。這下子勝負已經分明。……不過這早在我的預料之中。」

提姆緊咬臼齒。究竟，什麼時候才能朝這傢伙的側臉狠揍一拳。

「那麼，祝你越戰越勇。……旅途愉快。」

康茲說出與第一天同樣的話，就此離去。走進書房的提姆，視線落在桃花心木桌上攤開的《做夢．第七章》那一頁。

盧梭。你，究竟，會變成怎樣？

果然，你還是在無人認同的情況下，就此結束一生嗎？

你的愛意，終究是一場空嗎？

一如我的滿腔愛意——。

☆　☆　☆

第七章　天國的鑰匙

微明的燈火，映照出多張臉孔。

黑瞳木然凝視、漠無表情的女人臉孔。冷淡的男人臉孔。表情詭異僵硬的嬰兒臉孔。褐色肌膚上纏繞大蛇，目光如炬注視這邊的異國少女臉孔。

亨利．盧梭畫出的這些臉孔，也像是聖像畫中的聖人們，在沉默中，覆蓋了公寓老舊骯髒的整面牆壁。

燈火炙烤下，還有兩張臉孔——憂鬱的臉孔是雅德薇佳，焦灼的臉孔是她的丈夫喬塞夫。

「那個人的情況到底怎麼樣？真有那麼糟嗎？」

喬塞夫把身子探出桌面問。「不知道。」雅德薇佳嘆息著撂下話。

「他說為了每次參展的什麼『獨立沙龍展』，現在得趕緊開始準備了，天天急得要命……看他拖著步子，連走路都有困難。我問他怎麼了，他也只是滿口說他不要緊……」

這個冬天，盧梭的樣子明顯改變。瘦了一大圈，臉頰凹陷，眼也窪下去，不知怎麼搞的還拖著腳走路。不管怎麼看都像是身體出了問題，但他卻不肯放下畫筆，只是一心一意對著畫布。彷佛被什麼惡靈附身，看起來很不尋常。

雅德薇佳不放心，開始天天去畫室報到。看樣子，盧梭似乎也沒好好吃飯，只顧著作畫。她刻意打趣他：你怎麼了，該不會是被死神附身吧？你這樣早晚會連畫筆也握不住喔，云云。其實，她很害怕。畫家鬼氣逼人的模樣，真的令她感到死神的氣息。

「妳幫我送些有營養的東西給他好嗎？」

喬塞夫以關懷病榻老父的孝子口吻說。

「雞肉也好，雞蛋也好，什麼都行……光拿麵包與葡萄酒去，他遲早會病倒的。」

「就算想這麼做，」雅德薇佳再次嘆氣，「我們家，也沒有多餘的錢了。」

如果真要幫我，就拿顏料和畫布給我好嗎？

濃得快要滴出來的綠色顏料。特大號的畫布。除此之外，什麼也不需要。

盧梭如此拜託喬塞夫與雅德薇佳。喬塞夫在畫材行發瘋似地搜購多種綠色顏料，又買了大大小小的畫布，讓雅德薇佳送去。在那之前，其實也在那家畫材行買了大量的顏料及畫布送到盧梭的畫室。後來現金用完，只好在畫材行賒帳購買。欠畫材行的錢，對夫妻倆而言已累積到可怕的金額。

「該死！」喬塞夫怒吼一聲，握拳敲桌。

「在那人最困難的時候，我竟然幫不上忙……啊啊，要是我有更多錢就好了。要是我是有名的畫商就好了。」

如此前衛、充滿神祕力量，蘊藏新藝術的氣息，令人驚豔的作品，本來應該可以得到舉世認可的。

喬塞夫就這樣低下頭。油燈的光芒，不意間照亮了從他的臉頰滑落的一絲水光。

「你這是為什麼啊，喬塞夫？」

雅德薇佳感到自己心頭也湧現一股熱流，開口問道。

「為什麼會這麼想不開，對那個人──那個人的畫，就是想做點什麼？」

喬塞夫默默搖頭。就這樣，雙手蒙臉，發出嗚咽。雅德薇佳伸出手，輕撫喬塞夫柔軟的頭髮。同時她發現自己的臉頰也濕了。

蒙馬特山丘，面向小廣場的破舊大雜院。雅德薇佳仰望搖搖欲墜的木造房屋牆壁。

找到了，就是這裡。「洗衣船」。

上次，她曾與盧梭一同來這裡，參加巴布羅·畢卡索舉辦的「夜宴」。氣喘如牛走上坡道的雅德薇佳，上氣不接下氣地敲響畢卡索的畫室房門。

「進來。」

明明應該不知來者是誰，卻只聞一個快活應答的聲音如是說。雅德薇佳輕輕推開老朽的房門。

堆滿素描簿與畫架還有可怕的面具，幾乎無處落腳的混雜室內最深處，有一個矮胖的身體正對著大型畫布。雅德薇佳在他背後站定後，他終於轉過身來。然後，「啊，是妳啊。」他發出中氣十足的聲音。

「真是稀客。有什麼事嗎？妳該不會是來賣盧梭的畫吧？」

雅德薇佳很想回敬幾句。但，尚不及發話，已先被畫到一半的畫作奪去目光。

畫布上，描繪了奇妙的人物肖像。分裂成四方形塊狀的男人——從那禿頭、山羊鬍、碩大的體型，勉強看得出是男人。但是，與其說是男人，更像是雕鑿岩石，尚未完成的雕刻品，有種不可思議的立體感與深度。彷彿只要伸手，便會有粗礪的觸感。

「……真是不可思議的畫。」

無意識中，話語脫口而出。畢卡索隨口回答：「噢。這是我認識的畫商的肖像畫。」

「這個，也是所謂的前衛？」

畢卡索聽了，不禁笑了。

「的確也有人這麼稱呼。……不過，我認為，盧梭畫的才配稱為『前衛』。」

「真的？」雅德薇佳的臉上，放出光芒。

其實，前衛這個名詞，究竟是褒是貶，她不懂。但是，這個男人，巴布羅．畢卡索既然這麼說，好像就能不可思議地欣然接受。

「那傢伙，出了什麼事嗎？」

畢卡索把手上的調色盤往邊桌一放，開口問道。

「妳會專程來找我，應該有什麼原因吧？」

男人先替她找了容易開口的臺階。雅德薇佳感到，在此人面前果然什麼都能說。

「最近，他一直很奇怪。我懷疑他病了，但他不肯告訴我……他只是一直說，不管怎樣，他需要顏料，需要大型畫布。他說，否則，無法完成參加這次『獨立沙龍展』的最高傑作。」

畢卡索當胸交抱雙臂，凝視雅德薇佳。雅德薇佳感到自己逃不過那雙彷彿看穿一切的深邃眼眸，說道：

「到目前為止，我們已經給他送了很多顏料和食物了。可是，我已經一無所有。再也沒有任何東西可以給他……」

說完之後，她突然低頭。心裡好難過，恨不得就此消失。必須宣告自己再也無法支持盧梭，令她很痛苦。

「不見得吧。」

畢卡索的聲音，令雅德薇佳抬起頭。與剛才一樣，畢卡索深邃的眼眸盯著她，一邊繼續說道：

「不是還有妳嗎？只要獻上妳自己就行了。那，應該是他最期盼的吧。」

這意外的言論，令雅德薇佳連耳朵都紅了。「你說話太過分了。」她以顫抖的聲音駁斥。

「我可不是妓女。那種事，我做不到。」

「傻瓜。」畢卡索笑了。

「我的意思，是叫妳當他的模特兒。不曉得妳知不知道，盧梭一定要看著模特兒才畫得出人物肖像。如果妳肯當模特兒，他肯定能夠畫出最高傑作。況且——」

畢卡索直視雅德薇佳的眼睛，明確地說：

「那才是『永遠活著』。」

心中的泉水，彷彿被人撲通一聲丟了一塊言語的小石子。

永遠活著。

這是畢卡索對她講過好幾次的話。

成為那個人的繆斯女神，永遠活著就夠了——。

雅德薇佳追逐畢卡索的話，靜靜潛入泉水底下。在那汪清澈的泉水底下，她終於找到那句話的意義。用雙手牢牢捧起後，她急忙浮上水面。

從泉底回來的雅德薇佳，臉上閃耀著找到真實的人才有的光芒。

冬日的畫室，沒有陽光的日子，盧梭整天躺在彈簧壞掉的長椅上，就這麼昏昏沉沉度過一天。

渴望作畫的衝動，前所未有地，流竄全身上下。他恨不得立刻爬起來，拿著調色盤，握緊畫筆。意識早已與畫布對峙。但是，身體就是不聽話。

盧梭的意識，不知不覺，鑽出自己的肉體這個殼子，徘徊於畫室中，撥開畫布上畫到一半的密林深處走進去。走進深處，更深處。越走進深處，想必越有從未見過的瑰奇風景。想必正有從未體驗過的世界在等他——。

熟透墜落的果實甜蜜的氣息。遠處響起的野獸咆哮。掠過鼻尖翩翩飛去的五彩蝶翼。冰冷柔軟的東西，冷冷滑過腳底。頓時，彷彿被燒紅的鐵板戳上小腿的劇痛竄過。盧梭啊地大叫一聲，倒在草叢中。

孵蛋的母蛇，昂起頭睥視盧梭。盧梭反手撐地，慢慢地，慢慢地後退。

慢著。別殺我。我是無害的人。

我絕不是要侵犯你們棲息的這片森林。

我——我只是，身不由己地被吸引而來。被棲息在此地的魔物。被藝術，這個毫不容情的魔物所吸引。

啊啊，為什麼？即便事已至此，我竟然還是無法承諾從此再也不來這座密林。

因為，唯有這個場所，才是我的天堂——。

「亨利，快起來，亨利。有客人來了。」

被人一再搖晃肩膀，盧梭終於醒來。眼前，站著雅德薇佳。和「客人」一起。

「才一陣子沒見，你就瘦了這麼多。」

如此發話的，是畢卡索。「啊啊，巴布羅……」盧梭說著，本想起身，卻嗚地發出一聲呻吟，又倒回長椅。

「看這樣子很嚴重啊……你該不會是受傷了吧？」

畢卡索跪下，看著盧梭的左腿說。盧梭的小腿包著繃帶，從那裡散發出一股酸臭味。繃帶表面，已被滲出的膿液染黃。

「沒什麼，這是……被蛇，咬了……」盧梭斷斷續續說。

「蛇？」畢卡索瞪大眼睛，仰望站在一旁的雅德薇佳。雅德薇佳微微搖頭。

「亨利。下次的獨立沙龍展，你有何打算？」

畢卡索依舊跪著，開口問道。盧梭驀然閉眼，把臉背過去。

「……不行。我已經不能畫了。」

「為什麼？」雅德薇佳當下質問。

「從那個展覽開辦以來，你不是每年都持續參展嗎？為什麼要說那種喪氣話？」

盧梭依舊背著臉，虛弱地回答：

「就算我想畫……不管再怎麼想畫，我已經……沒有顏料，也沒有畫布。束手無策了……」

「你振作一點，亨利。別把臉轉開，好好看著我。」

畢卡索用略帶憤怒的聲音說。

「若要畫布，這裡有。」

盧梭緩緩抬頭。

巴布羅在盧梭的眼前舉起一件大型畫布。上面，宛如在水底蕩漾，在清澄的藍色中浮現一對母子的肖像。

盧梭瞪圓了眼。

「這是……這不是畫布，是某人的作品吧。」

他語帶顫抖說，畢卡索挑起嘴角得意一笑。

「對。是某個窮畫家的作品。你就畫在這上面就行了。這張畫布，雖然有點舊，但還能用。」

「那怎麼行？」盧梭擠出聲音。

「那種事，我做不到。不管是多窮的畫家，對那人來說，肯定也是拚命畫出來的。哪怕得不到任何人的認同，那還是那位畫家的作品。是那人的命根子。叫我去褻瀆，我做不到……」

「你醒醒吧，亨利！」

畢卡索怒吼。盧梭與雅德薇佳，同時嚇得肩膀一抖。

「你就是這樣，才會遲遲得不到認可。聽好，亨利。我們這個時代的藝術，可沒有那麼溫吞。別人的畫，就是用來一腳踢開的。什麼既成的價值觀，全都去吃屎。」

聽著。如果，你現在想畫的畫，是你這輩子最想畫的——就在這張畫布描繪的顏色蒼白看似窩囊的母子肖像上，把你想畫的統統畫上去。

在整片憂傷色彩、潦倒人生的畫面上，描繪五彩繽紛的樂園，傾注你所有的熱情吧。

如果，你打算自稱為我們這個時代的藝術家。聽著，你至少要做到這件事之後再死。

一口氣說完後，畢卡索瞪著盧梭目不轉睛。用那熊熊燃燒的眼睛。

盧梭的喉頭，咕嚕冒出一聲。他的肩膀、手臂、雙腿，全都在顫抖。漲滿全身的熱情，已無力遏止。盧梭連腿也不管了，擠出渾身力氣站起來。

「熱情……傾注我的所有熱情。」

盧梭像囈語般呢喃。雅德薇佳眼也不眨，一心凝視宛如精靈附體的畫家。

週日來臨。前一晚下的雪，將公寓的中庭染上一層厚厚的雪白。

換做以往，這是她將成堆髒衣物放在籃子裡，去洗衣場的時間。雅德薇佳穿著不合時宜的小碎花棉質洋裝，離開公寓。穿上當日與盧梭一同參加「夜宴」時的那件洋裝，雅德薇佳，在這天，決心「永遠活著」。

「我想做那個人的模特兒。那段期間，將會無法工作，可以嗎？」

對著喬塞夫正要出門工作的背影，雅德薇佳說。喬塞夫轉過身來，「是嗎？」他略顯安心似地說。

「妳當模特兒，若能讓他找回作畫欲望，豈不是太好了！那一定會是最高傑作。」

喬塞夫在妻子的臉頰印下一吻，滿臉喜色地走了。

雅德薇佳的內心，激昂地發疼。體內最深處，正熊熊燃起足以融化冰雪的烈燄。

永遠活著。

畢卡索說過的那句話，在鼓膜深處回響。那彷彿肉眼可見的一句話，是如詩如畫的說詞。

從今天起，我將永遠活著。

縱使盧梭死去，我也死去，畫中的我——將永遠活著。

一階又一階，她踩著盧梭那棟破公寓的樓梯，拾級而上。雅德薇佳漸漸覺得自己彷彿正走在通往天堂的階梯，不禁有點輕微的暈眩。那是近似陶醉，不可思議的甜美感覺。

敲敲畫室的門，立刻傳來一聲：「請進。」她的心跳加快，悄悄推開門。看到門內出現一張雪白的大型畫布，雅德薇佳失聲驚呼：

「這不是全新的畫布嗎！……是哪來的？」

盧梭才剛下定決心，要把畢卡索送來的「藍色母子像」塗掉，在上面描繪新作。與那幅畫幾乎同樣大小的嶄新畫布，如今正放出耀眼光芒。坐在木凳上，面對畫布的盧梭轉過頭來。

「昨天，我不認識的畫商，突然上門，留下這個。……他說，做為交換條件，想買下巴布羅帶來的畫。」

那個畫商，名叫安布羅瓦茲．沃拉爾。專門經手前衛畫家的作品，是個新銳畫商。為了交換畢卡索帶來的母子像，他向盧梭展示的，是同樣大小的嶄新畫布，以及現金五千法郎。對於窮畫家而言，這是破天荒的金額。

雅德薇佳瞬間屏息。然後，戰戰兢兢地問：

「所以，你……答應跟他交換了？」

盧梭默然。凝重的沉默，在兩人之間流淌。

最後，盧梭護著左腿起身，從嶄新的畫布後面，取出同樣大小的畫布，雅德薇佳再次屏息。那塊畫布上，正是那幅「藍色母子像」。

「巴布羅為何要對我說：『在這畫上揮灑所有熱情』，我好像有一點點明白了。」

為了創造嶄新的某種事物，就必須破壞古老的某種事物。

不管他人怎麼說，要創造出對自己而言最出色最精彩的作品，至少得有這樣的覺悟。哪怕是要蹂躪別人的畫，與全世界為敵，也要相信自己。這樣，才是新時代的藝術家應有的姿態。

巴布羅，或許，就是想對我訴說這個。

盧梭斷斷續續地說出這番話。然後，

「我對那位畫商說，請他等我畫完畫再答覆他。結果，他說不管怎樣他先把畫布留下，叫我別塗掉這幅畫。」

他小聲嘆口氣，

「好了……我該畫哪個才好呢。」

聽到盧梭的嘟囔，雅德薇佳微微發出笑聲。

「你喜歡上那幅『藍色母子像』了，對吧。」

「沒錯。」盧梭說著露出虛弱的微笑。

「雖不知是誰的作品……和我素來敬愛的布格羅及傑洛姆一點也不像……但我，喜歡這件作品。很喜歡很喜歡，喜歡得不得了。」

定睛凝視久了，只覺心頭漲得滿滿的。深深的寂寥、惆悵、美麗。貧窮瘦削的母與子，看起來像極了聖母與聖子圖。不知何故，淚水奪眶而出。

幾乎將這幅靜謐作品燃燒殆盡的熱情，我身上有嗎？

雅德薇佳默默聆聽盧梭的敘述。一邊專注凝視藍色母子像。然後，突然間，她把手指放在洋裝的鈕扣上，開始一一解開。

當著盧梭的眼前，她脫下洋裝隨手一扔，解開束身衣，把內衣全部扔開，宛如初生嬰兒般赤條條。

在磨損的紅色天鵝絨長椅躺下後，雅德薇佳狠狠放話。

「來吧，你畫吧。我已決定，從現在起，要永遠活著。」

盧梭有多麼震驚，同時，又有多麼感動啊。要訴諸言詞，恐怕，就連埃米爾・左拉也辦不到吧。

永遠活著。

這一刻，雅德薇佳以全身心感到，這句話將會實現。

叢林的葉蔭，嗆人的濃密草叢熱氣。發出寂寞的聲音成熟掉落的果實。

野獸們的遠吠，滑過草叢的蛇。夾雜在鳥鳴中傳來的，是哄騙人的異國笛音。

長椅上，雅德薇佳不知幾時已與盧梭緊抱在一起。兩人，現在，做著相同的夢。雅德薇佳感到，無論是身或心，都陷入有生以來從未體驗過的強烈陶醉。

驀然間，雅德薇佳感到天空彼方劃過一道閃光，於是坐起上半身。保持赤裸姿態的雅德薇佳，緩緩地，舉起左手。牢牢握緊手心。近在身旁，不，是在很遠的地方，響起盧梭的聲音。

妳那隻手裡，握著什麼……雅德薇佳？

雅德薇佳神色痴迷地側著臉回答。

是天國的鑰匙喲。只要拿著這個，我們就可以穿過天國之門。──並肩同行。

那把鑰匙，可以給我嗎？我要先走了。我不能帶妳一起去。

為什麼，亨利？我們倆，已結為一體了。我們已經結合了。永遠也不分開。

不行。妳要永遠活著。

為此，我畫了這幅畫。為此，我成為畫家。

為了給妳永恆的生命。

永別了，雅德薇佳。我要走了。──祝妳幸福。永遠，幸福。

我永遠，不會忘記妳──。

夏意仍濃的九月二日，巴黎天空下。

亨利・盧梭，悄然無聲地，踏上永遠的旅途。

夏天左腿的壞疽惡化，進而侵蝕全身。為何會出現壞疽？以當時的醫學，無法說明這個謎團。主治醫師落寞地笑著說，也許真的是跑去密林被蛇咬了一口吧。

盧梭的告別式，在杜特街剛落成不久的教堂舉行。明亮現代化的教堂氣氛，讓寥寥無幾的出席者多少提振了一點精神。

出席者當中，有詩人阿波里內爾、畫家羅貝・德洛涅、保羅・席涅克。沒看到巴布羅・畢卡索的人影。

雅德薇佳偕同丈夫喬塞夫，並列在出席者中。在所有出席者中，喬塞夫竟是最悲傷的，這對雅德薇佳而言，總覺得有點可笑，同時，也有點心疼。

「抱歉，夫人。妳是『夜宴』那時的……」

散會時，阿波里內爾主動喊住她。雅德薇佳撩起臉上的黑紗，瞥向阿波里內爾。

霎時之間，可以感到阿波里內爾倒抽了一口氣。然後，「果然。」他低喃。

「妳是雅德薇佳吧。盧梭最後一件作品的模特兒……」

對，雅德薇佳說著點點頭。身旁的喬塞夫，微微欠身行禮，向他打招呼。喬塞夫發現阿波里內爾就是盧梭畫的〈詩人和他的繆斯〉的模特兒後，「那個，不好意思，」喬塞夫有點難以啓齒地開口。

「您擔任模特兒的那件作品，能否賣給我們？」

阿波里內爾回答：

「對我來說，那是亡友留給我的唯一一幅作品，所以我現在不能脫手。……你們是盧梭畫作的收集家嗎？」

阿波里內爾這個問題，令喬塞夫淺淺一笑。

「我已決定今後要這麼做。是那位先生，讓我明白看畫的喜悅。……就算是為了今後出生的孩子，我也想讓孩子看他的作品，把看畫的喜悅傳達給孩子。」

阿波里內爾瞥向雅德薇佳。雅德薇佳慢慢撫摸略微隆起的肚子，靜靜地微笑。

「是嗎？盧梭一定也會在天上守護你們的。祝你們幸福。」

宣告告別式結束的鐘聲，在初秋的巴黎天空，高亢響徹四方。

從教堂裡，出席者一個接一個走了出來。走向家門，走向咖啡屋，走向畫室。每個人，各自走向他們該去的場所。

雅德薇佳任喬塞夫牽著手，走在大馬路上。一度，她想轉頭看教堂，卻又作罷。

鐘聲，在萬里無雲的天空響起。久久地，彷彿永遠地，鏗然回響。

☆　☆　☆

一字一句，提姆依依不捨地追著往下看，就這樣讀完最後一章的最後一頁，最後一句話。然後，吐出壓抑許久的一口氣。

死了——盧梭死了。

雖有明確的史實記載，提姆還是備受打擊。他垂眼半晌，霍然睜眼，想起什麼似地又看了一次最後一行。

——沒有。

之前每章最後一行後面都有的大寫字母，這次沒出現。提姆一次又一次重讀最後一頁。他懷疑字母或許藏在什麼地方。可是，不管再檢查多少遍，還是沒在文中找到大寫字母或看似縮寫的字母。

他看著書旁的金色座鐘。剩餘時間，還有三分鐘。

這下子，什麼都不知道。

一九一〇年九月二日盧梭逝世，這是史實。因腿部壞疽致命也是眞的。

但是，與畢卡索同爲盧梭生前最佳知己的阿波里內爾出席喪禮之事，無法在現存的文獻資料得到確認。換言之，是這位作者的「創作」或「新發現的事實」。不，若要這麼說，這個故事全部都是「創作」或「新發現的事實」。

進而，阿波里內爾所謂的「以雅德薇佳爲模特兒的盧梭最後一幅作品」，究竟指的是哪一件作品？

是同年參加獨立沙龍展的〈夢〉？抑或，是指〈做夢〉？

盧梭是在畢卡索的畫商沃拉爾送來的嶄新畫布上畫了〈夢〉？還是畫了〈做夢〉？

是畫在畢卡索叫他「在這上面揮灑熱情」的「藍色母子像」上？把〈夢〉——不，把〈做夢〉畫在上面？

或者，盧梭擠出渾身力氣，兩者都畫了——。

提姆集中所有神經，又看了一遍最後一頁。這一頁，或許藏著什麼重大線索。他必須找出那個。

驀然間，在扉頁的最後，多出的空白部分，提姆發現小小的漬痕。略微泛黃的紙面，微微隆起。

提姆以指尖輕觸那個部分。

——淚水？

是淚漬。還有點濕。提姆把手指伸進紙下，注視那滴淚漬。織繪走進客廳時濕潤的雙眼在他腦海重現。

這是織繪的眼淚——。

咚咚，背後的門響起敲門聲。「時間到了。」康茲冷血的聲音傳來。

提姆再次凝視淚漬後，靜靜合起羊皮包裹的書本。

提姆與織繪並肩佇立在大宅走廊。雕花的厚重門扉，在兩人眼前緊閉。

手搭在門把上，「準備好了嗎？」康茲轉頭問。兩人同時點頭。

吱……凝重的聲音響起，對開的雙扇門向內開啟。

「嗨，諸位。我一直在等這天。」

沙啞但清晰的聲音響徹室內。房間裡，大宅主人康拉特．拜勒穿著正式服裝，坐在輪椅上等候兩人。一旁，是〈做夢〉。

踏進屋內一步，畫作的耀眼，頓時令提姆不由自主瞇起眼。與初次目睹的瞬間一樣，不，那幅畫放出的光芒甚至遠超過上次。唯有眞跡才有的眞實光芒，果然在那裡。

那是盧梭傾注畫家的生命與所有熱情的作品。

那是爲了讓雅德薇佳「永遠活著」，畫家燃燒對她的愛意描繪而成的樂園。

果然。提姆確信。

這是眞跡。千眞萬確。

只是無法確定，這幅畫底下，是否埋藏著藍色畢卡索——

〈做夢〉的構圖，與MoMA館藏的〈夢〉極爲酷似。畫面材質也泛出盧梭一貫的堅實及光澤。可是，色調與植物種類卻有微妙的差異。與〈詩人和他的繆斯〉一樣，可以看出兩件作品似是而非。

最大的不同點，在於這幅畫中的雅德薇佳，臉孔更溫柔，充滿了慈愛。與〈夢〉中的雅德薇佳嚴格說來洋溢著悲愁的少女側臉比起來，〈做夢〉的雅德薇佳，側臉給人的感覺很幸福，很滿足。對，說穿了，就像慈愛的母親。

提姆悄悄偷窺身旁的織繪。她那筆直面對作品的側臉，已不再有淚水。看到她已恢復絕不將喜怒形於色的研究者面孔，提姆這才放心。

「那麼，現在要決定先攻後攻。就以擲銅板決定。」

康茲站到兩人面前，高舉一枚瑞士法郎銀幣。把彈到空中的銀幣以手背接住，另一手牢牢蓋住。結果決定由提姆先攻，織繪後攻。

「講評時間是十分鐘。那就拜託你了，布朗先生。」

秀出手中的碼錶，康茲露出意味深長的笑容。提姆不予理會，倏然瞄了拜勒一眼。白濁的老眼，正直視提姆。繼而看著織繪。認眞的眼神一心鎖定這邊。每次，眼中都帶著祈求。

提姆微吸一口氣。然後，說道：

「這件作品——是贗品。」

一瞬間，空氣緊繃。他知道，從現在起自己說出的一切，都不會是讓拜勒滿意的內容。即便如此，提姆還是繼續說：

「這件作品中，把盧梭的表現技法，換言之，盧梭這位畫家的作品特徵，表現得太過極端了。這想必是用與MoMA收藏的〈夢〉相同的草稿畫成的。而且，略顯誇大地表現出來。」

盧梭的作畫過程，眾所周知，是把草稿放大，再在畫面上添加綠葉及動物等細節。其中沒有絲毫的即興發揮。徹底認眞，在放大草稿的畫布上細密地層層塗上顏料就是盧梭的特徵，也是他向來的做法。由於太認眞，在構圖與遠近法上難免有破綻，但那毋寧形成盧梭的個人風格，最後成了畫家的表現技法。

可是，在這件作品中，那些規則遵循得太極端，沒有分毫間隙。反而形成不自然之感。

以這件作品爲例，大畫面的架構與〈夢〉相同，都是教義式的畫面結構，但將這麼大的畫面緊密分割，添加細節的手法，不得不讓人感到太標準的盧梭式技法，以及超越盧梭的知性。還有，做爲此作中心主題的「雅德薇佳」，比起盧梭畫過的人物像，遠遠來得更楚楚可憐、更生動、更有生命力。

即便回顧盧梭的所有作品，也找不出有哪件人物肖像能夠讓人感到如此卓越的人性，以及如此崇高的精神。

因此，這件作品，想必是根據盧梭的最後遺作〈夢〉，在同一時期，或者稍晚時期，被某位詳細研究過盧梭的畫法，並且深刻分析過盧梭的畫家創作出來的。

而那位畫家——。

提姆凝視拜勒白濁的雙眼，平靜地說：

「就是巴布羅．畢卡索。」

可以看出拜勒、康茲、織繪同時倒抽一口氣。提姆一邊確認三人如遭雷擊動彈不得，一邊又說道：

「這個，是畢卡索親手畫的贋作。這就是我的結論。」

「請……請等一下。」彷彿咒縛解除，康茲急著向前傾身插嘴。

「那，你的解釋是……畢卡索，在自己的『藍色時期』的作品上面，刻意畫了盧梭的〈夢〉的贋作嗎？」

「很遺憾，那我就不得而知了。」提姆直視康茲的眼睛回答。

「故事最後一章裡，並未明確寫出，盧梭究竟是在嶄新的畫布，還是在畢卡索送來的『藍色母子像』上畫了〈夢〉，以及他到底有沒有畫出〈做夢〉。是這幅畫底下藏著藍色畢卡索，或者，是我們美術館收藏的〈夢〉底下藏著那個，必須做X光檢查才知道。」

沉痛的沉默，籠罩四人周遭。拜勒彷彿陷入沉思，在膝上交握雙手，最後終於開口：

「你為何會認為畫出這幅畫的是畢卡索，布朗先生？」

提姆淺淺一笑。

「能夠如此深刻理解盧梭，尊敬他，掌握他的特徵，加以深化描繪出來的畫家，除了畢卡索之外再無他人。」

自己一邊說，一邊也覺得不可能。完全是信口胡謅。

其實，他很想說那是真跡。但是，他已經知道接在自己之後講評的織繪將會說這是「贗作」。證明是贗作之後，贏得作品凱旋而歸。這就是奇茲交付給她的使命。

拜勒偏愛這件作品。當然想讓每位專家都說「這是真跡」。而且，還打算看誰講評得更完美就判決那人獲勝。

自己不但指稱這是贗作，還做出荒唐無稽的講評。如此一來，這場比賽將是織繪獲勝。

這個，就是提姆的結論。而且，是他對織繪最後的孤注一擲。提姆只期盼，直覺靈敏的織繪，能夠察覺自己給的暗示。

拜託，請妳拯救這幅畫。這幅畫是「畢卡索上面的畢卡索」云云，其實壓根不可能。但是，我之所以刻意這麼說——如果，這不是「畢卡索上的盧梭」，而是「畢卡索上的畢卡索」，泰特美術館應該就會打消刮除表面繪畫的念頭了。不是嗎？

我希望妳拯救這幅畫。無論如何，我希望妳能守護盧梭——。

「好吧。那麼，接下來輪到妳了。早川小姐。」

拜勒將白濁的雙眼轉向織繪。織繪不知是否什麼也沒聽見，像化石般文風不動。只聽見康茲微微嘖了一聲。

「妳怎麼了，早川小姐？妳的時間只有十分鐘喲，快點……」

即便康茲催促，織繪依然定定凝視〈做夢〉，什麼也沒回答，也不動。

就這樣，過了幾分鐘。提姆的內心，漸漸感到不安。

妳是怎麼了？織繪。爲何不發一語？

拿出妳素來的作風，揮灑一番撼動人心的講評吧。賭上盧梭研究者的威信。否則，我這番心意豈不是白忙一場？

康茲呼地像吐氣般笑了。

「看樣子，早川小姐好像對這場講評自動棄權了。如果妳什麼也不說，我們只好這麼判定。也就是說——作品處理權，交由布朗先生……您看如何，拜勒先生？」

那一瞬間，織繪抬起頭。她以充滿確信的聲音說。

「……是眞跡。」

這次，輪到提姆倒抽一口氣。織繪的眼中，蘊藏不可思議的光芒。那光芒，霎時之間，似乎晃動了一下，旋即化爲透明的珠粒，滑落臉頰。

「這件作品，有熱情。畫家的所有熱情。……如此而已。」

織繪的講評，僅僅只有這樣。雖只有這樣，卻深深打動提姆的心。

畫中有畫家的所有熱情。

那正是亨利．盧梭想在這幅畫中表現的東西。

在那個「故事」裡，畢卡索叫他揮灑所有的熱情。爲了創造某種新事物，必然得破壞某種舊事物。即便與全世界爲敵，也要相信自己。那樣，才是新時代藝術家該有的姿態。對於這位年紀小得足以做自己兒子的天才畫家的進言，盧梭是這麼解釋的。

忍受世人的揶揄與嘲笑，貫徹自己畫法的畫家。即便死後過了七十年以上，仍舊毀譽參半被稱爲「關稅員」。至今仍被譏爲連遠近法都不懂的業餘畫家。

可是，提姆卻被這位畫家俘虜。並且，不惜做到這種地步。賭上自己的職場生涯與命運。以及，身爲策展人員的所有熱情。

想必正是盧梭終其一生傾注於繪畫的「熱情」，讓自己這麼做吧。

這件作品，有熱情。

織繪就是爲了說出這句話，不惜捨棄專家的知識。捨棄研究者的尊嚴。明知自己如果這麼講評一定會輸，她卻非說不可。

她違背了情人交付的使命，辜負了他的期待。這件作品，她已決定不帶回泰特。——爲了守護盧梭。

康茲呼地吐出一口氣。然後，「就只有這樣？」他嘲笑。

「妳這樣根本不算講評——」

「你給我閉嘴！」拜勒尖聲制止。康茲猛然把話吞回去。

「的確，那樣不算講評。即便如此妳也無所謂嗎，早川小姐？」

「對。」織繪以指尖拭去淚水後，嫣然微笑。

「無所謂。」

那一瞬間，提姆上前一步高叫。

「請等一下！」

三人的臉，一齊轉向提姆。提姆再也無法遏止自己一直拚命壓抑的眞正心思溢出。

「我也——同意早川小姐的意見。這件作品有熱情。這……的確，是盧梭的最高傑作。」

空氣在一瞬間結冰。

康茲連聲音都發不出來，半張著嘴當場愣住了。織繪驚愕的雙眸凝視提姆。拜勒的表情轉眼變得凝肅，不快的聲音自喉頭深處傳出。

「你剛才不是聲稱這是畢卡索畫的贗作嗎？難道你要收回前話？」

「不，那是……」說到一半，提姆詞窮了。

不由自主脫口冒出的一句「盧梭的最高傑作」。那，才是自己眞正的結論。

第一眼看到的瞬間，便有種強烈的衝擊將自己一口氣拉進畫中。那與少年時代初次造訪MoMA，看到〈夢〉的瞬間產生的感覺一模一樣。

作品放射出蠻荒太古的力量。密林蘊藏的生命氣息。躺在長椅上的雅德薇佳誘人的側臉。還有，水平舉起，緊握的手。那隻手裡，肯定握著「天國的鑰匙」。

亨利．盧梭獻出所有熱情畫成的最高傑作。

那是不可動搖的眞實。——那才是提姆眞正的想法。

「謝謝。能夠聽到你這麼說，已經足夠了。」

打破漫長沉默的，是織繪。她的眼睛，再次濕潤。提姆心痛欲裂。

想救盧梭。換言之，那其實只是想拯救織繪。

難道自己兩者都救不了嗎？

不，一定能救。自己還留有最後一張牌——。

拜勒緩緩抬起一直在沉思的臉，凝視兩人。先是織繪，然後看著提姆，最後，他把臉轉向一旁的畫作〈做夢〉。

不算短的時間，這位傳奇收藏家，與這件作品一同度過。如今自己年老，已無法阻止死亡的來臨。但是，作品將會永遠活下去——只要有某人深愛這幅畫，願意保護它，繼續傳承給下一代。拜勒期盼這幅畫的託付對象，就是那個「某人」。提姆從拜勒漫長的沉默中，感到老收藏家對未來的希望。

拜勒凝視畫中的女主角雅德薇佳。看著「永遠活著」的側臉，無比深情。

「……我就宣布結論吧。」

最後，沙啞，但鄭重的聲音響徹室內。

提姆以全身感受心跳的急促，一邊握緊拳頭。織繪凜然佇立。康茲緊緊抿唇垂眼。

「布朗先生。——獲勝者，是你。」

這個聲音，彷彿自〈做夢〉中傳來。提姆抬頭，不是看拜勒，而是看畫中的雅德薇佳。看那張充滿慈愛的溫煦側臉。剎那之間，故事最後，響徹巴黎天空的鐘聲，似乎掠過耳畔。

康茲的臉上，綻放前所未見的笑容。織繪默然不語，平靜的眼眸瞥向提姆。

「可是，起初……我說這是贗作……」

提姆終於凝重地開口。他非常難過。自己以這種形式獲勝，實在令他無法接受。

「我認爲很有趣。」像要說服自己似地，拜勒說。

「這是出自畢卡索手筆的說法，前所未聞。撇開眞假判定先不談，我認爲你身爲研究者的氣概就已高人一等。」

果然，康拉特．拜勒是怪物。雖然獲勝，提姆卻連一絲微笑也擠不出來。

最後我該迎戰的——是這個怪物。

「我要把這件作品的處理權交給你。今後，不管你是要煎炒煮炸，任憑你隨意處置。」

拜勒說。提姆當下察覺，這番話蘊含自暴自棄的情緒。

對於把〈做夢〉交到我手上，拜勒並不服氣。

當初他不就是因爲期待這幅畫納入MoMA的館藏，才會把我——MoMA的研究部部長「湯姆．

布朗」找來這裡嗎？是的，既然如此，對於把畫交給我這件事他應該表現得更高興才對。

該不會，他已發現康茲與瑪寧格在威脅我？甚至，他也早已知道織繪的背後有奇茲與歐文？

換言之，拜勒是否早已認命，知道無論交給我倆之中的任一方，〈做夢〉都會從這個世上消失——。

康茲把皮革檔案夾裡的權利書及筆遞給提姆。「哪，在這裡簽名吧。」狡滑的律師低語。

「在紐約，那個人正等著你的歸去。請勿忘記。」

提姆迅速瀏覽權利書後，默默拿起筆。彷彿要催他快點簽名，康茲攤開檔案夾。提姆抬頭，對拜勒說：

「任憑我煎炒煮炸，這話未免說得太粗暴了。您不惜設計出如此巧妙的遊戲也要設法安置的作品，難道就不在乎它的下場嗎？」

拜勒在短短一瞬間，浮現孤獨國王的表情，但他立刻恢復倔強，「正因如此，」他說。

「你們也看到了，我已來日不多。看了那篇『故事』，看到這件作品，能夠在此講評的人，是舉世最優秀的盧梭研究者，最能夠理解作品價值的人。我就是如此相信，才把你們二位請來。」

雖說如此，他的聲調，卻留有不捨不甘的依戀。請守護這件作品，留傳給下一代。日漸老去的收藏家，無論如何也無法割捨的期望色彩濃厚。

看樣子，拿出最後王牌的時刻到了。

提姆正面直視拜勒，靜靜地說：

「那麼，我就卻之不恭，先接下這個權利了。」

提姆在康茲老大不耐煩遞來的權利書上簽了名。然後，再次轉身面對拜勒，「那麼，」他大聲宣布：

「我，現在，在此，把這件作品的處理權，轉讓給最有資格繼承您的人。換言之，也是您唯一的血親。」

提姆向後轉身，對管家蕭納箴說：

「請把我的客人帶過來好嗎？」

康茲的臉上劃過驚愕的閃電。拜勒自輪椅向前傾身。織繪抬起不可思議的雙眼。

厚重的門扉，吱呀開啓。

門那頭出現的——是茱麗葉・露露。

第十章　做夢

一九八三年　巴塞爾

茱麗葉．露露緊挨著管家蕭納箴恭恭敬敬低垂的腦袋前走過，甩著一頭大波浪栗色長髮，來到提姆的身旁。

拜勒大驚失色的臉上，轉眼泛起紅潮。他向前弓身，幾乎自輪椅跌落，一邊擠出聲音。

「茱麗葉……妳，回到巴塞爾了嗎……」

凝視拜勒白濁的雙眼，茱麗葉以低得幾乎聽不見的聲音喊道：

「……外公。」

織繪看著提姆。眼中帶著問號：這究竟是怎麼回事？另一方面，康茲咬著唇，難掩憎惡的表情。

提姆放眼環視嚇得無法動彈的眾人後，說道：

「四天前，她主動來找我。她自稱是國際刑警組織的藝術品管理師，正在追查〈做夢〉。並且聲稱她比任何人都關心這幅畫會花落誰家。」

昨晚，在米特雷橋畔，茱麗葉向提姆坦承不諱。她說：我是康拉特．拜勒唯一的外孫女。是他唯一的血親。

——我與外公，長年來，一直為了他的收藏品起爭執。

外公雖然在臺面上並不活躍，卻在美術界的幕後取得許多名作，是個極為成功的黑市掮客。他將獨生女——也就是我母親——視為掌上明珠，從小就很溺愛她。

母親與父親這個窮學者結婚遭到強烈反對，於是與父親私奔到里昂生下了我。就在我十四歲時，母親來不及與外公和解，便因病上天堂了。在大學擔任美術史講師的父親，也像是只等我大學畢業似地，隨即生病過世。

我變成天涯孤女。即便如此，我還是想繼續做之前的美術史研究。我摸索著想找到自立之道。

就在這時候，我接到連絡——來自自稱是我外公的人。我半信半疑來到巴塞爾，大吃一驚。雖然聽說過名字，但我壓根不認為眞實存在的傳奇收藏家，居然是我的外公。我深信這是母親留給我的好運，決定與外公一同生活。

他擁有的驚人收藏，對那些作品的分析與研究，令我如痴如醉。外公就像以前對待母親那樣溺愛我。現在回想起來，他大概是在我身上，看見私奔之後一去不回的母親身影吧。

我本來想從事美術方面的工作，但外公說什麼也不肯答應。他說美術界充滿貪婪，又說我肯定不會有好下場。我覺得很奇怪。比任何人都熱愛美術的外公，為何不肯讓我進那個圈子。結果，我把他收藏的那些作品的來歷詳加調查後，發現那多半是從黑市弄來的贓物，或是眞假不明的作品。

外公的收藏品中，他特別偏愛亨利．盧梭，所擁有號稱是盧梭作品的數量多得令人難以置信。但那些幾乎從未出現在畫家的作品目錄上，都是來歷與眞假難辨之物。盧梭的作品在市場上一直評價不一，因此轉手也沒啥利潤。外公為何只對盧梭的作品盲目收集，我實在不懂。

這樣的外公，一直渴望得到某件作品，偏偏就是找不到——那就是〈做夢〉。可疑的藝術掮客成群出入大宅，有時也有著名的學者及策展人，外公一再委託他們。請他們務必找到〈做夢〉，還說如果找到了，願意照對方開的價碼買下。但是盧梭晚年畫的大作中，目前確認存在的，只有你的美術館收藏的〈夢〉一件而已。任何研究者都不認同有〈做夢〉這麼一件作品存在，而且我也實在不明白，外公為何對這種是否存在都不確定的幻影作品如此執著。

其實當時，在外公的手裡，好像已經有了你們現在閱讀的《做夢》這本書。但是外公將之嚴密保管，不給任何人看。我甚至不知道有那種資料存在。後來我才知道，當時知情的，只有外公的心腹艾力克．康茲。

我很想解開外公如此痴迷的畫家之謎。然後，在置身於眾多盧梭作品，仔細研究的過程中，我自己也徹底被征服了——被亨利．盧梭的魔力。

同時，我與外公的意見衝突也變得日益明顯。我認為，哪怕是為了提升盧梭的評價，也有必要公開外公擁有的所有盧梭作品。可是外公卻堅持絕對不願把畫給任何人看。我們祖孫之間，出現了無法輕易填補的鴻溝。

就在這種情況下，國際刑警組織主動找上了我。他們說想調查外公的收藏。我起先拒絕了，對方轉而問我是否有興趣擔任藝術品管理師。於是，我下定決心。為了將外公這些收藏品的內幕曝光，我要離開他的身邊，以專家的身分追查。

就這樣，我為了成為國際刑警組織的一員，離開了大宅。我只告訴外公，我想自由地研究美術。外公很生氣，也哀嘆過。但是，最後他什麼也沒有再說。妳也像妳母親一樣要走了——他那沉入悲傷的雙眼如此控訴。我就這樣抱著永不回頭的決心，離開了巴塞爾。

轉眼過了二十年。我越追查，卻發現內幕越深。然後，我接獲情報指稱外公買下〈做夢〉，於是我開始獨自調查。

在追查的過程中，我得知那件作品底下也許藏著藍色畢卡索，並且掌握了各方人馬為奪取那幅畫的種種動向。其中，也包括外公邀請盧梭研究者參與鑑定作品之事。——當然也包括那個故事《做夢》的存在。

關於畫作〈做夢〉的種種情報，除了一件事之外，我幾乎完全掌握。唯有一點，我無法得知的是……故事《做夢》究竟寫了什麼。諷刺的是，我卻早就知道那個故事裡藏著作品的關鍵性祕密。

外公的白內障日漸嚴重，幾近失明。而且，他還有一直靠開刀與服藥壓下來的心臟宿疾。他想必醒悟自己已來日不多。他想把〈做夢〉託付給最值得信賴的人。無論是作品或故事，兩者皆然。

但是，就連外公也沒發現。在你的背後，以及早川織繪的背後，有一群貪婪小人只想抹消「表面的盧梭」得到畢卡索。因為一切情報，都被艾力克．康茲小心翼翼地掌控著。他在外公身邊待了三十幾年，曾經挽救過外公的公司經營危機。也成功籌措到買下這批收藏品的資金。當時如果有他出面調停，或許也能填補外公與我之間的鴻溝。但是，他沒有這麼做。反而喜孜孜地送我離開。

外公賭上生命去愛惜、守護至今的作品〈做夢〉，難道沒有辦法可以留傳後世嗎？

我想了又想，最後決定與你接觸。

我決定把一切，都賭在你身爲研究者的良知、身爲策展人的自尊，以及對盧梭作品的熱愛上。你不惜冒著被趕出MoMA的風險來到此地，只爲了親眼目睹盧梭傳說中的傑作。現在，唯有你這股熱情，是我唯一能夠信任的。

所以，請你答應我。明天，你一定要贏。爲了讓外公的遺志留傳後世，爲了守護盧梭，我需要你的協助——。

茱麗葉如此坦承後，提姆當場表示。

——對於妳肯和盤托出的勇氣我很感謝。

如果我贏了，我會當場把作品的處理權轉讓給妳。因爲，這恐怕是拯救作品的唯一方法。

爲此，明日，請妳來大宅一趟。妳不能再害怕與妳的外公面對面。

不過，若問我是否有百分之百的信心會贏，我不敢保證。早川織繪是個強勁的對手。萬一是她贏了，屆時作品的命運就要靠她了。

我想相信，她身爲研究者的良知與尊嚴，以及對盧梭的熱愛，都比我更不可動搖——。

然後，是今天。

講評時，提姆刻意想把作品讓給織繪，換言之，他故意讓自己輸掉。他本來打算公平競爭，超出預想的強烈情感卻一時衝動。他希望織繪獲勝，得到幸福——對她的感情，已強烈到無法控制了。

然而，到頭來，拜勒還是判定提姆獲勝。於是，在最後關頭，提姆只好出牌。讓拜勒心愛的外孫女茱麗葉與拜勒面對面——就是這張牌。

「最適合繼承這件作品〈做夢〉的人，不是我，也不是早川織繪。更不是我們背後的人物。您唯一的血親，茱麗葉，才是那個人選。」

外祖父與孫女，文風不動，濕潤的雙眸凝視對方。

想表達的太多。想說的話如微波不斷湧現。即便如此，心頭百感交集，除了相顧無言別無他法——看似如此。

「哎呀呀……就算突然說這種話，也不好辦哪。你看看，這兩位，可不是手足無措嗎？」

康茲裝出一派鎮定，介入拜勒與茱麗葉之間。但，他的聲音已因焦躁而嘶啞。真是的，此人好像天生就喜歡介入互相凝視的兩人之間。

「『不管要煎炒煮炸都任憑處置。』拜勒先生剛才這麼說過。我既然擁有作品處理權，今後要怎麼處理作品是我的自由。」

提姆走近康茲，把夾著剛簽完名的作品處理權委任書的檔案夾，從他手裡一把搶過。康茲驚叫一聲，立刻想搶回來。「哇噢！」提姆閃身一躲，緊緊抱住檔案夾。

「即便未徵得拜勒先生的許可，各位也看到了，作品的權利已在我手中。我只要轉讓給茱麗葉就行了。」

康茲熊熊燃燒的憎惡眼神睨視提姆，然後哼了一聲，冷冷嘲笑，

「很遺憾，那份委任狀無效。」

他不屑地說。然後，轉向在輪椅上如雕像一般僵硬的拜勒，慢條斯理地宣告：

「拜勒先生。看樣子，把真相告訴您的時候已經到了……這個男人，並非您邀請來府上的MoMA研究部部長湯姆．布朗。此人不是別人，他其實是……」

空氣再度緊繃。等到現場充滿緊張氣氛後，康茲方說：

「……湯姆．布朗的助理，提姆．布朗。」

全場啞然。康茲確認這點之後，才洋洋得意地放話：

「這個人，偷了寄給自己頂頭上司的邀請卡，冒名頂替，厚著臉皮待到講評這天。等他一拿到〈做夢〉，他才不在乎盧梭的作品，肯定會把藏在這幅畫底下的畢卡索作品賣給拍賣公司，狠撈一筆巨款。只可惜，他的詭計有破綻。因爲，他在委任狀上簽的是『湯姆．布朗』的名字。」

面對抱著檔案夾呆立的提姆，康茲像要下最後通牒般宣告：

「你應該沒有異議吧，提姆。你冒用假名，僞造簽名，因此這場比賽，還有那張委任書，全部無效。」

提姆在一瞬間屏息。

所有的視線都集中到自己身上。拜勒的眼，茱麗葉的眼，還有織繪的眼。不可思議的是，每雙眼睛，都看似祈求。

……遊戲結束了。

提姆微微吸口氣，準備說話。——就在那瞬間，

「沒錯。……我邀請的，就是提姆．布朗。」

拜勒嚴肅的聲音響起。

意想不到的這句話，令提姆瞪大雙眼看著拜勒。然後，甚至忘記眨眼，注視怪物說明眞相。

拜勒，從一開始，打算邀來講評的就不是湯姆．布朗，而是提姆．布朗。

決定舉行這場講評會時，拜勒選出全世界最優秀的兩名亨利．盧梭研究者。泰特美術館的「奇茲」，與MoMA的「布朗」。針對這兩人，由法定代理人出面寫邀請函，投郵寄出。拜勒當時如此吩咐康茲。

邀請函的確是由康茲撰寫，署名。他把擬好的信函草稿，以及寫有姓名地址的便條紙交給拜勒的祕書，叫祕書打字謄稿之後寄出。祕書聽命辦事，拿著打好的信函與信封去拜勒的書房，請拜勒在信上簽名。因爲這位一板一眼的祕書小姐知道，她的大老闆即便是些微小事也要自己親自做最後確認，否則會很不高興。拜勒望著信封上的姓名，告訴她「有個字打錯了」。他說他想邀請的，不是湯姆．布朗。是提姆．布朗。「Tom」（湯姆）與「Tim」（提姆），可不是打錯了一個字嗎？於是信封上的姓名立刻被訂正，隨即寄出。

「提姆。你是拿著寄給你本人的邀請函，來到這裡。並且在此講評。你從未自稱是『湯姆．布朗』，我也從來沒有喊過你『湯姆』。不只是我。康茲，以及早川小姐也是。我可有說錯，各位？」

織繪緩緩搖頭。她的雙眸，蕩漾著水光。提姆感到，直到剛才仍凝重籠罩心頭的迷霧，已經霍然

放晴。拜勒說的每字每句，彷彿都已化爲燦爛光輝照亮心靈的長空。

「哪有那樣……」康茲斷聲發話。

「那太荒謬了……這個人，只不過是個小助理吧。他哪有資格處理這麼珍貴的祕寶……」

「你的確是優秀的律師，也是我的好助手，康茲。但是，唯獨在美術方面，你終究還是什麼也不懂。」

對著頹然垂肩的康茲，拜勒說。

「哪怕只是助理研究員，提姆·布朗也是舉世最優秀的盧梭研究者。過去他在學會發表的每篇論文我都看過，也一直很看好他。他才是能夠徹底守護盧梭作品，不惜一切努力將之留傳後世的人物。我是這麼認定的。」

拜勒的話語之中，帶有眞實的味道。有誠實熱愛美術、去守護、傳承的熱情。拜勒的心聲，就是阿波里內爾的心聲，是畢卡索的心聲。同時，也是亨利·盧梭這個人的心聲。

聽到拜勒說的話時，提姆恍然大悟，自己就是爲了聽這番話才來到這裡的。所有的苦惱焦躁與糾葛，原來都是爲此而必經的試煉。

「可是，」康茲仍緊咬不放。

「既然如此，那張委任狀就更加無效了。他是冒用上司的身分，簽下『湯姆·布朗』的名字。在法律上，完全無效。」

提姆默默凝視康茲，拿著原本夾在腋下的檔案夾，大步走到他身旁。然後，提姆打開檔案夾，往他的鼻尖一伸。

「這樣也無效嗎？」

委任狀的簽名處有剛寫下的簽名。——上面清清楚楚寫著「提姆．布朗」。

康茲半張著嘴，像要瞪出洞似地瞪著委任狀。提姆扭過頭看著拜勒，說道：

「我的確從來沒說過我是湯姆．布朗。但是，我也沒有自稱是提姆．布朗。既然已在這份委任狀上簽名，我本就打算誠實說出身分。可惜，被你們搶先了一步。」

拜勒白濁的眼睛，眨也不眨地凝視提姆。最後，他那皺巴巴的嘴巴，亮起一朵微笑。在怪物的微笑帶動下，提姆也終於浮現笑容。

「那麼，現在就正式地——把這件作品〈做夢〉的處理權，透過被委託人提姆．布朗，轉讓給茱麗葉．露露。你願意幫我宣布嗎，康茲？」

從不違背拜勒的命令，徹底忠實執行。這是追隨老怪物超過三十年的艾力克．康茲的宿命。律師按照主人的指示宣布：

「亨利．盧梭的眞跡〈做夢〉的處理權，在此，讓渡給茱麗葉．露露。」

呼地安心吐出一口氣的，是織繪。她雙眼含淚，走近作品的新主人茱麗葉身旁，送上祝福：「恭喜。」然後，她伸出右手。茱麗葉略帶遲疑地握住織繪的手。

茱麗葉很困惑。不安的雙眼轉向拜勒，「外公。」她喊道。

「外公，眞的……要把這件作品交給我？」

聽到外孫女這麼問，「不是我。」老謀深算的收藏家回答。

「把這件作品交給妳的，是這位亨利．盧梭研究的世界最高權威，提姆．布朗。」

「您太誇獎他了。」康茲不甘心地說。「謝謝。」提姆說著以手當胸，朝拜勒欠身行禮。然後，他轉身面對茱麗葉，說道：

「請把這件作品好好留傳後世。今後，不管處於何種立場，我都會更加努力研究，致力提升亨利．盧梭的評價。」

我的友人——盧梭，就拜託妳了。他伸出右手，想傳達這個念頭。茱麗葉焦茶色的雙瞳凝視提姆，堅定握住他的右手。

謝謝。我一定會守護這件作品。我保證。

握手之中，蘊含了茱麗葉難以言喻的心情。提姆也誠心誠意地回握那隻充滿意志的手。

「最後，我只有一個小小的要求。」

提姆把他離開大宅之前無論如何都想做的事，向拜勒提出請求。

「能否給我和早川小姐一點時間，讓我倆單獨與〈做夢〉面對面？」

這是個很小，卻令人意外的請求。織繪看著提姆。她的眼睛在訴說，自己也一心如此渴盼。拜勒緩緩點頭，「好吧。」他回答。

「熱愛盧梭的同好，你們就慢慢看吧。看到滿意爲止。」

茱麗葉推著拜勒的輪椅，領著康茲與蕭納箴，一同走出房間。

房間裡，只剩下提姆與織繪。兩人步向仍留有講評餘溫的房間中央，放在畫架上的〈做夢〉面前。

「我必須向妳道歉。」

對著佇立身旁的織繪，提姆說。這是他早就決定，不管比賽的結果如何，今天，一定要說的話。

「雖然我的確沒有自稱『湯姆．布朗』……當然，我一直以爲邀請函是寄給我老闆的。因爲幾乎天天都會收到把『湯姆』與『提姆』打錯字的邀請函。正因如此，我才假扮成湯姆．布朗來這裡。拜勒雖然那樣說，但我畢竟還是騙了妳。」

請原諒我。提姆說。織繪默默凝視提姆，

「我早就知道了。」

她以耳語般的音量說。

「雖然不清楚你到底是誰……但至少，你絕非湯姆．布朗。這個我早就知道了。」

這意外的發言，令提姆驚愕反問：

「妳是怎麼知道的？」

「因爲你太內行了。」織繪斷然表示。

「湯姆．布朗雖然負責企畫盧梭展，但是他並未在學會刊物發表過關於盧梭的研究，也沒有特別的評價。可是，這七天來，你針對盧梭的發言，以及對作品的著眼點，都讓我感到唯有長年研究盧梭的人才懂的知識，以及深厚的洞察力。……還有，對盧梭的熱愛也是。

「每天，你看完故事後的表情。與盧梭同喜、同悲、同歡。就像在關懷一個多年老友。

「這個人，肯定不是近代藝術的世界權威湯姆·布朗。這是一個衷心喜愛盧梭的人，此人努力想讓世人肯定盧梭身爲畫家的評價。唯有此人，才是亨利·盧梭眞正的研究者，眞正的朋友。

「所以，你沒必要道歉。……因爲你早就露出馬腳了。」

織繪的話，如一道清泉洗滌提姆的心靈。提姆感到原本淤積在各處的沉澱都隨水流去，一邊說道：

「也就是說，我的演技實在不怎樣。」

織繪小聲笑了。

「可以這麼說。」

提姆也微笑了。

再次近距離排排站，兩人面對〈做夢〉。

彷彿不可思議的微風在畫中吹過。不，不只是風。熟透的果實香氣，野獸們的遠吠，使各色不知名花朵花瓣爲之晃動的蜜蜂拍翅聲——形形色色的氣味、聲音、觸感，洋溢在這個樂園。

然後，是躺在紅色天鵝絨長椅上的裸體雅德薇佳。那滿足的側臉，彷彿隨時會朝觀畫者傾訴。

「『你終於找到了。』」

凝視著雅德薇佳的側臉，提姆低語。原本深受吸引，看著畫面的織繪，把好奇的臉孔轉向提姆。

「剛才，雅德薇佳對我這麼說。她說——你終於找到故事的作者了。」

「故事的作者?」

提姆點點頭。

「對。故事《做夢》的作者。」

故事《做夢》。作者究竟是誰,爲何而寫。文中所寫的是史實,還是虛擬小說。直到最後的最後,依然不得而知。

但是,提姆看完最後一章時,終於找到了。——在那頁的空白處,倏然滴落的淚痕。還沒乾透的,織繪留下的淚痕。

紙張的那個部分,微微潮濕隆起。那裡,隱約可見。是造紙時混入紙漿纖維裡的作者姓名。貴族或資產家,有時會把姓名或家徽摻進自己專用的信紙。印刷故事時使用的紙張,擁有作者的姓名。提姆把手指伸進紙下格外留心地注視。在那裡發現的姓名是——。

——雅德薇佳·拜勒。

驚愕,如一陣疾風掠過織繪的臉龐。提姆目不轉睛地看著畫中的雅德薇佳又說道:

「換言之,故事中那個崇拜盧梭的雅德薇佳丈夫喬塞夫……就是康拉特·喬塞夫·拜勒。」

發現故事作者姓名的瞬間,康茲宣告時間截止的無情聲音自門的那一頭傳來。合起的封底,紅褐色皮革的裝訂上,有書本持有者的刻印。雖是極小的刻印,卻可清楚辨識。——是康拉特·J·拜勒。

「怎會有這種事……!」

織繪不勝感慨地失聲叫出。她的聲音裡，帶著歡喜。

「那麼，拜勒先生之所以如此執著這件作品……」

「是爲了讓他的妻子與盧梭一同『永遠活著』。無論如何，他都想得到這件作品，守護到底。」

提姆繼續說。

「這件作品，由茱麗葉來繼承，到頭來是對的。因爲她是這件作品的主角雅德薇佳的孫女。只是她還沒看過故事，所以大概還沒發覺。」

不過，茱麗葉想必很快就會知道一切內幕了。因爲在繼承這件作品的同時，她應該也會繼承那個故事。

現在看來，茱麗葉其實跟她長得一模一樣。大波浪的栗色長髮，略帶異國風情的側臉，酷似畫中的雅德薇佳。

在蘇黎世機場，驚鴻一瞥時，提姆曾強烈感到似曾相識。

如今他才明白，那是因爲茱麗葉很像提姆少年時代，一眼便被虜獲的〈夢〉中的雅德薇佳。

還有，茱麗葉帶著憂愁的茶色眼眸——與自畫像中的盧梭，不也有幾分神似嗎？

雖然如此想像，但他沒告訴織繪，決定默默藏在心中。

提姆與織繪，在最後，僅此一次，盡情望著〈做夢〉。

風的感觸，花的氣味，野獸的聲音，雅德薇佳神祕的美麗側臉。還有那應該握有天國鑰匙，水平舉起的左手。一切，都烙印在視網膜，銘刻在心房。

提姆發誓，永生不忘這一刻。在盧梭的畫前，與暗戀的女子，兩人默默佇立的至福瞬間。同時他也一心祈求，祈求她與即將出生的孩子的未來，祈求幸福。

盧梭。……朋友啊。

這一瞬間正是永恆，現在，你已讓我明白。

拜勒與茱麗葉還有康茲都來到玄關門廳送行，提姆與織繪，背對來迎接的車子而立。

「祝你明年的展覽成功。」最後拜勒說。

「可惜我恐怕沒辦法去看展覽了。」

「請一定要來。我恭候大駕。」

提姆堅定地說。他衷心期盼，屆時，不管自己處於何種立場，都能夠去迎接拜勒。拜勒瞇起眼，凝視提姆與織繪的臉。就像他看盧梭畫作時那樣，瞇著眼似乎無法正視那光芒。

茱麗葉與提姆和織繪分別擁抱貼頰。睜著水汪汪的茶色眼珠，她說：

「提姆、織繪，真的很謝謝你們。總覺得，好像做了一場美夢。」

「這不是夢，是現實。」提姆笑著回應。

「盧梭的事，就拜託妳了。」

茱麗葉點點頭，再次與提姆握手。

「你好像還在坐立不安？康茲先生。」

提姆一邊與康茲握手，隨口調侃他。康茲輕咳，

「沒那回事，布朗先生……不對，提姆。二位，路上小心。一路順風。」

提姆與織繪坐進黑色凱迪拉克。想必再也不會來這座大宅了吧。一絲落寞湧現心頭。

凱迪拉克駛出。轉眼之間，大宅已在森林般的庭樹彼方消失。出了堅固的石砌大門，駛向一般道路。反向駛來的計程車擦身而過進入大宅境內的那一幕，掠過提姆視野的瞬間，身旁的織繪朗聲說：

「我也可以去看嗎？」

啊？提姆這才回神看著織繪。

「看什麼？」

「盧梭展。MoMA的。」織繪回答。噢——提姆說著露出笑容。

「那當然。不過，在我們館裡展覽之前，同樣的展覽會在巴黎的大皇宮美術館展出，所以妳應該先在巴黎看吧。」

「說得也是。那我拭目以待。」織繪語帶雀躍。

「到時候，不管怎樣，我一定會去。……跟這孩子一起。」

她說著輕輕把手放在腹上。提姆凝視她那副模樣，嘴角浮現微笑。

「我也是，不管今後會變成怎樣，都要繼續與盧梭相伴。」

織繪露出不可思議的表情。

「不管今後會變成怎樣……這是什麼意思？」

「不是啦，這次的事情，說不定，會讓我無法繼續在MoMA工作。」

今後的發展無法預見。康茲與瑪寧格，或許會採取某種報復。雖然講評總算結束了，但他知道湯姆不知基於什麼理由已來到巴塞爾。這次的事如果傳入老闆耳中，會遭到什麼處分，實在難以想像。

不過，提姆早有心理準備。不管今後發生什麼事，自己都要與盧梭相伴。無論處於何種立場，都要與藝術為伍，繼續守護作品到底。

「這次，與拜勒共度，讓我深深明白一件事。要了解畫家，就要觀其作品。花上幾十、幾百個小時，與作品面對面。」

就此意義而言，再沒有比收藏家更長久與畫作面對面的人了。策展人、研究者、評論家。恐怕無人及得上收藏家。

啊啊，但是——等一下。也有人比收藏家更能夠長時間與名畫面對面喔。

「是誰？」

織繪這麼一問，提姆莞爾回答：

「當然是美術館的監視員呀。……對了。不當研究員，我也可以當監視員。」

提姆一本正經側著臉說。織繪忍不住吃吃笑了出來。

「被拜勒譽為全世界最優秀研究者的人，去當監視員？」

「對，當監視員。那樣最好。」

提姆倏然放鬆肩膀。

「只要能夠待在離作品最近的地方……那樣也好。」

織繪凝視提姆的側面。以她那微帶熱氣的雙眸。她的視線，隱約蘊含依戀，但提姆沒發現。

車子很快就會抵達飯店。然後，自己要去蘇黎世機場，織繪去巴塞爾車站，各奔前程。各自回到彼此的日常生活。

今後，無論有何種命運在等著自己，無論處於何種立場。自己將與藝術相伴為生的決心不變。所以，織繪。我希望妳也是。伴著即將出生的孩子，無論今後會發生什麼事，我希望妳都能堅強地活下去，得到幸福。

願妳的人生豐盈。願妳的人生永遠有藝術相伴。

並且，有朝一日，願我們能夠重逢——。

提姆很想這麼說。然而，他說不出口。

離開樂園，前往紐約。前往巴黎。

為了踏出嶄新人生的一步，兩人各自回到彼此的日常生活。

回到睽違八日的曼哈頓，強烈得幾乎足以融化一切的夏日豔陽照滿全城。

從宛如蒸氣浴的地下鐵車站，提姆如奄奄一息的瀕死金魚走上大馬路。急急趕往中城五十三街，第五大道與第六大道之間，美國傲視全球的現代藝術殿堂，紐約現代美術館的辦公室。

這天，提姆預定在相隔多日後於辦公室面見湯姆．布朗。雖說相隔多日，其實也不過是兩個星期——但他覺得就像是經歷了一趟長達一個月、甚至一年的漫長旅行歸來。

結果，他在巴塞爾並未遇見湯姆。雖覺得自己多少還是有點運氣，但在那個城市下定的決心，即便回到曼哈頓依然不變。

即使被湯姆做出什麼處分，也要欣然接受。

因爲這次的巴塞爾之行，已經讓他經歷哪怕捨棄現在的地位仍綽綽有餘的刺激冒險。

因爲縱使無法表達愛意，也找到了心愛之人。

他在停靠於車站出入口前的甜甜圈攤車買了肉桂甜甜圈與咖啡，邊吃邊走向美術館的工作人員入口。與門廳的警衛比利打招呼，與同事們互道早安，寒暄著今天也同樣炎熱，然後搭乘全世界最慢的電梯。這是個一如往常的早晨。

「哎呀，提姆。早。聽說你去了墨西哥？」

湯姆的祕書凱西，大概早已開始工作了，在辦公桌停下打字的手招呼他。

「噢，對呀。……妳聽阿斯楚德說的？」

提姆想起曾從巴塞爾打國際電話給修復師阿斯楚德。凱西笑了，說：

「他還嘀嘀咕咕抱怨，說你『在休假前夕強人所難，還大老遠從墨西哥打來』。」

「是嗎？我在休假的地方想起工作，實在不放心。」

「你的心情我懂。你呀，本來就是『盧梭之蟲』嘛。對了，那個阿斯楚德有留字條給你喔。他說放在你的辦公桌抽屜裡。」

提姆把搭在肩上的亞麻西裝往桌上隨手一扔，立刻拉開抽屜。裡面有張便條紙。他取出來，迅速過目。

給提姆：

實在不可能做X光檢查。不過，緊急將〈夢〉做紅外線檢查後，確認雅德薇佳的左手有修復痕跡。

手部疑似寫有一個字母。可惜無法清楚判別。

不知盧梭的「永遠的戀人」，手裡究竟握著什麼字母。

阿斯楚德

字母？

慢著，那是……換言之……是「大寫字母」？

「提姆，請你馬上去一趟湯姆的辦公室好嗎？」

凱西的聲音傳來，提姆赫然回神。

「湯姆說他有事想立刻跟你談。從剛才就一直在等你。」

——來了。

心跳頓時加快。這一刻，終於來了。提姆把嘴抿得死緊，快步走向湯姆的辦公室。冷靜。不管發生什麼，都要坦然接受。

調整呼吸後，他重重敲了兩下門。「請進。」唱歌般的聲音傳來。

「早安。」

提姆明快地出聲招呼，推開門。正在瀏覽桌上文件的湯姆，抬頭看過來。

「嗨，早。休假過得如何？」

湯姆說著露出一口白牙朝他笑。提姆一邊掩飾不讓笑容扭曲，「是，非常棒。」他回答。

「是很棒的暑假。……簡直，就像去冒險。」

「是嗎？」上司依舊保持師奶殺手的笑容，爽朗地說：

「我這邊，也有一趟刺激的冒險喔。……幫我關上身後的門好嗎？接下來，我要談最高機密。」

提姆聽命，急忙將半開的門關緊。再次，心跳快得作痛。湯姆少見地露出奸笑。

「前天，我去見了傳奇收藏家，康拉特．拜勒。」

提姆屏息凝視湯姆。「如何，很驚訝吧？」湯姆自豪地開始敘述。

自稱是拜勒法定代理人的男子，四天前，打電話到湯姆度假的歐胡島。雖不知此人爲何知道湯姆在哪度假，總之，這個人說出驚人的消息。據說拜勒藏有從未面世的亨利．盧梭作品。希望能夠盡快確認那幅畫的眞假，因此請湯姆立刻趕往巴塞爾。並且，視當時情況，或許還會把那件作品的處理權讓渡給湯姆。

「我半信半疑地去了……不知怎麼回事，在大宅迎接我的，只有那個什麼代理人。他跟我說『來晚了一步，陰錯陽差下作品已送進保稅倉庫』云云，我不但沒見到傳奇收藏家，也沒能看到作品。」

「……這樣啊。」

提姆吐出之前憋住的那口氣。「你不驚訝？」老闆發出略帶不滿之聲。

「我差一點點就能見到傳奇收藏家和盧梭的未發現作品耶。你都不覺得很不得了嗎？」

「不是……的確很不得了。那太驚人了。」

提姆慌忙回答。湯姆朝他聳肩。

「不過，結果，我兩樣都沒看到。眞可惜。借出那件作品，本來是我的職責。」

湯姆嘆口氣說。提姆不禁微笑。

「哪裡，已經很不得了了。畢竟您可是不顧一切，爲了作品特地大老遠飛去巴塞爾。」

聽到提姆這麼說，滿足的笑容又重回湯姆的臉上。湯姆以指尖輕敲桌上攤著的文件，說：

「好了。那，咱們重新開工。我記得休假前，請你幫我擬了盧梭展的相關名單是吧。包括文獻的借出名單，以及作品的借出單位名單……」

「是的，我已經擬好了。」提姆回答。

「我馬上拿來給您。」

走出湯姆的辦公室，提姆腳步輕快地跑回辦公桌。

與藝術爲伍、面對作品的日常生活，再度展開。

百葉窗外，是被分割成條狀的曼哈頓街景。反射著夏陽，發出耀眼的白光。

這裡，不是巴黎也不是巴塞爾。但是，這個城市，同樣是美術樂園。

最終章　再會

二〇〇〇年　紐約

她做了一個夢。在事隔多年後，又夢見父親。

紐約某間美術館，展覽室中央，織繪兀然佇立。不知是大都會美術館，還是紐約現代美術館。雖然充滿不確定，卻是熟悉的場所。

從地板到天花板掛滿整面牆的無數名畫，令織繪目不暇給。可以清楚看見色彩。紅與綠與黑，混成一團，卻不可思議地有種令人舒坦的秩序。站在一旁的，是父親。若有似無的香菸味，以及清潔的襯衫氣味。被大手拽著，少女織繪仰望父親說：

爸爸，這麼多的畫，豈不是不知道該看哪個才好？

父親似乎笑了。他的臉在光中看不分明。只聽見父親清楚低沉的嗓音響起。

無論在多麼擁擠的人潮中，妳都可以找到自己最愛的好朋友吧？

在這些畫中，有妳的朋友。只要抱著這種念頭去看就行了。那就是妳心目中的名作。

絕對不能閉上眼喔，因爲那樣會找不到。來吧，織繪，仔細看。妳的人生之友——到底在哪裡？

「各位旅客。本班機再過三十分鐘即將抵達紐約甘迺迪國際機場。——根據地面報告，紐約的天氣晴朗。氣溫爲攝氏二十九度……」

「哇，很熱耶。」

在鄰座不由出聲的，是曉星新聞文化事業部部長高野智之。織繪眨眨眼，緩緩將椅背扶正，接過空服員分發的熱毛巾。

「不好意思。把妳吵醒了嗎？」高野不勝惶恐地說。

「沒有，本來就該起來了。」織繪把毛巾抵在眼皮上，然後說道。

「妳睡得可眞久……出發前很忙嗎？」

「不是。跟平常一樣。只是，這種時期要連請五天假，同事都很擔心，問我出了什麼事。」

「這樣啊。妳平常也出差嗎？」

織繪苦笑。

「怎麼可能？當然沒有。我只是監視員。」

啊呀我差點忘了，高野說著也笑了。與國外美術館交涉商借作品時，高野總是帶著日本的美術館館長及研究員一起去。對他們而言，出差應該是家常便飯吧。對織繪而言，這卻是有生以來第一次的「出差」。

在大原美術館的館長寶尾義英的親自委託下，織繪跟著曉星新聞社的高野一同前往紐約現代美術館。而且，是爲了商借MoMA鎭館之寶，亨利．盧梭的〈夢〉。也不知是怎麼打聽的，曉星新聞社的高野，還眞的把十幾年前在國際美術史學會大放異彩的盧梭研究者早川織繪找出來了。並且，打著MoMA研究部部長提姆．布朗親自指名的旗號，就這樣把織繪帶出來了。

這過於唐突的委託，織繪起先當然打算拒絕。自己已從學術界的光鮮舞臺抽身，如今與老母和念高中的女兒一同過著平靜的生活。這種耗時耗力還得勾心鬥角的交涉，事到如今早已與她無關。她聲稱，要叫她與MoMA的研究部部長交涉，這個責任委實太過重大。沒想到，那卻造成反效果。

「妳倒是很清楚與世界級的美術館交涉有多困難啊。那麼，妳應該也明白，如果妳不出面負責協商，我們甚至無法站上交涉的起跑線吧？」

高野如此說服織繪。寶尾及研究課課長小宮山也有同感。寶尾進而提出更驚人的建議。

「妳看這樣如何？早川小姐。如果這次交涉順利——能夠成功借到〈夢〉的話，我就雇用妳當本館的特約研究員。」

最後她終於還是妥協了。於是，現在才會這樣與高野坐在飛機上。

「我寫郵件說要帶早川小姐過去，布朗先生看了非常高興喔。他說『期待妳盡快到訪』。」

高野拿小毛巾從臉到脖子周圍仔細擦拭，露出剛洗完澡似的表情說。「是嗎？」織繪刻意以漠不關心的聲音回應。

「妳和提姆．布朗的反應未免也落差太大了吧。那邊堅持要妳，所以我們簡直是拚了命才把妳找出來。還讓巴黎分社的人去查索邦大學的畢業生名冊……」

看到織繪的側臉霎時一僵，

「不不不，我們可沒調查妳的個人隱私喔。我們畢竟不是偵探嘛。」

高野慌忙改口。

「不過話說回來，居然特地指名要找已經退出第一線的妳……提姆．布朗不愧是在MoMA辦過傳說中的『盧梭展』的策展人。對全世界的盧梭研究者可眞是瞭如指掌。」

織繪抬眼，看著高野。

「那你就錯了。那次展覽的策展人，不是提姆．布朗。是湯姆．布朗。」

「啊？」高野眨眼。

「湯姆．布朗？那和提姆．布朗是不同的人嗎？」

織繪點點頭。

「那是八〇年代MoMA繪畫．雕刻部門的研究部部長。一九八四年至八五年，策畫了在巴黎與紐約舉辦的亨利．盧梭大型回顧展，是對盧梭評價有關鍵影響的策展人。」

彷彿突然想起，高野拿起放在腳下的皮包，抽出畫冊。那是一九八五年，MoMA舉辦「關稅員盧梭展」的展覽專刊。他匆匆翻頁，把戴著銀框眼鏡的臉猛然貼近，「咦？」他驚呼一聲。

「眞的耶。展覽策畫者——湯姆．布朗。不是提姆．布朗。」

「你原先不知道？」

織繪這麼一問，

「不是，呃，那個……只差一個字，我還以爲是同一個人。」

抓起桌上的小毛巾，高野再次拭額。

「那麼，我們接下來要見的人——提姆．布朗，等於是接替這位湯姆．布朗的位子成爲該館的研究部部長嘍？」

「應該是吧。」織繪將視線落在高野膝上，封面已略微泛黃的展覽專刊上。

「如此說來，提升盧梭評價的，不是我們接下來要見的提姆．布朗，而是湯姆．布朗嗎？」

「不，不對。」織繪斬釘截鐵地說。

「提升盧梭評價的真正大功臣，是提姆．布朗。無論以前或現在，世界最優秀的盧梭研究者、最了解盧梭的人，都是他。」

高野無力地噢了一聲，雙手握住膝上的展覽專刊。空服員走過來，催促他們收起桌子。織繪拉開窗子的遮陽板。

不知飛到何處的上空了，眼下是整片亮綠的農地。上午的陽光，耀眼得甚至刺痛方才還在做夢的雙眼。

「我要去紐約一趟。」

兩週前，對著在晚餐餐桌就座的母親及女兒眞繪，織繪劈頭就如此宣布。

母親把手上的筷子用雙手放回桌上。眞繪從那盤盛裝得很漂亮的筑前煮夾起雞肉，送到嘴裡。織繪一邊來回看著兩人的反應一邊繼續說：

「下週一起，要在當地住四天。……今天館長緊急把我叫去，要我去一趟。我本想拒絕，可是最後還是變成這樣了。」

一邊說著，她暗想，這根本沒有說明到嘛。母親將雙手放在桌上聆聽，「這樣啊。我知道了。」母親回答。

「妳的護照早就過期了吧。來得及嗎？」

「明天申請的話，聽說六天之內會辦好。就是考慮到辦證件的時間，才決定出發日期的。」

這樣啊，母親又說一次。然後拿起筷子，自己也開始夾筑前煮。母親這種奇妙的內斂——即便是對女兒也不會深入探究的自尊自持，每次都讓織繪心懷感激。無論是以前住在紐約時，或在巴黎時，只要織繪說想獨自出門，母親就會默默允許。即便是父親離世後，她決定要留在巴黎時。幾年後，她大著肚子回國時亦然。每次，母親都沒有要求織繪解釋。

這次本來想稍微解釋一下，但織繪自己也不太清楚接下來會發生什麼。

在巴塞爾度過夢幻般的那七天後，織繪主動向安德魯・奇茲提出分手。至於腹中已有新生命的事，她始終沒告訴他。然後，就此自美術史研究的風光舞臺悄然消失。

今後的人生，就獻給即將出生的孩子吧。她如此下定決心，回到母親的身邊。她將對藝術難以割捨的留戀封印在「潘朵拉的盒子」，立誓此生永不開啓。

然而，如今卻在意想不到的形式下，必須打開那個「盒子」了。

讓她這麼做的，是那個人——提姆・布朗。

「其實，我們要去MoMA商借作品。曉星新聞社的文化事業部部長，今天到大原美術館來找我……他說正在策畫亨利・盧梭展等等，非要借到MoMA館藏的亨利・盧梭作品不可，所以希望我擔任交涉窗口。結果，連館長也吩咐我，叫我一定要去一趟。」

「這樣啊。」母親又說一次。

「眞是的，到底是怎麼回事？莫名其妙。」織繪自言自語般說。

「噢？我倒是可以理解。」母親回嘴。

「妳的好朋友，不是在呼喚妳嗎？」

聽到這意外的話，「什麼啊。」織繪笑了。母親卻一本正經。

「怎麼，妳以前在紐約時，不是常說嗎？『我要去朋友家。他們在呼喚我。』」

織繪一家，當時住在曼哈頓的上城公寓。還在念小學的織繪，放學回來立刻又跑去MoMA。她說，要去朋友的家。

母親總是滿面笑容地送她出門，叫她路上小心。母親早就知道。所謂的朋友是指藝術，朋友的家就是美術館。由於她天天出門，據說父親甚至笑著對母親說，那丫頭將來該不會是打算在美術館租房子住吧。搞不好哪天會說她要和好朋友當室友喔。

「說到那裡，有什麼米老鼠之類的嗎？」

坐在對面的眞繪，突然插嘴。織繪嚇了一跳，立刻回答：

「妳說什麼傻話。那又不是迪士尼樂園。」

「要不然，『摩馬』到底是什麼樣的地方？」雖然眞繪不肯與織繪對視，但顯然頗感興趣。織繪感到，心中的球砰地一跳。

「就是紐約現代美術館。Museum of Modern Art——簡稱『MoMA』。是很棒的美術館喲。總之很棒就對了。有很棒的館藏品，很棒的作品。很棒的研究員。眞是，該怎麼形容才好呢，總之就是很棒。」

母親吃吃笑。

「眞好笑。妳媽居然連說了五次『很棒』。眞繪妳聽見了吧？」

「她說了六次。」眞繪不給面子地說。即便如此，織繪依舊心情開朗地問：

「那裡號稱現代藝術的殿堂喔。眞繪，妳知道什麼是Modern Art嗎？」

「不知道。是一種點心嗎？」故意裝傻，倒是挺可愛的。

織繪說：「妳等一下。」當下起身跑進自己房間，拿著一本畫冊回來。

「看這個。妳覺得如何？」

她把封面略微泛黃發皺的畫集，放在筑前煮的盤子旁。那是一九八五年，MoMA舉辦「關稅員盧梭展」的展覽專輯。封面的畫，是畫家於一八九〇年創作的〈我自己·肖像風景〉這幅作品。以飄著紅雲的藍天爲背景，兀然矗立巨人般的蓄鬍男子。頭上是寬簷的貝雷帽，手上拿著調色盤與畫筆。背後是掛著萬國旗的船隻行駛的塞納河，更遠處可以看見艾菲爾鐵塔。在河邊散步的人們小如老鼠，與中央皺著臉站立的男人顯然大小失衡。畫面也看不出遠近感。是百年前被稱爲「業餘畫家的畫」、「小孩子塗鴉」、飽受嘲笑的作品。

眞繪定定垂眼看著封面的畫，最後說了一句：

「很有趣。」

織繪的臉上，頓時綻放微笑。

「對，很有趣吧。還有呢？」

「顏色很漂亮。」

「沒錯。然後呢？」

「感覺畫得很仔細。」

嗯，織繪點頭。母親也跟著點頭。眞繪把臉稍微湊近封面，彷彿不由自主脫口說出：

「感覺上……好像是活的。」

那一瞬間，織繪屏息。可以感到母親也跟著一起屏息。眞繪倏然瞥向母親與外婆的臉，「夠了吧。」她咕噥，再次開始動筷。

活的。

畫，是活的。

這句話才是眞理。這是百年來，發現Modern Art，深受魅惑的成千上萬人心頭藏的一句話。

懷抱著這句話，織繪啓程前往紐約。

提姆．布朗，站在MoMA二樓的繪畫．雕刻部門的展覽室裡。

他的眼前，有一件作品。——亨利．盧梭的〈夢〉，繪於一九一〇年。

非假日的下午，午餐時間早已過了。雖沒有週末那麼擁擠，但展覽室還是有大批訪客，來此尋求片刻的心靈靜土。

再過不久，早川織繪就要來了。

提姆迫不及待，搶先一步來到這幅畫前。等她來了，不管她是跟誰一起來，一定要把她單獨帶來這裡。他向助理米蘭達這麼交代後，走出辦公室。

迫不及待。眞的，已迫不及待了。

十七年來，提姆並非刻意等待與她重逢之日。但是，心思卻一直與她同在。

到目前爲止，他談過戀愛，也有過論及婚嫁的對象。但是每次，內心深處，總會發現自己在渴求著她。

以巴塞爾爲名的樂園，與她共度的七天，那段日子，改變了提姆的人生。

十七年來，發生了很多事。

講評歸來一年後，康拉特・喬塞夫・拜勒離世。他的所有遺產，根據私下的傳言，已由他的外孫女茱麗葉・露露繼承。茱麗葉透過國際刑警組織，把判明是贓物的作品全數物歸原主，據說計畫利用手邊剩下的收藏品，創立一間美術館。雖然至今仍未實現，但以茱麗葉的作風，肯定是希望做好萬全準備吧。

屆時應會公開的收藏中，是否有〈做夢〉，目前無人得知。還有，那幅畫底下是否沉睡著藍色畢卡索也還不明。

前任頂頭上司湯姆・布朗策畫的「關稅員盧梭展」大獲成功，盧梭因此得到世人重新評價。提姆直到最後仍反對展覽名稱冠上「關稅員」這幾個字，但理事會聲稱這樣更淺顯易懂的意見受到尊重。雖然沒有完全顛覆盧梭的「業餘畫家」之稱，但吸引了許多人來看展覽，美法兩國合計共有百萬人以上欣賞到盧梭的魅力。

提姆為這次展覽盡心盡力的成績，得到上司與理事會的肯定。湯姆離職去大學任教後，提姆成了研究部部長。這時距離那個巴塞爾的夏天，已過了十五年。

然後，是上個月。日本某家報社來接洽。聲稱想借〈夢〉展出。這一刻，提姆已等候多年。若要在日本舉辦盧梭展，借出MoMA鎮館之寶〈夢〉，有資格出面交涉的僅有一人。

除了舉世最優秀的盧梭研究者早川織繪，再無他人。

若有她出面交涉，我方可以考慮借出。提姆如此答覆。

要把〈夢〉外借，必須說服館長及理事會這些麻煩的對象。但是，只要織繪肯在日本接下這樁差事，提姆決心，不惜克服一切困難也要借出去。

然後，這天終於到了。

在館內雜沓的喧嚷中，提姆與〈夢〉面對面。

真是不可思議。明明已看過這畫幾百遍了，每次總有新的發現。畫面材質的光芒，主題放射的力量，彷彿會把人吸進去的深奧構圖。每看一次，感情便加深一分。少年時代，初次被這件作品征服後，就一直越看越進化。這樣的畫，上哪兒再去找第二幅？

熱情……把我所有的熱情。

那個夏天讀到的，故事最後一章。盧梭的呢喃，宛如，親耳聽見般重現腦海。

這件作品，有熱情。畫家的所有熱情。……如此而已。

當日講評時，織繪只說了這麼一句。這句話，不只是針對〈做夢〉，也是獻給這件作品〈夢〉。提姆凝視畫中的雅德薇佳，像要指示什麼似地，水平舉起的左手。阿斯楚德說，那隻手裡似乎藏著一個大寫字母。如果加以調查，或許會發現什麼關鍵性的事實。但是，到頭來他並未進一步調查。故事各章末尾的大寫字母，P—I—A—S—S—O。如果，藏在〈夢〉中的字母是「C」，或許是在暗示，這幅畫的底下沉睡著藍色畢卡索。

但是——。

如今，他覺得那個字母肯定是「N」。P—A—S—S—I—O—N。熱情。那，才是雅德微佳藏在手心的字眼。

那句話，是盧梭的心聲，也是雅德薇佳的心聲。畢卡索的心聲。拜勒的心聲。以及，織繪說出口的話。從那個夏天，一直在自己心中呼吸的話。

「……提姆。」

雜沓之中，背後傳來呼喚聲。那是他永生難忘，無比懷念的聲音。提姆轉身。心跳如擂，響徹全身。

織繪，就在那裡。不再是長髮的烏黑秀髮如今齊肩。臉頰略顯消瘦。但是，一如當時，有著水潤的黑眸。

兩人互相搜尋著該說的話，就這麼凝視對方。話語沒有輕易冒出。那是提姆經常夢到的場景。在樂園的畫布前，再次，與織繪並肩佇立的夢。

若能再度見到織繪。本來應該早已決定，屆時一定要對她說出某句話。可是，別的話，卻倏然脫口而出。

我做夢了。——夢到與妳相見。

提姆的低語，令織繪驀然微笑。她的笑容，已不再是夢。

参考文献

「アンリ・ルソー　楽園の謎」岡谷公二著　平凡社ライブラリー　二〇〇六年

「絵画のなかの熱帯　ドラクロワからゴーギャンへ」岡谷公二著　平凡社　二〇〇五年

「アンリ・ルソー　証言と資料」山崎貴夫著　みすず書房　一九八九年

「アリス・B・トクラスの自伝　わたしがパリで会った天才たち」ガートルード・スタイン著　金関寿夫訳　筑摩書房　一九七一年

「近代絵画史　ゴヤからモンドリアンまで　上・下」高階秀爾著　中公新書　一九七五年

「ピカソ　剽窃の論理」高階秀爾著　ちくま学芸文庫　一九九五年

「ピカソの世紀　キュビスム誕生から変容の時代へ　１８８１―１９３７」ピエール・カバンヌ著　中村隆夫訳　西村書店　二〇〇八年

「ピカソ　天才とその世紀」マリ＝ロール・ベルナダック／ポール・デュ・ブーシェ著　高階秀爾監修　高階絵里加訳　創元社　一九九三年

「印象派はこうして世界を征服した」フィリップ・フック著　中山ゆかり訳　白水社　二〇〇九年

「美術の歩み　上・下」エルンスト・ハンス・ヨセフ・ゴンブリッチ著　友部直訳　美術出版社　一九八三年

「ミイラにダンスを踊らせて　メトロポリタン美術館の内幕」トマス・ホーヴィング著　東野雅子訳　白水社　二〇〇〇年

「祝祭と狂乱の日々　１９２０年代パリ」ウィリアム・ワイザー著　岩崎力訳　河出書房新社　一九八六年

「モンマルトル　巨匠たちの青春」平野幸仁著　開文社出版　一九八七年

「世紀末のスタイル　アール・ヌーヴォーの時代と都市」海野弘著　美術公論社　一九九三年

「パリが沈んだ日　セーヌ川の洪水史」佐川美加著　白水社　二〇〇九年

「ウジェース・アジェのパリ」ハンス・クリスティアン・アダム編　タッシェン・ジャパン　二〇〇二年

「地獄の季節」アルチュール・ランボオ著　小林秀雄譯　岩波文庫　一九七〇年

「ルソーの見た夢、ルソーに見る夢　アンリ・ルソーと素朴派、ルソーに魅せられた日本人美術家たち」展覧会図録　世田谷美術館、愛知県美術館、島根県立美術館、東京新聞編　二〇〇六年

Le Douanier Rousseau, Galeries nationales du Grand Palais, Paris, 14 septembre 1984-7 janvier 1985 / Museum of Modern Art, New York, 5 February-4 June 1985

Henri Rousseau: Jungles in Paris, Tate Modern, London, 3 November 2005-5 February 2006 / Galeries nationales du Grand Palais, Paris, 13 mars-19 juin 2006 / National Gallery of Art, Washington, 16 July-15 October 2006

Henri Rousseau, Fondation Beyeler, Basel, 7 February-9 May 2010

Henri Rousseau, The Customs Officer: Crossing the Border to Modernism, Götz Adriani, Yale University Press, New Haven and London, 2001

協助者：

大原美術館

紐約現代美術館

拜耶勒財團（Fondation Beyeler）

近藤千雅子（巴黎）

Donald Mak（巴塞爾）

本作為根據史實創作的虛擬小說。

藍小說 179

畫布下的樂園

作　者—原田舞葉
譯　者—劉子倩
主　編—嘉世強
編　輯—邱淑鈴
責任企劃—林貞嫻
校　對—蕭淑芳、劉子倩、邱淑鈴
董事長
發行人—孫思照
總經理—趙政岷
出版者—時報文化出版企業股份有限公司
10803台北市和平西路三段二四〇號四樓
發行專線—（〇二）二三〇六—六八四二
讀者服務專線—〇八〇〇—二三一—七〇五
（〇二）二三〇四—七一〇三
讀者服務傳真—（〇二）二三〇四—六八五八
郵撥—一九三四四七二四時報文化出版公司
信箱—台北郵政七九～九九信箱
時報悅讀網—http://www.readingtimes.com.tw
電子郵件信箱—liter@readingtimes.com.tw
法律顧問—理律法律事務所　陳長文律師、李念祖律師
印　刷—盈昌印刷有限公司
初版一刷—二〇一三年六月二十八日
定　價—新台幣三〇〇元
⊙行政院新聞局局版北市業字第八〇號

國家圖書館出版品預行編目（CIP）資料

畫布下的樂園 / 原田舞葉著；劉子倩譯. -- 初版. -- 臺北市：時報文化, 2013.06
面；　公分. --（藍小說；179）
ISBN 978-957-13-5779-9（平裝）

861.57　　102010690

ISBN 978-957-13-5779-9
Printed in Taiwan